乘风抵达世界

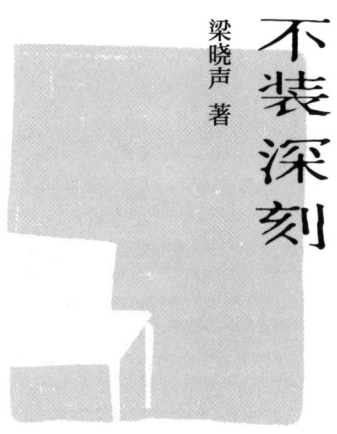

不装深刻

梁晓声 著

中信出版集团｜北京

图书在版编目（CIP）数据

不装深刻 / 梁晓声著. --北京：中信出版社，
2024.8. --ISBN 978-7-5217-6738-4
Ⅰ.G792；I267.1
中国国家版本馆 CIP 数据核字第 2024BA1892 号

不装深刻
著　　者：梁晓声
出版发行：中信出版集团股份有限公司
　　　　　（北京市朝阳区东三环北路 27 号嘉铭中心　邮编　100020）
承印者：　河北鹏润印刷有限公司

开本：880mm×1230mm 1/32　　印张：9.75　　字数：150 千字
版次：2024 年 8 月第 1 版　　　　印次：2024 年 8 月第 1 次印刷
书号：ISBN 978-7-5217-6738-4
定价：45.00 元

版权所有·侵权必究
如有印刷、装订问题，本公司负责调换。
服务热线：400-600-8099
投稿邮箱：author@citicpub.com

目录

前言 ·IV

第 一 章
人啊 ·001

第 二 章
从看动物到看人 ·043

第 三 章
我不愿再装深刻了 ·057

第 四 章
一个男人为什么值得同情？
（关于法国文学） ·095

第 五 章
人性的罪与罚
（关于俄罗斯文学） ·115

第 六 章

女性精神的闪耀

（关于美国文学）　　·167

第 七 章

爱的几种表达

（关于英国文学）　　·215

第 八 章

思想大清醒者

（关于德国文学）　　·223

第 九 章

被忽视的繁荣

（关于中国文学）　　·233

第 十 章

文学即人学　　·265

前言

自新冠疫情暴发，两年多日子里，读书时间由而充分，每接连数日沉浸在读和思考中。

所读以文学作品为主。乃因此前国内外唱衰中国文学之声频频入耳，当然是以被过度抬高的美西方文学之标准为参照，便想给自己个明白——是否彼们之文学果真美如花，是否中国之文学皆是土坷垃？

书架上书有限，无非十八、十九世纪至二战前后的小说而已。依我想来，彼们之文学成就的高峰期，实际上集中体现于那一阶段。之后，除个别作品，几可以苍白寻常言之。复读彼们那一阶段的文学，差不多也就是读了彼们最好的。

读而有感，随读随记，所积心得渐多，认知又有收获，所谓温故知新。

　　在出版社编辑的动员下，交付笔记——完全保持最初样貌，仅对字词作了几处改动，又可谓原汁原味，颇似口述实录。

　　一己一时之陋见，浅薄局限吾亦相知，然无人抛砖，怀玉者出于自重，未必愿发卓识之声。

　　如此一想，坦然也。

　　"螳螂误入琴工指，鹦鹉虚传鼓吏名。"——虽属轻率之举，倒也期与人分享。

梁晓声

2024年1月10日

第 一 章

人啊

人与天

大约——"天"曾是全人类共同的图腾吧？并且，也应是最早最普遍的万能之神。被赋予了神性的"天"，既是自然现象的天，又不仅仅是自然之天。

早在一切宗教形成之前，人类已经开始祭天活动了。人与动物拉开了进化距离并且走在前边的证据之一，也体现于对"天"的态度怎样。

"天啊，天啊！"——古代的人类，不论东方的或西方的，不论用这种语言或那种语言，大声喊天亦肯定是普遍现象。

故所以然，中国便有了一个词是"呼天抢地"。"呼"意其声大也，不但欲使听到，且向上天祈祷，能够很快地有利于自己的反应。往往，是种不言自明的求救大音。因惊喜而口出"天"字也是人类常态。喜也罢，悲也罢，爱也罢，恨也罢，绝望也罢，疼痛也罢，的确，"天"曾是全人类表达情绪或情感时用得最多的口头禅。人类所有口头禅的总和，估计也未见得会超过"天"的使用率。

"母也天只！"——这是古诗《鄘风·柏舟》中的一句。少女面临爱情之苦恼，忍不住也要来一句"娘呀，天啊"。呼娘乃情理中事，属于本能。但呼天，却分明是图腾现象。并且，亦近本能。此处之呼，是仰天高叫的声态。

自从别国宗教出现，彼们呼天之时大大减少，取代的情不自禁的声态表达成了"上帝啊""耶稣啊""主啊""安拉啊"。

宗教在中国从未多么普及，所以我们中国人其情大动之时"呼天"的现象延续甚久。我小时候，常听包括母亲在内的大人们惊呼"天啊"，与父亲们比起来，母亲们尤其习惯于那样，小小惊讶也是。比如，失手摔碎了杯碗，或自家的鸡一天内下了两次蛋……

似乎也可以说，"天"即中国上古先民早期的宗教，长城内外，大河上下，东西南北中，不约而同。

由是，从哲人到百姓，关于"天"的隽语老话便挺多。

老子说："天地不仁，以万物为刍狗。"

他指的是自然之天。

孔子说："天无私覆，地无私载，日月无私照。"——与老子的话有差不多的意思。

管子说："天不为一物枉其时。"

荀子说："天行有常，不为尧存，不为桀亡。"

他们都是人间清醒者，他们的启蒙之言后来成为常识，如今的中学生们都懂。

从前的民间却不同，另有一套关于"天"的话语"体系"。

"人在做，天在看。"

"丧尽天良。"

"天理难容。"

"日月两轮天地眼。"

"天若无眼枉为天。"

……

不一而足。

至今,类似的话在民间仍未绝声。相应地,另一类话也仍在照说——

"你呀,小心天打五雷轰!"

"老天有眼,小心一出门就让车撞了!"

"人在做,天在看,小心跌个跟头就磕死你!"

……

皆属对所恨之人的咒言。

若被广大民众所恨,大抵便是坏人,以上咒言同时具有宣判的意味——你既将坏事做下了,那么"天"便已看到了,惩罚你是迟早的事!

我上中学后,增长了天文地理方面的知识,对于图腾化、宗教化了的"天"的能力,断然地不再信。"天"若果有那等能力,《水浒传》中啸聚梁山的那拨儿人以及后来的"太平军"们,也就不会打着什么"替天行道"的旗号了。

然而老来以后的我,逐渐又有些唯心了。理性告诉我,对于坏人和恶事,与其信"天"的正义,莫如信法的裁决力和执行力。但现实又不断地反驳我的理性——从国际上看，确有所谓《国际法》，却又明明地被美欧一小撮政客所把持、操控，有时得意忘形之态近于把玩于股掌之上，往往便只有徒唤奈何地骂一句："真他妈的！"这时便难免会像父母辈人似的，将希望寄托于"天"——但愿天打霹雳，一个接一个轰死他们。我想"天"之雷器一定也是十分精准的，不至于误伤好人。又或者，在他们开什么鸟会时，降一大场天火，将彼们统统烧死，以赐人类一段静好岁月。

世界本无事，二战后，"冷战思维"导致了一桩桩坏事、一场场不该发生的战事。不能说罪魁祸首全是彼们，但往少了说，十之六七是彼们策划、推动的。

目前的俄乌冲突，在我看来，罪魁祸首也当然是彼们！即使最终的结果大大地不利于俄罗斯，我仍认为它是一个了不起的国家——以一国之力单挑独斗以美国为首的几十个国家组成的政治、军事、经济、资源等全面的国际霸权集团，这当然将是21世纪最值得点赞的事。乌克兰人民的不幸，账应首先算在彼们身上——在此点，我与罗马教皇保持一致看法。

至于普京总统，余以常山赵子龙视之，或以老将姜维视之更当。

反观国内——民法典、刑法虽已页数多多，野生动物保护法虽也早已出台，但虐待动物的现象，在民间仍屡有发生。以前是某些心理变态之人的取乐行径——自媒体时兴后，遂成为博人眼球赚取流量的勾当。偏偏又没出台什么法禁止他们，大概法制部门以为，反正所虐又非稀有动物，由他们虐着玩吧——不同的人群需要不同的"奶嘴"，何况还有专爱看的，加起来不少人呢，能使不少人消停别闹事便好。

我觉得，现实中也罢，网络上也罢，虐待动物之事，细思极恐。因为，一旦外部条件凑齐，彼们必会以虐同胞虐同类中的弱者为娱。现在只虐动物而不虐人，实在不是由于心有忌惮，而是慑于法律制裁。法律若在此方面丧失了制裁功能，他们的虐娱行径将会变得越发残忍。当然，呈现在网上的行径，也是发生在现实中的行径，实录到了网上而已。又当然，人人都知道的，他们也不仅仅为了娱乐，还是为了以省事的方式赚快钱。

本性上以虐为乐，又受着赚快钱之动机的驱使，会使某些恶人更加恶，最终邪狞至无可救药。

最近，不论在现实中还是在网上，那类邪狞现象似乎少了。似乎，说不定何时，忽然又会多起来。

在严厉的惩罚法条千呼万唤始未出的当下，像我这种原本并不迷信的人往往也会不由得迷信起来，将惩罚的力度寄托于"天"了。

故我祈祷"天"果有"眼"，进而祈祷"天惩"是的确存在的。

2022年7月2日

人与地

在人类的词典中,天、地组合而用的时候甚多。

"念天地之悠悠。"

"地老天荒。"

"天地一沙鸥。"

"天地玄黄。"

"天地者,万物之逆旅也。"

"誉天地之大,褒日月之明。"

"天地有正气,杂然赋流形。"

……

不胜枚举,俯拾皆是。

由"地无私载"一句,延伸出了"地势坤,君子以厚德载物"之名言。"坤"属"阴","阴"字隐含雌、女之意——故民间又常说"天公地母"。

"天公"不"天公"的姑且不论,视"大地"为自然之母,这种比喻的意象我是至今接受的。并且,无须论证便可断定,此乃全人类迄今为止的共同比喻。毕竟，一切生命现象乃由地球所载，包括人。"载"字用得也很形象，使我经常联想到那样的景观——是母亲的水禽，背负着自己的小儿女游于水中。即或在兽类中，是母亲的它们背负幼崽而行动的现象亦常可见。却也有前护的现象——如一切有袋类动物，如灵长类，便又每使我联想到先秦古诗中那几句如"母兮鞠我""欲报之德，昊天罔极"，感慨遂多。

但我又不太喜欢，甚至可以说越来越不喜欢"君子以厚德载物"一句。

"君子"不"君子"的也姑且不论，连孔子都说了——在他所处的人人崇尚"君子"的时代，"君子"少之又少，他本人亦不敢以"君子"自居；至于死后成了"圣人"，那是由于政治和社会的需要。孔子之思想体系的核心是"仁"，在这一点上他是努力言行一致、知行合一的。由是，孔子即或够不上是"圣人"，却也委实算得上是古代一大"君子"的。

那么问题来了——"君子"怎么就以其德而"载"了物了？所"载"之"物"又指的什么？我们都知道的，精神是精神，物质是物质；精神虽能激发为力量，但连力量本身也并非"物"也。故"厚德载物"，无非以"仁"心待物而已——有生命的及无生命的；主要指有生命的，兼及无生命的。这种兼及，出发点是对"物力维艰"的考虑。

所以，"君子"其实并不能如大地母亲那般"载"什么物。"厚德载物"，是求工整对仗之修辞现象而已。

倒是古今中外拥有较大宗甚或大宗财富的少数人确乎是身名"载物"的。而我们又都很遗憾地知晓，彼们中百分之九十九点几皆非君子，也根本不可能成"君子"——追求身家利益最大化，此点与"君子"人格背道而驰。另一个问题是——"君子"既少之又少，几近稀有，谁又凭什么要求他们非得是"君子"？仅以正派要求，则靠谱多了。正派之商人和企业家，古今中外确乎是有的，他们为社会所做的贡献远比个把"君子"大得多。并且，他们也大抵是"自强不息"的，真的当得起一个"载"字。"君子以厚德载道"，似比"载物"二字更贴切些。

大地之德，盖在其"载"，非任何个人可与其相提并论。

在农业社会，财富中的财富乃粮蔬树麻，都赖大地所赐，故土地被视为恒产。家有"万亩良田"者，差不多便是今天的马云们了。朝廷赐有功之臣，以封地为最实惠。

一家一户拥有的土地在民间每以"荫地"言之，也是父母及亲人死后可以"安眠"的所在。传承几代，遂为"祖地"。

"家有那二亩地呀，种上那大地瓜呀，一家人吃穿全都靠着它……"

早年间的这首民歌，唱出了人与土地唇齿相依的关系。从古代至近代，世界上发生的大大小小的"造反"事件，揭竿而起者十之八九是失地农民。农民是农业社会的主体人口，他们一旦失地，或因天灾人祸（主要是苛税和战乱）颗粒无收，除了造反再没别的活路。

长篇小说《红旗谱》对此点有很深刻的文学性的反映——地主冯老兰为了霸占四十八亩"官地",纠结狗腿子们砸了村口的大钟。那钟上刻着明朝政府的"公告":四十八亩地乃因根治水患,须使河流改道,便占了几十户农民的私地,于是另划四十八亩地予以置换,并且永远免租。免租之地可谓福地。冯老兰出资向当地政府买下了四十八亩地,这当然是官吏和地主的不仁行径,于是冯老兰与农民们结下了两三代的仇憎……

失去了土地的农民是甚可怜的人们,在说书人的口中,那叫"上无片瓦,下无立锥之地"。后一句未免夸张,但死无葬身之地往往是实情。

从前民间另有句话是"故土难离",主要说的便是农民。"故土"的地面上有自家田园的话,更舍不得离,也怕离,离了没安全感。尸骨还乡分两种情况——一是希望其魂永安,二是他乡确无葬身之地。所谓"乱坟岗",盖指埋此类可怜人的荒丘野岗。

历代朝廷赐给高官重臣的曰"封地",全世界的彼们都曾有"封地",证明"地"之多少在全世界都是身份的象征。中国那些诸侯和外国那些大公所拥有的叫"领地",彼们是各自"领地"上的王。这情形有点儿像动物世界——动物们尤其是大型猎食动物不是也都有"领地"吗?目前一切关于动物的书籍和影视作品不是还在这么说吗?人类与地盘和动物与地盘的说法,仍无区别。

后来,诸侯们消失了,大公们也消失了,于是合并国产生了,"领土"一词开始通用了。"土"与"疆"每组合在一起,其意大于

"地"。一般农民之间因"地"起冲突,即使流血死人,也曰械斗。"械"者,随手操起的"家伙"而已。若诸侯、大公、各国间因疆土而起冲突,便是战争。从古至今,人类死于战争之数,加起来肯定比历次自然灾害所造成的死亡总数多得多。倘动物们是有历史知识及数字概念的,人将是令它们遥见而魂飞魄散、逃之唯恐不及的"魔兽"。

"溥天之下,莫非王土。"

并且,"安得猛士兮守四方。"

以上两句,是古代之王、帝、皇们的普遍野心,或曰"理想"。这导致一种中外至今讳莫如深的史观——对于那些曾成功地为本国拓疆扩土的历史大人物,本国历史给出的评论一向是"功大于过"。至于那"过"的代价有多大,一向不怎么深究的。

俱往矣。

看现在的地球仪,大大小小之国,国界是标得较清的。而凡有争议的界线处,外交甚或军事的冲突时常发生。从前的领土之争,仅是扩大地盘的冲动,眼中也仅是地上的物产。当代则不同,所在乎的还是地下水下的资源。

不占领土,推翻政权,扶持统治代理人,于是以廉价的方式获得别国丰富的地上地下资源——这是美国近几十年的一贯行径。

但——目前的俄乌冲突与此无关。对两国关系史稍有常识的人都知道,今日之俄罗斯肯定不是为了扩大疆土才出兵的——若乌克兰的"大当家"们承诺绝不在俄乌边境部署美国和北约的军事设施，并且善待该国的俄罗斯族人口，那么战事原本不会发生。乌国加不加入北约或欧盟，也都不是个事儿，稍有常识的人该知道，先前，俄罗斯甚至承诺——乌克兰的"大当家"们如果保证会那样，俄方甚至愿出面"劝说"乌国俄罗斯族人口不必非闹独立。

这当然是真爱和平的人们乐见的，却肯定不是美国乐见的，便也不是西方政客所愿承诺的。即使白纸黑字形成条约了，也是不可信的。俄罗斯从没想占北约任何一国，不管它是多么小。所谓"恐俄"完全是紧抱美国大腿之北约政客炮制出来的借口，为了使欧美世界敌视俄罗斯"有理"可言——他们是一丘之貉，沆瀣一气。

故我认同网络上的一句话："反战不反美，心中必有鬼。"

而关于战争，人类尚需更多的经验和智慧，方能应对美国及北约政客们一再蓄意制造的冲突。

2022年10月5日

关于人

"天地人，谓三才。"——此六字虽非圣人名言，但在中国之蒙学范畴内流传极广。诚然，倘论创造性，地球上的一切景物成果，皆由天、地、人所创所造。天地创造之自然景观姑且不论，"鬼斧神工"一词足以概括。人类创造的后天物象，在目前的地球上更是目不暇接。人与天地，在创造性方面的"合作"由来已久。天地创造出江河湖海，人类就接续创造出堤坝库桥及各类船舰；天地创造崇山峻岭，人类居然能在其上修筑寺庙。现代的工具，几乎可将铁路、公路修到一切想要去往的地方。鲁迅关于路的名言，可以这么改了——"人说：'要有路'，于是就有路了。"人不但能乘飞机日行千里，还能乘宇宙飞船去往太空，登上月球，建造空间站了。除了不能像天地那般创造"永恒"之物，人的创造性已达无所不能之境，以"鬼斧神工"一词形容是完全当得起的。劈山开岭，引流蓄水，对于今日之人类根本不成问题，是"熟活"。

动物中也是有些"能工巧匠"的，如蜂、蚁、某类鸟、鼠，当然，得算上筑坝高手水獭。但与人的创造性相比，太不在一个层次了。为什么在动物界,创造性没体现在大型、较大型动物身上,反而体现在小虫小鸟小兽们身上了呢?以图最大程度的安全是动物学家们给出的解释,姑且信他们吧。但有一点是可以肯定的,"花房鸟"对自己的家是有审美要求的;某类小鼠也会将自己的家分隔出卧室、储藏室和"室内厕所"来——倒是智力最高的灵长类,在创造性方面毫无建树。依我想来,凭它们的智与力,分明可以"建"出接近于房屋的窝来,那不是既可防雨防冻也可防天敌(比如蛇、豹)的猎捕吗?它们为什么偏不呢?我曾因此困惑,自寻烦恼——忽一日顿悟,它们是群居的,只有群居才安全,而要建成可供群居的"大宅",那得像客家人建的围屋一样,便也就超出了它们的智与力。

想象一下,若将《圣经》中开篇即《创世记》的语言风格用在人类身上,那会是一种什么样的感觉?

"人说:'要有空间站。'于是,便有了。"

"人说:'要有潜艇。'于是,便有了。"

"人说:'要有导航仪和手机。'于是,也都有了。"

不论"三才"始出何人之口,人类具有高级的创造性这一点,越来越成为不争的事实。然而真有"创"之能力的人,一向极少极少,更多的人从事的乃"造"的工作,于是使"创"成为可以普遍服务于人类的成果。"创"与"造"是人类社会的协调性分工,也是人类能力的结合。所以"三才"中的人,非指任何个体,乃指人类这一大概念——倘无智与力的集体性、社会性结合,再有才的一个人，其才也无法转化为普遍服务于人类的成果。

谈到个体的人，每一个人都是欲望的"盛器"。其欲部分源于动物本能，部分是后天形成的。人之初，欲本能，皆有限。后天指外因，指成长环境、社会形态的影响作用。欲无止境，"人心不足蛇吞象"，不是对先天欲的形容——千真万确，是对后天欲的批判。

在漫长的历史时期内，人类社会是由男人主宰的，后天欲于是极具男性的或曰雄性动物的先天特征。在雄性动物那儿，为王成尊亦即权力、地盘、雌性，是它们的先天欲的基本内容；它们的"盛器"也只能装那么多，并且，根本无须再多。它们的欲一向止于此境，在它们那儿，最大的蟒蛇也无吞象之念。所谓"四两拨千斤"还力图取胜，不符合动物们的生存之道，它们总是量力而行。

人欲与动物欲相比，所多的一项内容便是财富。动物们无财富观念，只有食物需求。对于食物，大多数的它们也无囤积意识。除了食物，它们并不觉得世界上另外还有什么值得占有、越多越好的东西。

而对于人类，世界上值得占有的东西不胜枚举。在男权极端统治的社会，女人也等于是他们眼里的"好东西"，"尤物"便是这个意思。掌握了大权并且占领了一方地盘的男人对女人的占有欲的变态和令人发指，正、野史记载甚多，不赘述。

谈到权力与男人之欲，"安史之乱"可作一例——史思明怂恿安禄山的儿子弑父夺权，自立为王，当儿子的照办了，结果自己被史思明所杀；史思明称王不久，又被自己的儿子所杀，都是为了过把当王的瘾。各类五代史中,父子相杀、兄弟取命之事一宗又一宗,皆因一个"权"字。"君君,臣臣,父父,子子"这话,本是孔子对统治者们说的。在他所处的世纪,因争权而六亲不认的现象已司空见惯,他的话放在当时理解并无毛病。至于"君要臣死,臣不得不死;父要子亡,子不得不亡",实则是后来说书人的发挥和戏文而已,却也几乎道出了封建君权和父权的蛮不讲理和混账。女人爱权、恋权是个例,如武则天、吕后、慈禧。她们一恋权,也会显出六亲不认的毒辣来。权力之异化人,不分男女。至现代的社会,权力基本由身家益器转化为社会公器了。女性执掌各方面权力,委实是社会进步。而且,她们中每每涌现卓越的掌权人物,证明人类的社会,并非唯有男人们才善于掌权。

与欲望同在,每一个人也都有自己的理性弹力索——一头由自己拽着,另一头系着本身欲望。自己的手可以想象成拴马柱,想象成船的锚或系缆墩,而理性弹力索可以想象成蹦极索,想象成如卷尺般可伸缩的遛狗绳也行。

人的欲望好比自己的胯下之马。人马合一是人欲关系;鞍马劳顿证明长时间骑马很累,长时间任凭欲望"载"着自己狂奔则是超累之事。那么一来,人已不是欲望的控缰者,反而成了欲望之"马"的奴隶,虽然从表面看人骑在"马"上。有欲望并不可耻,没有欲望还是人吗?但成为欲望的奴隶是可悲的,所以有时应勒缰拴"马",静下心来寻思寻思,自己的欲望是否已超出了它的"盛器"的容量。人的发展是由内外二因的综合条件所决定的,发展和欲望手牵手，故每个人的"盛器"有大小之分。明明由内外因所决定，"盛器"较小甚至很小，却偏要装太多太大之欲，那么结果只有一个，欲将自己那"器"胀碎了，于是自我毁灭，后悔晚矣。

对于我们大多数人，在寻常时代，在许多寻常日子里，欲望并不像马，更像宠物狗。是的，我们大多数人是很宠自己的欲望的，呵护有加，反感别人看不顺眼。一般情况下，小型宠物狗不至于攻击人，即或偶然发狂，对他人的实际危害也不至于多么严重。但文明的人，还是会牵狗绳的。否则不仅令人讨厌，受人指责，还很可能闯下意外的大祸。寻常日子里，放纵放纵小欲望，满足于一时，并不是多么造次的事。放纵不等于使狗脱绳，任其到处乱跑，而是指可以使狗绳长一点儿，该收时立刻就能缩短，及时可控。在我读过的中外小说中，从没发现将欲望形容为狗的，形容为"脱缰之马"却多见。"狗"是我的形容，可打上"梁记"的标签。依我想来，当代的多数人，大抵已被社会大家庭驯化得相当理性了，无官无权的，欲望都不至于如何狂野。城市已禁养大型犬了，自认为多么温柔也不许。好比在某些人生平台上，不要非有根本不切实际的欲望，须知，你在遛自己的欲望之"狗"时，别人也在那样。"狗""狗"相遇，你的又大又凶猛，互咬起来，便是你与别人在进行欲望的斗争了。通常结果肯定是两败俱伤。有欲望不可耻，但因欲望之争而受伤，不值。

《浮士德》的副主题与欲望有关。多数评论家认为浮士德是因"求知欲"难以获得满足而与魔鬼达成灵魂抵押之约的。但我觉得，从他押出灵魂后的种种行为来看，其欲显然溢出了初心。于他而言，心即器也，于我们又何尝不是这样？他实际上是要体验一切欲的满足，而那给他带来的或是暂时的快活，或是失望和受挫感。《唐璜》表现的则是一个公子哥穿越式的欲望之旅，他以一己之身体验遍了欲望大全，在莫扎特的歌剧中下了地狱。而在我读过的内容与欲望有关的小说中，我尤喜欢法朗士的《衬衫》。我少年时读此短篇有茅塞顿开之感，从而明白人应像爱书之人经常清理书架，扔掉不值得看第二遍更不值得保留的书那样，将对自己有害的欲望从"心器"中清除。再诱人的欲望，倘对自己而言是画上之饼，弃之何惜？但我并非彻底的理性主义者，《父与子》中巴扎罗夫那么理性的人，是我所不以为然的，奥津佐娃明明是一个美丽的、见解不俗的、值得他追求的独身女子，并且她也被他所吸引，完全是他那种故作高傲的理性把关系搞坏了。实际上他除了偏激的思想，并没什么值得高傲的资本。故作高傲是他和于连的共同点，但在理性方面他是于连的反面。于连的悲剧在于，他太管不住自己的欲望了。巴扎罗夫却是另一类《套中人》，有独立思想的那类。谁说有独立思想就不会成为"套中人"呢？在感情与理性的平衡方面，《怎么办？》中的罗普霍夫值得点赞——当他发现妻子与自己最好的朋友相爱了，并且明白那才是真爱，就选择了伪装自杀，远走高飞；多年后他也找到了自己的另一半，两家人遂成近邻，亲如一家。这实在是太理想化了，几乎只能出现在小说中。考虑到车尔尼雪夫斯基是在为老俄罗斯塑造文学新人，太理想化也就太理想化吧。

中国古人在欲望与理性关系方面也很理想化啊。"君子不器"无非指心系天下，襟怀广阔，竟至无形。但"君子"既那么少，我们普通人永远当不成，所以不必非努着股劲儿去当。

我心有形若器，盛我欲；我欲寡且有度，器不杂满，足可容其他——其他指有益身心健康的爱好、亲情友谊、求知尚礼等。我想，一个人若能像阿婆挑菜般，对自己心器里的"东西"认真选拣、去其腐坏、留鲜好，虽有"器"不亦乐乎？

人又是感情的反应仓。

爱恨妒仇同样可以成欲。一旦成欲，失控的后果很严重。不论是希腊或罗马神话中，还是中外古代史中，其例不少。宗教故事中的莎乐美是爱欲走向反面的典型——她暗恋在自己父亲是国王的国家做客的先知圣约翰。落花有意，流水无情，圣约翰对她的态度却很高冷。一个傲娇，一个高冷，爱就转化成恨了。在她父亲的生日，父亲问她要什么礼物，她说要圣约翰的头。这种任性是可怕的，但她脑子进水的父亲竟满足了她。

当她面对托盘上的圣约翰的头时，说了一句名言：现在，我终于可以吻你高贵的唇了。

然而事情并没这么结束——在希腊和罗马神话中，"人在做，天在看"尤其是常态，于是众神一怒，制造了一次事件，将彼国灭了，国王死于乱刀之下。特洛伊的故事以及导致明朝覆灭的史实，都因男人们的"冲冠一怒为红颜"。即使此点并非唯一原因，起码也是导火索。研究普希金的学者中，不少人认为普希金应该认识到自己在俄罗斯文学发展中的宝贵作用，何必因妻子有情人竟决斗而死？言外之意死得不值。以值不值而论，谁都会同意。但以人特别是以对"尊严"二字敏感的诗人而论，又是那么在情理之中。如果人人都能让理性占上风，《三国演义》中王允的美人离间计也就会失算，历史岂不是改写了？

在希腊神话中，美狄亚的故事也很典型——复仇既是情感现象，也是欲现象。美狄亚的复仇对象是在感情方面背叛了她的丈夫，为了达到目的满足复仇快感，她亲手杀死了他们的两个儿子，借助毒药烧死了情敌。

感情反应一旦失控，极有可能尸横两处，血溅数尺。在古代，甚至可能导致家祸、族祸、国祸。

嫉妒的可怕性不亚于复仇欲——吕后对戚夫人的残害不但令人发指、触目惊心，而且极其变态。

溺爱儿女这种情感也可能接近变态，巴尔扎克的《高老头》就塑造了这么一位走火入魔的老父亲，他像末流导演，一心推助两个女儿成为上流社会的名媛。无独有偶，俄罗斯戏剧家冯维辛（1745—1792）的讽刺喜剧《纨绔少年》塑造了一位"高老头"式的母亲，她对独生子的溺爱远超"高老头"，为了满足儿子的情欲甚至替儿子诱拐少女。与"高老头"不同的是，这女地主还是自己庄园里的泼妇型"女王"，对农奴的冷心肠比屠格涅夫的外祖母有过之而无不及。"溺爱"一词用在她和儿子的关系方面极精准——

一块儿逐渐淹死。

在小说、戏剧和叙事诗中,描写情感失控的状态,每以"火山爆发""野马狂奔""江河决堤""魔鬼附身"来形容。虽然老套,但我至今没读到过别有新意的形容或比喻。而稍微聪明点儿的作家、戏剧家及诗人,则避开形容或比喻,干脆以言行描写之。如《李尔王》的疯掉,《麦克白》的经典台词。

是的,人所皆有的感情的"反应仓",无疑是人而为人最高级的无形无状的另一个"我"。比之于肉身,也无疑是更真实的。它往往与欲相互粘连,撕扯不开,互为表里。文人赞美它是"心灵的花园",实则也有极危险的一面,易燃易爆。往往芝麻大点儿的事,就会像一根划着的火柴导致了一场大火灾或大爆炸,不但自我毁灭,还会殃及无辜。坏脾气皆因它而起,所以林则徐的座右铭除了"苟利国家生死以,岂因祸福避趋之",还有"制怒"一条。像他那种肩负国家使命的人,深知任性一怒后果多么严重。而古代的士人,也普遍以"宠辱不惊"自勉。我们一般人,姥姥不疼舅舅不爱的,大抵没谁宠着。但荣辱之事,一生却总是会遇到几次的,若能做到荣辱不惊,便算活得通透和明白了。

"人的本质……是一切社会关系的总和。"——这是马克思的名言。什么意思谁都懂,不唠叨。

以下关于人的另外一些属性,皆后天属性,也可以说是文化赋予的、社会赋予的属性。即:

人是人类所规范的道德的恪守者——从严格的逻辑上讲,法是道德的产物,是对"缺德"之人的惩处条款。合群的动物亦有"丛林法则",社会性使人不可能不是"合群"的,不论情愿或不情愿。人类的社会关系比丛林中动物与族群的关系复杂得多,故再细的法也并不能解决一切的关系问题,所以虽然有了法,道德的要求或曰束缚仍不可或缺,比如管理者给被管理者、上级给下级"穿小鞋",完全可以在不违法的情况之下做得不动声色,甚至还可能做得"正大光明"。法律面前人人平等——此乃常识。那么,道德呢?

窃以为,在古代,通晓所谓之"道"及懂那么点儿的,无不是识文知章的人,文化之人,首先化的是他们。他们既喜欢自诩是了解"道"的人,那么对他们在"德"方面的表现,要求理应高些。蔡元培先生在就职北大校长的演说中,第二条对北大学子的厚望便是"砥砺德行",可见他也是如此认为的。这当然并不是说"下里巴人"对自己便无须道德要求,蔡先生之《论中国人的修养》一书,则主要是写给寻常百姓的。其谆谆教导,也主要体现在起码的文明方面。

关于"道德",从前民间的习惯说法是:"你这人还讲不讲理?""什么德行!""还有点儿人格吗?""太出格了!"蛮不讲理的人道德肯定是很差的,因而言行失德,人格下作。孔子说:"七十而从心所欲,不逾矩。""矩"者,"格"也。好比楷书起初要写在格子里,楷书写好了,日后行草也罢,狂草也罢,便见功底。也好比下棋,棋盘不但有"格",什么子走什么步也是有规则的。无视规则叫"犯规",总是犯规的人叫"棋赖子",没人愿意跟"棋赖子"下棋。在人与人的关系中,"棋赖子"似难以相处的街坊、邻居、同窗、同事、同袍，他们屡教不改，就是害群之马，麻烦制造者。与"小确幸"相对的是"常烦恼"。我们多数人之日常烦恼，起码三分之一是"棋赖子"那号人造成的。社会亦如巨大棋盘，谁不是其上棋子？那么，谁都有可能在社会之棋盘上碰到"棋赖子"。好在如今法律更细，"棋赖子"那号人必将越来越少。再少也不可能没有，对他们无法"动态清零"，对社会是不能太理想主义的。

某些人贴着法律边缘活了一辈子。他们的人生理念是"老子并没犯法，谁能奈我何"，也可以说，他们一辈子很自洽地活在"人格"最低层级，既明智地不犯法，又放肆地行缺德之事，很有一套"经验"。这样的人，纵然侥幸一辈子没犯法，却也难以体会一个有道德感、讲人格的人那种活着的愉悦。

若以为道德只存在于受过高等教育、有某种社会地位的人之间，大错特错了。不，绝对不是那样的。古今中外，受过高等教育而又有某种社会地位的人，道德方面却一塌糊涂，"马尾拴豆腐提不起来"的现象一直存在。道德在他们那儿往最高了说也只不过是学问，是啖饭之道，夸夸其谈，宏论滔滔，对人不对己——这是社会的悲哀。相反，在民间，在"下里巴人"中，却有很多在乎"人格"、道德自律意识挺强的人。他们虽普通、平凡，却有人格魅力，起码在民间会被那么承认。仅就"道德"而论，他们与各"格"有道德感的人委属平等，亦属同志。他们多起来，是社会之幸、国家之幸、后人之幸。

人还是人生意义的叩问者、思考者，任何动物皆无此本能。

哲学家每说——"我从哪里来？去往哪里？"乃哲学问题的起源。

我从没因这一问题自寻烦恼过。来自外星便又怎样？石头缝里蹦出来的便又怎样？有何区别？

我从很小就明白，人从母腹中来，向死而生。

我意识到自己的人生意义，是从肩起了对父母、手足和家庭的责任开始的。

"为天地立心，为生民立命，为往圣继绝学，为万世开太平。"——如此高远的人生意义，我是不敢稍近的，因为根本做不到。唯一能做到的，只不过是对得起属于自己的一份工作——用民间的说法是，应对得起自己那份工资。并且，我活到今天，确乎像《人世间》中的周秉昆那样，一直努力做个民间所言的好人。我承认，做得也不怎么样。还得承认，我对自己那么要求，首先是基于对父母的感恩、对兄弟的爱、对友谊的珍惜。一言以蔽之，可用"对得起"三字概括。须知，在物质匮乏、家境清贫的年代，许多个人烦恼是不忍对父母言的，也不能从生病的哥哥和弟弟妹妹们那儿获得安慰，于是朋友的理解和安慰变得相当重要。所以我后来曾写过这样一句话："对我而言，友谊是情感世界的不动产。"不动的意思就是不利用。如果我在做人方面被认为"不够格"，当然便会使父母和兄弟、妹妹在人前抬不起头来。那么，往轻了说是我连累了他们，往重了说是我伤害了他们。因人格差劲而伤害了亲人，那是没什么客观理由可找的,根本原因肯定出在自己身上。做好人无须投资,也不必钻研,属于世上极简单的事之一。若简单之事都做不"合格",除了怪自己,还能怪谁呢?

人也是自身所赋之意义的践行者。

人生有什么意义?——我记得我的作家朋友毕淑敏这么回答过记者及青年读者们:我说人生是没有意义的,这不错,但我们每个人都要为自己确立一个意义。我们既然已来到世上,生而为人,并且已然区别于动物,那就要尽量根据各自不同的情况赋予人生以意义。有意义的人生会使人活得充实一些,而充实的人生也是好人生的前提之一。

人的能力有大小——在和平年代,我们一般人学有专长,对工作愉快胜任;能尽好家庭责任,处理好对上下两代人的责任关系;尚有余力,兼顾友情关照;仍有能力,争取在工作方面做得出色、再出色一些,并且以讲文明、有道德的自觉度过一生,窃以为便是有意义的人生了。

和平年代是人类的福祉。

在人类面临苦难的年代,某些人对自己人生意义的要求相当之高,高得苛刻。

屠格涅夫有部长篇小说是《罗亭》,罗亭乃贵族青年,他所处的19世纪40年代,正是老俄罗斯大地上到处可见贫穷与不公的年代,国家失去了振兴的方向和动力。罗亭是进步知识分子的典型,要寻找"短暂的人生"的"永恒意义",认为"能够牺牲自我来为公众谋福利的人,才配得上'人'的称号"。然而他又是迷茫的,有目标而无方法。

罗亭是杜勃罗留波夫、别林斯基、车尔尼雪夫斯基们所呼唤的俄罗斯新人的早期形象。我一直认为,《钢铁是怎样炼成的》中的保尔那句名言,即"把自己整个的生命和全部的精力献给了世界上最壮丽的事业——为人类的解放而奋斗",是受到了《罗亭》的影响。

《林肯传》的作者认为——人类社会一直层出不穷地产生着那样一些人,他们看到同胞普遍生存在苦难之中,自己也会极其痛苦,不再能安享个人幸福——这是无法解释的,但他们的确层出不穷,或可曰之为"普罗米修斯天性"。

他们所追求的人生意义,是与社会的、国家的乃至国际的高尚又宏大的目标和理想连在一起的,非我们普通人所言的"意义"可以相提并论。

已故的周恩来总理年轻时写的四句诗,最能代表中国近代以来那样一些人的思想境界:

> 大江歌罢掉头东,邃密群科济世穷。
> 面壁十年图破壁,难酬蹈海亦英雄。

中国曾有他们那样一些人物产生,实在是我们中国人的幸运和福祉。

由于他们是那样一些"特殊材料合成的",与我们完全不一样的人,于是他们成了在特殊年代,为社会、民族和国家义无反顾地肩负责任和使命的奋斗者。他们是一些"脑袋拴在腰带上",为国为民干大事的人——肝胆涂地,死而无憾,前仆后继,无怨无悔——是人民英雄纪念碑之碑文所包括的人。他们是民族真魂魄,国家真脊梁。特别是在抗日战争时期,不分政治主张、军党阵营,凡那为抗战流过血、负过伤、献出了生命的,我都同样地对他们心怀敬意,起码在抗日这一大节上如此。那一时期,有些人虽非将士,也明摆着做不来将士,但对力图在教育、科技、文化、经济、民生各方面有所作为、提振国运的人,我也是心怀敬意的。在我这儿,对于他们中的不少人,仅言敬意是不够的——我非常非常敬仰他们。

这种敬仰,当然不是先天的,是后天形成的,是文化和历史影响的结果。年轻时主要受文化(包括文艺)影响,中年以后主要受历史影响。

五十岁后我看的书,历史和人物传记远多于小说,至今如此。

我是一个容易受感动的人。听《国歌》《黄河大合唱》,仍会触动我与历史之间若有若无的"脐带",于是不禁感动起来。言其无,乃因我1949年出生,并没经历过此前中国的种种屈辱史、苦难史,对于此前历史,我是零经历者;言其有,乃因一些,也可以说许多中国人,在那史中不但真切地鲜活地存在过,而且用自己的血染红了一页页史册。

血页多多的史册，怎么会是虚无的历史？

故我从不是历史虚无主义者。

我不认为自己被洗脑了——洗我这样的人的脑并非易事。在政治洗脑运动空前高涨的十年里，我也是极少数拒绝洗脑因而并未被成功洗脑的青年。

如果谁对文字的史存疑，那么可看历史照片作为参考；如果认为历史照片也是有选择性的，那么还有影像资料可作参考；如果不信官方的，那么还可听听民间记忆。总之，多看，多听，多了解，某一段某几段真历史的情况，必然会在自己的头脑中比较全面地逐渐形成。

有时我读一篇关于中国近代史事的钩沉或历史人物事迹的补白，感慨良多之际，会觉一个方阵又一个方阵的中华好儿女，仿佛从历史的云烟中向我栩栩如生地走来——有的血染衣裳，有的手足戴镣，有的那么年轻，有的须发尽白；非当下之演员所能从精神上完全演出的形象。

徐锡麟死前，知道自己将被活剖胸膛，剜肝分食——那是极冷血的虐杀，先铐其于板上，复以大锤碎其膝肘⋯⋯

然徐冷笑曰："我志既偿，即戮我身为千万片，亦我之愿。区区心肝，何屑顾及。"

这几行"史载"使我多日处于震撼中，其言时时在耳，难以挥去。

林觉民的《与妻书》，张自忠的致同袍信，每次听到别人读，仍会感动到眼眶一湿的程度。

我有英雄崇拜情结。是的,我毫不害羞地承认此点。当英雄人物的牺牲与国与民的祸福联系在一起时,我认为另有比英雄更亲的总称,便是我中华民族和中国的"赤子"。

作为一个当代中国人,眼见祖国日益繁荣昌盛,我发自内心地感恩他们!

论——坏、恶、残忍

自然,以上四字,是相对于人的概念,是人性的另一面。本质上是一样的。细思忖之,区别在焉。

民间每将坏人言为"小人",倘说某人"坏",意即为"小人"。"小人"并非孔子特殊语境中的"黎民百姓",也不仅仅滋生于民间。各阶层各界别都有"小人"。古代官场的"小人"比民间还多。"绿林"及"士林"中亦非皆是好汉或"清流","小人"现象同样令好人防不胜防。故从前的算卦先生,每言求卦者"命里犯小人",而这是会令对方惶惶不可终日的。

"小人"这类坏人之所以令人防不胜防,闻之色变,乃因他们与恶人极为不同——他们通常绝不以恶的形象言或行;恰恰相反,他们在日常人际关系中极善伪装,有时的表现比好人还好。笑里藏刀、暗箭伤人、阴险构陷、落井下石等词句都是对他们的形容。民间的说法是:"上头一脸笑,脚下使绊子。"那一绊,后果最严重时会使人丧命。

坏人是升级版的"小人"。文明伊始,坏人在焉。"内卷"是人类社会发展的长期主题,"内卷"不止,"小人"不灭。"小人"不灭,坏人难绝。好的情况是,随着人类道德意识的普遍提升,法典的细化,审判的公正化,坏人比之于从前肯定少多了。再少也不等于没有,若法官都奈何不了坏人们,还有民间之道德法庭为受害者主持公正。但正所谓"道高一尺,魔高一丈",坏人们也在不断总结和积累使坏的经验和教训。

一种连心理学家也难以解释清楚的现象是——即使没有"内卷"的前提,仅仅由于对社会的某种不满,对自己人生的某种失意,坏人也会干坏事的。"头条"曾报道,一少年在看别人垂钓,猝不及防地被人一肩膀撞下了河。质问之,曰"不小心"。而回放监控,分明是成心的。就算监控给人的印象是那样,坏人非说是由于"不小心",法律也拿其没辙。

曾经,"恶作剧"三个字老幼皆知,意谓以做坏事当游戏。在从前的北方,某些孩子每往冰面上扬雪,使大意的别人看不出雪下有冰,于是滑倒,某些孩子也于是获得一乐。若被戏弄的是骑自行车的人或老者,后果往往很严重。

那样的一些个孩子成为少年了,他们的"恶作剧"也花样翻新——比如投毒毒死别人家的猫狗;或在夏天,将老鼠夹子摆放在别人家门外。对于穿拖鞋的大人和孩子,老鼠夹子会将他们的脚伤得很惨。等爱搞恶作剧的少年成了大人,不知会干出什么坏事来。坏人不是成为大人以后才变坏的。坏人在是孩子时就已经开始表现出坏的端倪了。问题还在于,坏人使坏,有时是没缘由的。被他们所危害的人,往往既不曾得罪过他们,与他们也素不相识。

坏人之于人类社会,好比癌细胞之于我们的身体。道德对他们变好是不起作用的,法律也难以使他们绝种。迁徙的西方人每到一地开始定居,盖完了自家的房舍后,必定会集体盖教堂,希望宗教会使坏人少些再少些,两三千年都过去了,在他们那儿,坏人并没明显地少。坏人恰恰是不迷信的,大抵如此。所以,"下地狱"之类训诫,对于他们是不起作用的。

故所以然,大多数希望人类社会变得好些的人,除了以不做"小人"自勉自律,其实没别的招。视坏人的存在为自然法则,反而接近于认知了真理。不为"小人"所为,是避免成为坏人的唯一规律。

与坏人相比,恶人只有一副嘴脸,那就是恶。"我恶我怕谁?""恶而强,胜似王。"——这是恶人的信条。"坏人"大抵是个体的存在,恶人却往往抱团,不抱团难以形成势力。称王称霸,手下必有拥众。无法无天,作恶多端,一向表现在恶势力。

然而人类社会发展到了今天,在任何一个但凡正常些的国家,公众对恶势力采取的都是零容忍态度。中国对于黑恶势力的打击成果甚大,故可以这么说,比之于坏人,恶人已不足虑,出一批打掉一批就是了。未来之中国,黑恶势力再难形成公害且无法无天,这是我们的孩子们的幸事。

然而在中国,天性残忍的人仍屡屡再现,仍大有人在。"残忍"二字纯系汉语词,且已应用甚古,意谓其狠何忍,而"残"是相对于被虐对象的。形容"残忍"程度的词,中国已有不少,如蛇蝎心肠、令人发指、禽兽不如等。蛇蝎并不残忍,它们伤人,基本是出于自卫。禽兽也不残忍,它们的猎杀行为仅为饱腹或巩固地盘,并且一向一招致命。说人之残忍"禽兽不如"是对禽兽的诽谤。在地球上,在万灵中,唯人具有残忍习性。若编一部人类的《残忍大全》,其中事例亦可曰馨竹难书。"令人发指"一词,最接近外语的表意——令人见闻而受极大之刺激,汗毛与发皆竖,直问怎么可以那样?倘说了这么多还是不能使人了然,联想一下吕后虐害戚夫人的行径便"长知识"了。稍有历史常识者皆知,她的亲子见了戚夫人被残害得生不如死的状况,被吓疯了。

然而人类毕竟已进化为现代人了。

全世界对残忍行径像对待黑恶势力一样,采取的也是零容忍态度。对人那样必受严惩,对动物那样也必判刑。

然而中国的野生动物保护法,至今尚无禁止虐待动物的任何法条——虐人之罪大焉,虐野生动物亦将坐牢,但虐害之心总是跃跃欲试的那些个"人"(实际上已不能将彼们视为人,应将彼们从人类的纲目中排除,另行从物种学上予以定义),倘不寻找时机虐害乃至虐杀什么,活得便一向不称心不如意。

于是彼们的目光投向了流浪猫狗。

彼们明白——虐害乃至虐杀流浪之猫狗,因为并不犯法,是尽可以放心大胆为所欲为地在光天化日之下当街当众进行的。

若遭谴责,彼们置之不理完全不是个事——是的,彼们深谙此点。

"你管得着吗?!"

若彼们撑（duǐ）一句，阻止者们便无言以对了。是啊，法律都不管，不忍心看着的人当然"无权干涉"了！

那时，彼们的残忍给彼们带来极大快感。

若彼们寻流浪猫狗而不可见，又备受残忍一时难以实施的"折磨"，对自家所养的猫狗亦会下狠手。这样的例子也举不胜举，不举也罢，免得血腥气污了我的文章。

20世纪80年代，离我下乡的地方很近的小城黑河曾发生一案——一名尚差三个多月年满十八岁的大个儿少年，某日手持铁棍，将一偶遇的陌生男子从江堤上打到江堤下、打到江水中，直至打得对方脑浆涂地。

被审时他说："没什么原因，就是忽然想要打死什么，没碰上猫狗，偏偏碰上了他，是他倒霉！"

那少年精神正常，家族也无精神病史。而且，也没被什么不良情绪所困扰，根本就没遇到任何不开心的事，就是所谓"天性残忍"也。

父母请律师为其辩护，希望念其"未成年"轻判——然当地群情激愤，皆认为此"恶物"断不可容于世，处决方能免除后患。

法院顺应民愿，三月后毙之，人心快。

试想，那等"恶物"，若打死的非人而是猫狗，并且一而再，再而三地实施其残忍行径，不是至今仍会逍遥法外，混迹于人世间吗?

可谁能担保其残忍终生不至于转移向人呢？

彼们的逍遥法外，使我联想到了我所经历过的非正常年代。在那样的十年内，"人"对人的残忍之事的总和当是其后四十年的数倍也！

我曾求教于法律界的朋友：中国为什么不可以也颁布禁止虐待动物法？说到底这样的法也是为了保护人啊！

朋友振振有词地说："你得这么想——行那等残忍之事的，多半是成年人，多半又是男的，若判得轻，关三五个月就释放了，他们怀恨在心，伺机报复社会，岂非适得其反？若往重了判，而他们又偏偏是家庭收入的主要提供者，那样的一个家庭情况是不是会很糟？"

我反驳道："但彼们的残忍快感不定什么时候便会转移向人啊！"

朋友说："此一时彼一时，到哪时说哪时，真发生了那样的事再就事论事嘛。"

我良久无语。

似乎，季羡林先生生前曾认为"坏人是不能变好的"。

若他所言之"坏人"是对以上三种"人"的概括，我基本同意。

为了使我们的下一代、下下几代生活在更良好的社会环境中，我觉得有必要也有责任给尚未婚配的女士们提个醒——"小人"和

"恶人"姑且不论，前者毕竟不能总是得逞，后者毕竟已越来越少，唯那第三种天性残忍之"人"，万勿择为配偶。一旦发现其有残忍劣迹，即使已在谈婚论嫁，亦当"断舍离"没商量。不助狞种延续，乃好女性对社会之大德也！

2022年9月12日

犬神

[本文是作者创作的《聊斋》体小说之一。]

狨姓某男，当代人，中年。

余不敢以一人之狞恶，而使一姓之众受辱，故假其姓也。且狞恶之徒，有名毁名，无名也罢，以"狨"代之可耳。

狨天性残忍，自幼喜虐生命，有大快感；昆虫禽鸟，抑或小畜，倘被逮，任性折磨，乐而不疲，以为极娱之事。若遭呵止，心恨恨也，再虐尤甚。其恶难诲，如上天蓄意播撒之坏人种。

数年前，忽起经营念，购门面房，开饭店，几易招牌，并无长性。人以为其利可久，狨每言何足挂齿，朝思暮想速富之策。后定向于专厨狗肉，扩面积，再装修，雇名厨，聘美眉任侍应。举债颇多，然自信满满，野心勃勃，对妻誓言："三年后，本市富户，多吾家也！"

喜亲自持刀宰杀，步骤熟练：先以锤击犬头，昏后吊店前树上，活剥皮，命员工以手机摄过程，发网上。亦亮相于网，宣曰："活犬快烹，滋补高招，壮阳佳法。"又首创"子母羹"——选母犬及其幼犬之嫩肉部分，佐以冬虫夏草、西洋参、灵芝、海马、鹿鞭等温炖之。多数网民不忍视其杀生手段，谴责声浪汹汹。亦不乏铁心硬肠之吃货力挺，遂食客盈门，迎送不暇，生意大隆。有关方面虽厌其恶，然禁止无法可依。

一日，剥罢犬皮，吸烟歇手之际，吊绳断，无皮之犬落而醒，带索绳沿街奔窜，哀嚎不止。行人大怖，有掩目欲昏者。某方面怒，禁其在店前公开宰杀，以"破坏治安"罪罚款。

迁怒于犬，宰杀过程转移至店院内，然其怒耿耿于怀，残忍变本加厉，方法之冷血尤甚。其妻视为正常"工作"，益于生意，向不阻止，且每相助。

又一日，宰杀母犬之际，有临死小犬于笼中悲鸣不止。踢笼数次，笼门忽开，小犬逃往街上，犼持刀追之。

恰一老僧过往，小犬力竭，瘫伏于地，哀咽似求救，状极堪怜。僧驻足弯腰，悯抱于怀。

犼追至，詈言蛮悍，迫僧弃犬。僧睹其裙血迹淋漓，刃粘毛肉，劝其一发恻隐。

犼冷笑曰："千元先入吾兜，否则天神于对面，亦妄想！"

僧解襟祎，纳小犬于怀，首尾皆蔽；后挽袖及肘，指蘸附近浣盆中水，俯身于砖地写两行字——"为救犬命，现场化缘"。遂当街盘膝而坐，微翕二目，双手合十，口中喃喃诵经不止。

犼见法相庄严，心有忌惮，未敢造次。

奇哉异也！盛夏正午，赤日炎炎，道砖上字竟不干退。

驻足行人知遇高僧，纷纷放钱于地，相效慷慨。

僧忽开目曰："足矣！"

围观者未见其身稍动，竟屹然而立，四面致礼谢罢，飘履径去。

犰急拾钱，快速点数，忽无兆而风起，刮走两币，其手所持，恰千元也。

诅曰："多事秃驴，不得好死！"悻返。

僧救小犬归寺，慈爱复加。小犬依恋如母，纵讲佛事及闲踱，须臾不离。或卧膝侧，或随足旁。僧每抱于怀，轻久抚之。木鱼声中，众僧齐诵，经语绕梁，小犬竖耳聆听，其态全神贯注，似能悟。僧眠，亦伏腋下。僧不嫌，喜搭手搂之。

某夜，有金甲神倏现榻前，披紫战袍，眉心多一目，所视射光，如电如炬，分明杨戬是也。僧急离榻，敬问圣君所来何由。神曰："吾哮天爱犬，功勋卓著，由玉帝钦点，列神籍矣。汝所救小犬，与吾有缘，吾即刻携它去，着意驯之，以补爱犬之缺。"

僧曰："此大好事，老衲岂敢阻止，悉听尊便。"

神又曰："犰者，狞种也，吾当惩之，为所害犬伸正义。"

僧曰："人啖犬肉，狃习久矣，不可以害论之。虽可憎，尚应救赎，敢代乞恕，以彰神恩。"

神厉曰："佛有佛戒，神有神威，不关汝事，无复多言。"——其袍骤拂，刹然顿杳。

僧猛醒，却是一梦。视腋下，小犬不见矣，所系铜铃遗榻上。

翌日，天将明时，犹如常剥活犬皮，吊犬忽化其儿，目眈眈直视，惨言："阿爸何残忍若此，疼煞儿也！"

骇极，失手落刃，直插足背。拔出，血流如注，疼叫连连。妻闻声至，未见异常，钩上所悬之犬，皮剥一半，喘息尚剧。

从此，犹每将"工作"，悬犬或化其儿，或变其父母。而他人看来，一切如常。

妻欲送其入精神病院求医，暴怒不肯。

有戚信因果，言中邪，进策往寺中拜佛求僧，或可解。

嘿然依之。

其所见者，恰老僧也。

僧劝其关店、戒杀、捐慈善款，供二郎神像，以超孽海。

犹又怒，撑曰："吾所为，店家常务而已，何孽之有？民皆非僧，以食为天。肉市厨间，日日杀生，剖剁由人，烹炸任己，大快朵颐，享受津津。凡此种事，佛允神许，岂不谓天经地义乎？"

僧曰："差矣！人虽万灵之长，然不应堕为遍食万灵而心安理得之恶魔兽。上苍恩宠，教人种五谷杂粮、百类蔬果，且教人驯化三禽六畜，或代人劳役，或供人食肉蛋，尚难足口福乎？况凡水族，无不尽人人之胃肠，故当自明，有可食，亦有戒食也。犬，自古为人之忠友，戒食甚合人性。即若非食不可之人，亦应宰杀有度。缓慢致死，实为残杀。生剥活割，概属此例。宰杀、残杀一字之别，人性或在或泯也。汝未闻古戏中台词云'要杀便杀，给我一个痛快'也乎？似汝行径，罪孽深矣。老僧观汝貌相，天生恶根，分明残杀成习，狞忍显然于面！头顶三尺有神明，佛眼睽注尔矣。拒进劝言，惩罚在即也！"

骂曰："秃驴！吾来烧香拜佛，捐款求签，乃为听宽心话，解幻象忧，非愿被尔当面羞辱恫吓也！若复多言，大耳光扇尔！就在今日，吾便将所囚之犬悉数吊起，依次活剥其皮。看那头顶三尺之神，端的能奈吾何！"

言讫，唾僧面，扬长而去。

归店，寻绳觅刀，却不见了犬们。原来，其妻甚觉不安，迁疑于犬，折价尽卖之矣。

狂因亏钱怒吼如雷，迫妻相随，驾车追上高速路。巧也，买犬者所驾笼车爆胎，停于匝道，正换轮耳。

狂亦停车，声言取消买卖。买犬者不依，与之呕呕理论。妻亦混账妇，为取悦，不秉公论事，反狐假虎威，与夫沆瀣一气，大耍泼妇之悍，共欺对方孤身无援。

忽而异事发生，一犬自天降。夫妇二人认出，乃店中逃生小犬也。落地即变，须臾巨大，利爪铮铮，排牙森森。

夫妇二人及买犬者皆惊慄如偶，不能稍动。

巨犬向笼低吠，笼门自开。众犬自笼中出，围狂与妻，龇牙咧嘴，目露凶光。然未便扑，睃视巨犬，似待其许。

巨犬扬颈长啸，如狼，声有悲恨。哮罢，以爪按狂于地，咬撕一股下，甩头掷之，众犬争相食；又下一股，顷刻亦被食光，唯剩白骨。惨号甚怖，而巨犬随声变小，缩如当初，跃卧狂家车头，观众犬分食犺之其余。

斯时妻及买犬者，已避于各自车内，隔窗颤望而已。虽频发动，轮不能转。

异之又异乃过往车辆，畅行无碍，仿佛当路发生惨况无隔车见之者也。

须臾犺被食光。地上血迹，亦被舔净。众犬或叼骼髅，或衔衣鞋及骨，与小犬聚为群。瞬间，化烟升空，成白云一朵，俄而消散。

犺是日失踪耳。公安介入，经年案不可破。买犬人失当时忆，一问三不知。妻疯矣，收在精神病院，终日惊骇万状，言所见历历在目。医生护士皆以病话听之，每缚于床，使其无法躁动。

线索全无，遂成悬案。

老僧领养犺子，怜爱甚对小犬。着意授之以学业，且导悟经文。少年颇慧，其智日高于同龄郎。三载后，偕云游，消息遂绝。

今之"异史氏"曰："人即为人，娱当有品，食亦讲德。盖国人之吃，泛而残忍之例，举世无双也。睹全球生灵，有国人不欲啖肉吸髓者乎？龙凤幸为传说，倘果存在，所谓'龙席凤宴'，早成国人所好也。吁哉愚也，人而贪口福若此，其灵智必受累，于是堕也！"

第 二 章

从看动物到看人

叉扇尾蜂鸟的启示

它是蜂鸟中较大的一种，却也只不过燕子般大，美绝。不但有蜂鸟们特有的一动一色变的绸般的细羽，竟还有两枚尾饰，像京剧中"五虎上将"头盔两旁的雉鸡翎。没那么长，但对于它们娇小的身体来说，委实够长了。不同之处在于，嫩柳枝那么细的颤巍巍的翎刺的末端，各有一片如团扇的漂亮的"饰徽"，像从孔雀尾上剪下的一片"翎眼"，牢牢地粘到自己的尾刺上了。并且，它的尾饰不仅可以前后左右摆动，还可以相互交叉。那时它的尾饰看去极像阿拉伯王们的侍女为他们所持的孔雀尾扇，而它们则像极了蜂鸟之王或王后。它们的尾饰总在颤巍巍地动，事实上它们根本不可能使自己的尾饰静止不动。那么细的"刺"，那么薄的"扇面"，也没法做到啊。即使它们想要做到，也会被风吹得颤动不止。

那真是美得简单又精妙的鸟尾！

它们因而得名"叉扇尾蜂鸟"。

我从未有幸在现实中见过它们，也没见过它们的摄影照。我只不过在电视中偶然见过它们可爱又高贵的样子。旁白告诉我，连摄影师也因偶然拍到了它们甚觉幸运。

它们又使我质疑起进化论来。

为什么有的物种进化了,有的物种却千万年来从未进化,样子不曾改变丝毫——如各类蛇。

我对进化论的质疑起初源于孔雀。

孔雀为什么会有那么绚丽的尾?那种尾使它难以飞高,而鸟儿若飞不高,对自身的生存安全有害无益不言而喻,这不是违反进化有益于生存的逻辑吗?"长颈鹿理论"相对于孔雀也说不通——拖着那种又大又沉的尾怎么会有利于觅食呢?

"为了求偶所以美丽"——这是进化论给出的另一种解释。

然而求偶论也难以说服人。

许多物种的雄性一点儿都不美,甚至还生得古怪丑陋,却并没导致它们绝种。有些禽兽从外表看去雌雄并无区别,为什么单单在某几类鸟儿身上,体现出了明显的雄丽雌逊的区别?难道繁衍之本能仅体现在雄的一方?

例子还可一举再举,举不胜举。

然而我并不想彻底否定进化论。在出现更全面更科学的解释之前,宁肯姑且接受进化论。何况,还有基因突变之说替进化论作最后的解惑。

因为,从概率上讲,进化论是有比较靠谱的一面的。

由此联想到了人类关于科学知识的接受心理现象。

某类知识一旦在大概率上能够自圆其说,经由一再地宣讲、传播,并且终于被大部分人所接受,逐渐地,仿佛便是终极结论了。

但小概率现象也是概率现象啊，明明就存在于那里，为什么会被忽视呢？

因为我这样的人是大多数。

"宁信其有，勿信其无"一句中国古话，在此点上也可说成："宁信其对，勿疑其否。"

当绝大多数人（也许占百分之九十五以上）习惯于将由大概率事件推出的某种结论认定为终极结论时，极少数关注并思考、研究小概率现象的人往往就被视为可笑了，于是某些在科学方面贡献了重大发现的科学家曾一度被嘲为"怪人"甚至"疯子"。

须知，即使进化论也是从对小概率现象的关注形成的。

科学发展到今天，成果覆盖面已极广，相当一部分科学成果具有大概率结论的性质，此点尤其体现在医学方面。所谓"特殊病例"，其实便是小概率现象对大概率经验的颠覆。

推而广之，在已有科学成果的缝隙间，分明仍存在着诸种异乎寻常的小概率现象有待破解。

窃以为，未来之科学的发展无非二径——或贡献前所未有之创新成果；或在已有成果的缝隙间又有新的发现，于是使已有成果"百尺竿头，更进一步"。目前全世界的军事科学的竞争，基本体现在后一点上。

愿吾国科技界两类人才都多起来！

2022年9月13日

新加坡胡蜂

新加坡有种野蜂叫胡蜂。

群很小,巢也小,挂在树的长枝条,如挂在架上的黄瓜或茄子。

新加坡雨多,胡蜂的巢每被淋湿。外部淋湿了倒也无关紧要,但有时雨水会顺着枝或叶淌入巢内,淹了巢内的"卵房",并使巢因而变重了,从枝上掉下去。那么,一族胡蜂就面临"国破家亡"的悲剧了。

为了不使此等悲剧发生,胡蜂练就了一种特殊的能力——在悲剧尚未发生之时,"成年"的它们,会三五一组,轮番将巢内积水吸入口中,吹成大水泡,再用双"手"将水泡拨掉。往往,它们须冒雨那么做,其辛苦可想而知。

吸啊吸,吸啊吸,这一组累了,实在吸不动了;另一组接替了上来,真可谓同心协力,不遗余力,各尽其力;能者多劳,乃是它们的"共识"——多劳"者"无怨无悔,过后也断不会居功自傲,要求"家族"的犒赏或尊崇。

它们那一种能力是怎么形成的呢?

有人会说不过是本能,是基因所决定的,不值得一问。

但基因又是怎么回事呢?

对于某一物种,包括人类,良好的基因,难道最先不是由个体的榜样之示范所遗传的吗?

人类自诩是地球上最高等的物种,文化伊始,人类又进化了数千年,但在好的基因方面,是否真的好过了胡蜂呢?人类社会的"共识",是否比胡蜂"社会"的"共识",更符合进化论呢?

细思羞愧。

我尊重个人权力和权利。

但我反感某些"知识分子"一味宣扬所谓"个人主义"——仿佛那是人类社会最最至高无上的一种主义似的。

所幸胡蜂的社会没有文化;若有,并由而有了此类"知识之蜂",于是所谓"个蜂主义"大行其道,那么——胡蜂这种蜂儿早已绝种了吧?

或反过来设问——若彼们便是胡蜂家族之一"分子",遇到蜂巢面临危机之时,是否也会奋力向前吸啊吸呢?

倘坚决不,那么——这样的一个人类,是否比胡蜂不如呢?

鹤的残忍

一说到鹤，人们想到的都是好词及好意象。还会联想到舞姿之美。鹤舞翩翩，是我们对舞姿之美的至高评价，觉得接近仙姿。所以鹤也被认为是仙禽。松鹤延年，是中国人一向对德高望重、宅心仁厚之老者的祝福。

在某湿地自然保护区———一对鹤夫妻要做爸爸妈妈了，这是可喜可贺的事。但不祥和的事也随之发生了。另有一只受了重伤的鹤，偏偏误入了那"两口子"的筑巢之地，那儿被它们认为是自己先占为王的势力范围。

然而那一只受伤的鹤，千真万确是误入了它们的领地，如林冲之误入白虎堂。它是一只年轻的鹤，尚无伴侣，一条腿骨折了。如果它有伴侣，在那种情况下，伴侣通常不会弃它而去，必护其左右，直至它养好伤，即使落残了也能再度飞起降落。

然而它没爱过，便没伴侣，也起飞不了。或许，它并不是误入"别人"的领地，而是发现那儿有一对鹤，于是拖着断腿忍着疼，扑扑棱棱地从远处接近而来。大约，它希望获得两只同类的帮助；

起码,和同类在一起,能增加它的生存安全感。

但事与愿违——那对是夫妻的同类,将它视为来犯之敌了;它们要做爸爸妈妈了,它们为了即将出世的宝宝的安全,不允许任何第三者接近自己的领地,包括同类。它们驱赶它,无情地攻击它,用大翅扇打它,用有力的爪挠它、蹬它,用长嘴啄它。

肯定的,它很久没进食了;它骨折了的腿已够疼的了,它已处于极度虚弱的状态;它既没有招架之力,也没有逃开去的体能了。

它在两只同类不断的凶猛的攻击下,原地伏卧着了,一动不动,任两只同类无情伤害。大约它以为,即使死在两只同类的伤害之下,也比被狐狸吃掉幸运些吧。总之,它表现得那么认命,连一声悲鸣也不发出。

它卧了下去,它的两只同类也就不用翅和爪攻击它了,它们只用剑似的长嘴啄它的头了。鹤的嘴那么的尖锐!鹤的头那么的小!

它们啄啊啄,啄啊啄,直至将它活活啄死。

它至死也没发出一声悲鸣。

它屈辱地悲惨地死了。

简直也是——极有尊严地死了。

那情形是我从电视中看到的。

那情形使我老泪纵横。

我的疑惑是——那一对鹤夫妻,明了它们所攻击的,是一只对它们丝毫也没有危害性的同类吗?我认为它们并不明了。所以当它卧下去后,它们反而更愤怒了,攻击也更无情更凶猛了,不置它于死地绝不罢休。

那情形颠覆了我对鹤的一向的好感。

由而想到人——二百多年前的人类对人类的凶残，与鹤相比，有过之而无不及。宗教有时予以谴责，有时参与谋杀。直到有了国际法的禁止，人类对人类的暴行才日渐减少。即使现在，国际法往往也形同虚设。比如在巴以冲突中，无辜的妇女、儿童和老人死了那么多，联合国除了发表毫无实际作用的微弱的批评之声，似乎也只有袖手旁观！

比之于鹤，进化使人类能够明了——哪些人是进犯之敌，哪些人实际上不是，只不过是躲避自然灾难或战争的难民。而对待难民，筑高墙以挡之，如若大多数本国人支持，便具有了合法性。但若因其是难民而加以虐待、迫害、杀戮，则便犯了反人类罪。

人类靠法律而约束、禁止行为，靠文化而促使自身进化，这是人生而为人之大幸也。

不得杀死无危害力之同类，防卫亦不可过当——在人性方面，人类的进步，比之于在科技方面的进步，只能算是一小步。

这一小步的进步用了几千年。

而人类在科技方面的进步，则简直可以说是日新月异，突飞猛进。并且，最主要的科研成果，一再被用于提高大面积杀伤假想之敌能力的方面。

在我看来，现在世界上所发生的一切战争，无一不是一部分人类出于傲慢和极端自私的考虑精心策划的；彼们无时无刻不在制造理由、寻找借口，以利用优势的武器杀死大批在军备方面处于弱势的别国同类，从而永远在世界上称霸。

彼们都受过极良好的教育，但彼们在人性的进化方面却早已止步不前。

从外表看起来彼们皆像人中鹤，但它们的基因如禽如兽——指恶劣的方面。

而我作为人类中的一员，但愿人类在科技方面不必发展得太快，止于现状也完全可以。但在人性方面，进步得快一点儿，再快一点儿。

2024年2月18日

群居织巢鸟的悲哀

非洲大草原上,有种群居的织巢鸟。它们的巢搭在粗树干之间,最大的高四米,长七米,重数吨,有百年之史,可容纳的"居民"多时六七百户,若以只算,近千也。

织巢鸟只有成人的手掌那么大,胖乎乎的,很可爱。那么小的鸟,要完成那么巨大的工程,非团结合作不可。实际上也是那么完成的,并且是经过一代又一代的不懈努力完成的。一处"古老"的巢,起码是百余代辛勤劳动的成就。它们团结合作的精神是动人的,工程是有分工的——善于觅食的负责觅食;善于建筑的负责建筑;有力气搬运的负责提供建材;有育儿经验的负责照顾集体的下一代。

它们的巢简直可以称为伟大的建筑!它们也简直应被视为伟大的鸟儿。

那巢颇似人类居住的高楼大厦,各家有属于各家的单元,套内面积基本相等,以每一户都住得宽松舒适为分配原则——它们代代赓续所建的不仅是巢,也是它们的"国",它们的"和谐社会"。

它们的"国"是无王之"国",它们平等相处,有点儿大同世界的意味。

但非洲大草原并非"和谐"之地。

蛇是它们的天敌之一。蛇要爬上它们的巢是很容易的事;从窝口钻入哪家哪户吃它们的蛋或雏鸟,也是很容易的事。能够从小小的窝口钻入其中的蛇,自然都是小型的蛇。尽管对于它们来说是庞然大物——但若几百只一起驱赶,肯定是可以将蛇赶走的。几百只啊,每只啄一口,也会使蛇顾得了头顾不了尾啊!

但它们从没战斗过。

它们在建设家园时齐心协力,心往一处想,劲往一处使,表现出了难能可贵的意志统一性。但在面对犯家灭种的敌人时,却恰恰相反,表现得一盘散沙——成鸟纷纷离巢逃避,躲在安全的地方,眼睁睁地看着自己的下一代被吞吃而毫无作为;或缩在窝里,明知左邻右舍正在遭殃,却希望自己一家得以幸免。

而蛇,饱腹之后,居然会在它们的窝里睡一大觉。醒后,消食了,再钻入另一窝里大开杀戒。

人类,经过几番那等悲剧,必然会产生奋起保卫家园的英雄,他们的英勇,也必然会在族人或国人中产生感召力、凝聚力。于是人类的历史中每有以弱胜强的例子。某些小国,靠了众志成城、前仆后继的战斗精神,表现出天不能灭、地不能埋的伟大意志,成功避免了亡国灭种的可悲下场。

然而群居织巢鸟只不过是小小的鸟儿,而非人类——它们的基因中，似乎根本没有反抗本能的遗传。

它们之所以还没在非洲大草原上绝种，原因只有一个——繁殖的数量一直高于被蛇吃掉的数量。

否则，关于它们，便仅仅是传说了。

世界上有与群居织巢鸟们的族群相似的国家吗？

但愿没有。

由一盘散沙似的国民组成的国，对国这个字无疑是讽刺。

那样的一个国，亡了也就亡了，不足惜也。

因为断无以国存在的必要。

相反，有些鸟儿虽无筑巢的高超技能，但保家护幼的勇敢却令人惊佩。

比如喜鹊——电视中曾播出过这样的事——喜鹊妈妈为了保护幼鸟，冲上蓝天，与体型大过自己五倍的苍鹰英勇搏斗。并且，凭了自己体小而灵活的飞翔本领，大败苍鹰，使来犯之敌落羽而逃！

这真令人肃然起敬。

2024年2月20日

第 三 章

我不愿再装深刻了

关于我的读

我接触成人文学，具体而言是成人小说，从小人儿书开始，那时我小学三四年级。当年也没许多专供小学生读的书啊！更没有什么童书了。在民间，亲子阅读现象是不存在的。一般百姓人家都非独生子女家庭，两三个儿女就算孩子较少了。并且，一半以上的家庭有老人，母亲是文盲，家务就够母亲们忙得不可开交了。对于只靠父亲一人挣钱的人家，钱永远是不够花的，所以绝大多数孩子不敢向父母要钱买小人儿书。我读过的儿童文学，不过就是《三毛流浪记》《大林和小林》《狐狸列那》——似乎是从德文翻译的；几篇安徒生童话而已。小学时期看过并有记忆的儿童电影似乎就三部——《红孩子》，一部关于土地革命时期红色少年儿童与地主、还乡团斗争的电影，其插曲在孩子中流传甚久广："准备好了吗？时刻准备着，我们都是共产儿童团……"；一部是《渔岛之子》，新中国后的少年抓特务的故事；还有一部是《马兰花》，童话故事片。连《小兵张嘎》那么经典的少年电影，也是1977年我成了北京电影制片厂员工才看到的……

以上儿童文学和为少年儿童拍的电影,都有小人儿书出版过。

当年哈尔滨的小人儿书铺之小人儿书,内容大抵以下几类:

少数中外儿童文学改编的,马克·吐温的《汤姆·索亚历险记》就在中国出过小人儿书,自然还有《灰姑娘》《海的女儿》;

中国的四大名著以及《杨家将》《瓦岗寨》《三侠五义》《七侠五义》《包公传》《济公传》《封神榜》……举凡人们口口相传的古典故事,几乎都成为过小人儿书;

民间故事——《画中人》《追鱼》《田螺姑娘》《白蛇传》《梁山伯与祝英台》等,且将《聊斋》中那些狐仙、鬼魅的故事也归于此类吧;

革命历史故事、农民起义故事;

外国名著,不仅欧美名著,还有别国名著,如俄苏的文学、希腊和罗马神话故事,《十日谈》《天方夜谭》《浮士德》《堂吉诃德》《唐璜》《玩偶之家》《好兵帅克》等。

我要强调的是——当年在哈尔滨的任何一家小人儿书铺,由外国小说改编的小人儿书都会占到三分之一左右。

而喜欢享受小人儿书铺里的静读时光的孩子,差不多都读过几本外国小人儿书的。

最近几年,我将家中有的外国小说又翻阅了一遍,非名著而以前买了没看过的,反而会认真读读。

基于以下原因:

文化自信或不自信,这是一个宏大的议题。"文化"母题几乎包罗万象。像我这种文化根底浅薄的人，简直不知从何谈起。却毕竟读过了些小说，自认为对文学有点儿发言权。那么，身为中国作家，有必要思考——中国之近当代文学自信过吗？若从未，为什么？倘若其实也有理由自信的，一味妄自菲薄、仰人鼻息大可不必，根据又是什么？

古代却不必比。中国古代的文学景象很灿烂，宋及之前，在任何方面不逊于世界上任何一国，只有景象的不同，没有高下之分。

元、明、清三个历史时期，中国之文化景象一衰再衰，丰富多彩的程度远不如以往，却也不是完全没有可圈可点之处，如元曲、戏剧；明的小说；至于清，文学的成果的确最少，然而《红楼梦》《聊斋志异》肯定是极佳的。清末的《儒林外史》《官场现形记》，批判的功能是发挥了的，文学的成就却一般。清诗也是有些上品的，散见于民间的一些私家诗集，类似于自费出书，自我保留的意义更大些。至于纳兰性德，其词除了炫美一点儿，并无另外的认知价值。但清时是出了一些修史家的，居清而修明史、元史，多为史界所认可。也出了黄宗羲、顾炎武、王夫之这样的进步思想家，他们三位都参与过抗清斗争，真不知怎么就命大躲过死劫的。

1830年，法国的司汤达已出版了《红与黑》；继后，法国出现了巴尔扎克、雨果、大仲马、小仲马、梅里美、福楼拜、莫泊桑、乔治·桑、都德、左拉、罗曼·罗兰、纪德、法朗士、普鲁斯特等作家。

英国在莎士比亚之后出现了弥尔顿、笛福、简·奥斯汀、司各特、勃朗特三姐妹、萨克雷、狄更斯、斯蒂文森、哈代、萧伯纳、劳伦斯、毛姆、乔伊斯等。

美国在霍桑之后出现了梅尔维尔、斯托夫人、梭罗、马克·吐温、杰克·伦敦、欧·亨利、尤金·奥尼尔、德莱塞、约翰·斯坦贝克、海明威、阿瑟·米勒……

德国出现了歌德、莱辛、席勒、霍夫曼、霍普特曼、戏剧家布莱希特、格拉斯……

俄国出现了普希金、果戈理、莱蒙托夫、屠格涅夫、冈察洛夫、陀思妥耶夫斯基、托尔斯泰、契诃夫、高尔基……

以上所列，乃各国在中国晚清前后那一时期所产生的作家，他们在本国的文学影响甚大，都有享誉欧洲的代表作。那一时期，欧洲各国之间的文学翻译现象十分活跃。他们的出现，是文艺启蒙的另一果实。

这里要说的是——他们一个都不可能产生于中国的同一历史时期，估计有一个会杀一个，并且焚其书，连偷看或收藏者也会格杀勿论。在那时的中国，了解以上别国文学现状的国人少之又少。

所以，当清朝消亡后，出国留学的人多了，翻译现象也活跃了，了解在知识分子中特别是文学青年中开始了——文化自卑实属必然，文学方面的崇拜西方亦在所难免。越是一个有过文化灿烂期的国家，反而越会如此。

一种值得指出的现象是，在以上国家中，雷同现象其例多多——如《红字》与《复活》，自我救赎这一主题都很显然。《复活》中的聂赫留朵夫的自我救赎"走在路上",而《红字》中的赫斯特·普林则用实际行动完成了自我救赎,受人敬爱。左拉的《萌芽》与霍普特曼的《日出之前》都是反映矿区劳苦男女之悲惨命运的小说,角色也都惯于借酒浇愁,麻痹自己。而屠格涅夫和都德,都时时将目光投向底层人物,以温柔之心温柔的笔触描写他们人性良好的一面。

还要说的是,在以上作家之前的一两个世纪,这些国家的文学史上其实也都没什么上乘之作。

中国文学其实也就落后了一百多年——然而却是本质上的落后。在中国,小说仍处在故事阶段,拖着评书的尾巴。最主要的是,以上诸国小说中的人物皆是具有现代人特征的,而中国故事中的人物仍是各古代时期的。

然而鲁迅终究出现了——于是中国现代小说的史页翻开了。与鲁迅同代的巴金、茅盾、郭沫若、老舍、曹禺、张爱玲、萧红、沈从文、郁达夫、闻一多、戴望舒、许地山、徐志摩、柔石、张恨水、张天翼等也出现了。

如上一种老中青三代作家、诗人、戏剧家短时期内的出现,分明地组成了近代中国颇为可观的文学方阵——与西方诸国呈现的启蒙时期的文学总景象虽不可相比,但与俄、美、英、法各国的文坛相比,阵容其实是不逊的。

须知,在俄国,普希金之前也是几无文学的。那时的俄国,也是有文学自卑的。所谓文学"种子",皆以能读法文小说和诗为荣。

普希金对俄罗斯文学的最大贡献倒还不在于诗写得怎样，而在于他是第一个使俄语体现于文学的人，其引领作用如同鲁迅是中国白话小说的开山者。至于普希金的长篇诗体小说《叶甫盖尼·奥涅金》，不过是塑造了一个当时社会的贵族"多余者"，亦即"躺平"的青年而已。"多余"的概念不仅仅指无用于社会，还指本该对社会发挥很大作用，却因习惯于懒散而完全放弃了可能。"多余者"形象一再出现于俄罗斯作家笔下，冈察洛夫的《奥勃洛莫夫》更加着意地描写了"多余者"的懒——他"连在梦里都想睡觉"。贵族青年被视为俄罗斯的精英，"多余者"在俄罗斯文学中的频现，折射了上层社会对本国精英的失望，这也正是车尔尼雪夫斯基、别林斯基极力主张用文学为俄罗斯塑造新人的前因。

在司汤达的《红与黑》问世前，法国文学其实也是没多大看头的——尽是些小说化了的青年男女失败的爱情故事而已，皆似莎士比亚之《无事生非》的拷贝版。

在美国，《红字》之前唯一的小说只有《最后的莫希干人》；爱伦·坡的一小批荒诞故事也没什么文学价值，无非满足了一般市民对于荒诞故事的好奇罢了。

在英国，莎士比亚之后，影响大的作品不过就是《鲁滨孙漂流记》《傲慢与偏见》《呼啸山庄》《简·爱》《名利场》《大卫·科波菲尔》《双城记》《化身博士》，以及晚些时候的毛姆的某些小说。

中国近代作家的方阵如果与以上诸国的作家方阵同时出现，会引起西方关注吗？

我想,也不会的。原因较多,不赘述。

另一个问题是——中国的近代作家们,会因而产生文学自卑吗?

以我的阅读为根据而言,似不曾有过。他们只是立足于本国土壤,瞩注和关心本国社会现实,孜孜不倦地为本国文学添砖加瓦,累积成果而已。

所以我们所拥有的文学遗产,是目前这么一种状态的遗产。

这份遗产的品质如何呢?

在我看来,殊可珍惜。若他们当年都很自卑,视西方标准为最高标准,以获得外国人的赏识为最高文学荣誉,留给我们的文化遗产会否更好呢?这我就说不准了,窃以为,或许相反。

有些作品成为名著是可遇而不可求的,如《悲惨世界》《约翰·克利斯朵夫》《简·爱》《大卫·科波菲尔》《双城记》《黑奴吁天录》《飘》《浮士德》《十日谈》《堂吉诃德》《战争与和平》等;《化身博士》《隐身人》《海底两万里》《福尔摩斯》也不可能产生于中国,文学土壤不同。

但《子夜》真的比《镀金时代》差吗?《激流三部曲》难道不够档次与以上别国的家族小说摆在同一水平来评价吗?《林家铺子》《二月》《为奴隶的母亲》《春蚕》《边城》《呼兰河传》《八月的乡村》等作品,难道不能与以上别国的名篇相提并论吗?——当然,这里指的是情节、细节、生活气息、人物刻画等方面的文学共性。夏衍的《包身工》与左拉的《小酒店》和霍普特曼的《日出之前》

有共同的关注点，遗憾的是仅此一篇。而鲁迅显然具有契诃夫式的尖锐，只不过他的精力过多地用在了杂文方面；否则，除了《狂人日记》《阿Q正传》《祝福》，肯定还会为我们留下更多契诃夫、欧·亨利式的精妙短篇的。

军阀混战、国内镇压革命与反镇压所形成的血雨腥风般的不间断的恐怖岁月、抗日战争、解放战争——这种局面发生在任何一个国家，都是不利于文学繁荣和可持续发展的。

但即使在抗战时期，产生于延安的《黄河大合唱》，我认为也是中国文艺工作者激情四射的能动性体现。词作者是已故的光未然先生，他生前我们曾有过交往。好词亦是好诗，若以代表作而论，那样的诗一点儿也不逊于拜伦、雪莱、海涅们的诗。说到诗，闻一多、戴望舒也是我所喜欢的。诗人也罢，小说家也罢，剧作家也罢，算得上代表作的作品，都不过就那么几篇几首几部，若都来比一下代表作，我想中国除了鲁迅外，起码还有七八位是可以与别国的同行们比肩的。

1949年后，情况确实不同了。文学的内容太过单一——除了革命文学，其他内容都分明地不受"待见"了，这也不必多说，我这一代人都经历过的。由于太单一，连周恩来总理也急了，在他的关心之下，才出了一批破局单一化的电影，如《李双双》《龙马精神》《女理发师》《今天我休息》《满意不满意》《五朵金花》《女篮五号》等。

到了20世纪80年代，中国文学又有一次井喷式发展，老中青各成方队。

20世纪80年代中期,日、美及英、法记者一个时期内采访我者较多,几乎都问到同一个问题——你认为谁最应该得诺贝尔文学奖?

那时,这样的问题对于我这一代年轻作家来说是不着边际的,因为对于它的标准的意识形态化已有所认识。

但我还是很郑重地回答了四个名字——巴金、沈从文、李国文、周克芹。

依我想来,当以有长篇力作的中国作家最够分量。而我认为,自己所言的四位作家,其长篇的品质是比较适合诺贝尔文学奖的标准的。我这么说,是因为读过了些获诺贝尔文学奖的外国长篇小说啊,有的水平不过尔尔,看不出高明在哪儿。

却也只能是不了了之的问与答,因为我那四位前辈的作品,尚没译成外文啊。《冬天里的春天》《许茂和他的女儿们》肯定尚无外文版,巴金和沈从文的作品或老早已译过,但对方也没看啊。

如今的我努力回忆,20世纪八九十年代的中国作家,很在乎作品被译成了别国文字吗?很以得了别国的什么奖为巨大荣幸吗?

应该说,高兴肯定是高兴的。至于是不是巨大荣幸,因人而异了。我觉得,当年的作家,似乎没谁努着劲儿非去得外国的什么奖;似乎内心都有数——道不同,难相谋,便都不主动积极地去谋。当年的老中青三代作家,总体上是很有些傲骨的,在外国作家和评论家面前,并不觉得自己先天地矮一大截,在对方面前的心态是放得相当平等的。交流文学看法时,一味奉迎者甚少,反正我没见过那样的场面。像从维熙这样的直筒子,该撑是撑的。张贤亮、冯骥才两位,也曾和和气气地"教诲"彼们要理解中国之文学,先须补点儿课了解了解中国的近当代史。

关于"文化走出去战略"这一提法,当初我就是有异议的人,也在种种会议上坦言过自己的异议。我认为,"战略"二字,不论译成哪国语言,都会引起别国困惑乃至反感。文化的功能,首先是要化好本国大众的心智。各国之国情和民族传统不同,不必一厢情愿地急切地"走出去"。"架起文艺交流的桥梁",这一说法虽然老套,但却说到了点子上。而交流是平等的,不平等还有什么友谊可言?那些明明文艺优越感极强,高高在上地看待中国的国家,我们的"文艺桥"又何必非往他们那儿"架"呢?热脸贴冷屁股就是不自尊嘛!

文艺如此,文学亦然——鲁迅的"拿来主义"仍不过时,好经验为什么不学呢?但过于卖劲儿地往国外推销,不论是自我推销还是被资本推销还是被其他的"手"推销,效果注定是不好的。那么一来,不迎合"口味"成为不可能,即使一时皆大欢喜,到头来也必事功狼藉。

我对创作的思考

我之所以走上文学创作道路，要感激黑龙江生产建设兵团当年举办的文学创作学习班，我有幸多次参加，与兵团的一批文学知青互相交流体会，互相勉励，巩固了我与文学的关系，使我对文学的兴趣由爱读转向了爱写。也要感激复旦大学——我从复旦毕业后分配到北京电影制片厂，电影与文学关系密切，北影的文学讨论氛围很浓，我的创作尝试由此而延续。

我最初的创作也是性格使然——我是喜静之人，以独处的时光为享受。初到北影时尚未成家，工作之余，正可伏案创作。

1982年我获得了全国短篇小说奖；1984年又同获中、短篇小说奖，风光一时。

获奖给我带来了一些益处，使人刮目相看的感觉毕竟是好感觉。所谓文坛也是离名利甚近的场，但当年稿费很低，全国短篇小说奖的奖金三百元，中篇五百元，影视版权费差不多也就那么多——但也不可能总获奖总有版权可卖啊！然而，较之工薪阶层，每有稿费收入贴补家用是深受羡慕的。

当年的作家靠写作逐利是望梅止渴，有那心也没那种可能。故当年追求名的现象是有的。

我得老老实实地承认，自己当年有写作动力，主要是由于出名带来的好处在前方向我招手。那名不但使我自己常被刮目相看，也会使父母获得大的欣慰，他们更加受街坊邻居尊敬了。弟弟妹妹也因而沾光，因为有了我这么一个哥哥，在各自的单位出名。我的兄长也多少沾了我些光，在精神病院颇受医生护士的关照。名并没给我带来过另外的实际好处——分房会象征性地加几分，而那几分没任何意义。涨工资也不会特殊对待——说到涨工资，除了普涨，每次有比例的机会我都主动放弃了，从没争过闹过，因为自己有稿费啊！

古今中外，世上一应个体劳动，脑力也罢，体力也罢，与"功利"二字完全撇清关系是清谈罢了——但并不受到巨大的金钱数目的诱惑，仅被名所召唤，创作的心态是会相对纯粹点儿的。好比古代的诗人词人，并无稿费，"少年不识愁滋味，为赋新词强说愁"也罢，"吟安一个字，捻断数茎须"也罢，那求名的心思，不是也没什么可耻的吗？

心有名欲，会不会影响创作的品质呢？

在我这儿，倒也不会。毕竟已经读过一些名著，知道好与不好的区别了。若要维持名的不衰，当然只能以好作品的水准为水准。

后来，稿费提高了，稿酬开始与印数挂钩了，影视版权费也较可观了——其实也还没高到哪儿去，长篇小说的版权费五六千元而已。

我创作得更勤奋了,渴望通过多出作品挣更多钱。因为我已当爸了,家庭开销大了。弟弟妹妹各家的生活也都比较紧巴,我迫切地想在经济上帮助他们,也迫切地想使爸妈都有个"小金库",我深知老人手里有点儿可由自己支配的钱,晚年的日子会过得踏实点儿。

好嘛,又是图名,又开始在乎稿费了,还自诩一直想努力写出好作品,谁信呢?

真是对不起得很,而这活脱就是当年的我。后来之中国,正值改革拐点,可谓处于剧变时代,老问题新问题迭出——我的弟弟妹妹、中学同学、知青朋友大抵身处底层,命运可想而知,我与他们是休戚与共的关系,用小说、散文、杂文表现他们的命运状况遂成我的创作自觉。此种自觉与名利思想相混合,往往连我自己也分不清,何为动力之主,何为辅助动力。总而言之,那是一个创作高产期,《中国社会各阶层分析》便产生于那一时期,电视剧《年轮》《知青》《返程年代》也相继播出。

作家各有各的文学理念,或曰信条。有的作家从开始创作就形成了;有的作家中途才思考;有的作家一生经历数次理念改变;有的只经历一次,其后恪守不变;有的一生无所谓理念、信条,或曰也有,便是面向市场,唯求金钱利益最大化,明白而唯一,同样执着。

我从没被市场牵着鼻子走过。我不会因为稿费多高而被刺激起创作冲动。

但那时的我也没什么创作理念或曰信条可言——我只不过一向凭着对自认为有些意义的作品的感觉创作罢了。那感觉来自读的印象——谢天谢地，最初所"吸收"的文学营养不差，都属于良好"食材"。所谓"底子"还行，作品总体品质并无明显的"滑坡"迹象。还有，好与不好，我自有标准，不为"时兴"所动；但那并非理念，更非信条，只不过是标准而已。好比手工裁缝或鞋匠，毕竟参观过服装展、鞋展了，对好产品见识过了，知道做成什么样才"拿得出手"了。

2002年我调到北京语言大学后，情况变得不同了——站在讲台上，望着一张张对文学专业感到迷惘的脸，我觉得首先必须给出回答——文学究竟有什么用？对该专业的学子有什么用？对人类的社会有什么用？理工科的任何专业几乎都不必回答此类问题。医学专业、法律专业、农林建筑专业也不必回答。在那些专业中，硕士的从业能力就是会比学士高，博士的水平就是会比硕士高，大抵如此，无争议。特别是医学专业的学子，他们一般是不逃课的。因故缺了一课，自己便会认为是个人损失。

文学专业的生源也不同于戏剧学院、电影学院编剧班的生源，还不同于音乐学院、舞蹈学院、美术学院的生源，甚至与体育学院的生源亦区别大矣。能考入以上高校的，首先都是出于强烈的爱好，录取对自身条件和潜质也有要求——而且那要求一向是前提。

但文学专业的学子们并不是那么招入的——那些其实并不喜

欢本专业的学子暂且不论，即使对于比较喜欢的学子而言，不给出有什么用的回答，学习热忱也会受"文学无用"的影响而消退而懈怠的。

同是文学专业，当代文学与近代文学、古代文学的课又不同。后者起码属于知识；唐诗宋词起码给人以美的享受，某些还确实有益于个人心智的修养。

但对于当代文学亦即小说而言，作为一个专业，用人生最好也最宝贵的四年甚至更多几年来学——到底有什么用呢？

其实也可以不必难为自己非回答这一问题不可。

但我偏偏又是认真的人，凡问题总要话说从头，仿佛不那样就对不起学生。

所以我用了三四节课首先讲文学作为专业对学子个人能力的提高有哪些益处，也就是"有用"性。

文学毕竟是具有社会影响的"产品"，作家可以自诩自己的创作完全是个人兴趣的满足，是过程的享受；一经印成了书，其对社会的影响则成客观事实，不言自明。

所以又得讲文学与人类的古老关系，梳理出其对于人类社会的意义来。

正是从那时起，我开始"反刍"自己以往读过的小说，重新体会它们对于我这个具体的人而言有过什么营养，并且开始回顾自己的创作道路，审省自己作品中的得失。于是，从多种关于文学的观点中，重新确立了"文学即人学"的理念。后来我的创作，都是这一理念支配下的创作。

那么,人又是怎样的呢?可能怎样呢?应该怎样呢?——于是有了前边我关于人的那几方面归纳。

批判也罢,质疑也罢,否定也罢,厌恶也罢,歌颂与赞美也罢——举凡人类反映在文学作品中的一切思想、态度、立场、观点、情绪、情感,都是现实或历史在文学中的必然反映——也都应该是为了使人类社会的公平、自由、友善和爱更多一些;使人作为人以文学为镜,成为精神上心性上更好一些的人。作家自认为怎样也不行,还得由社会来检验,读者来检验。

后来我就是秉持这样一种信条或曰我所"抓住"的意义来给学子们上文学课的。他们听不听得进我就不太管了——我也只能讲自己所认为的文学的意义啊。后来我也是循着这一意义的引导进行创作的,于是,成了一个有自己理念和信条的作家。

在我所接触的流派或曰主张中,曾经先入为主的是批判现实主义——至于现实主义,曾被我认为是"言不由衷"的概念。这主要是由于受鲁迅"投枪匕首"之说的影响甚深,也受启蒙时期的文学影响甚深。那一时期的西方小说,广为流传的,大抵会被冠以"批判现实主义"的标签。

最近几年,重温某些西方名著,再结合西方各国的文学史认真一想,恍悟自己本末倒置了。显然,二者关系更应该是这样的——相对于启蒙时期的古典主义、浪漫主义,特别是古典主义,现实主义在工业革命时期产生了。简直也可以说,现实主义冲淡了莎士比亚们一统舞台和文学领域的古典主义"云雾",真正翻开了现代文学的新页。

而"批判现实主义",不过是现实主义的一种现象。

如左拉的《小酒店》、霍普特曼的《日出之前》、高尔基的《底层》、契诃夫的《第六病室》、哈代的《苔丝》等,难道不首先是现实主义的吗?于是我自己给出的结论是——现实主义原本就是具有批判精神的概念,批判精神并不独属批判现实主义。若将批判现实主义高置于现实主义之上,不但是变相地对现实主义的矮化,也会使批判现实主义在现实主义的道路上渐行渐窄,最终脱离了现实主义的社会"土壤",变得"唯一正确"了。

诚然,某些作品批判现实的特征是格外鲜明的,如上所列。但也有些作品,虽未打上"批判现实主义"的标签,却同样具有批判性,而且将现实主义的内涵包纳得更充分了,视域也更广阔了,如托尔斯泰的《复活》《安娜·卡列尼娜》《战争与和平》、雨果的《悲惨世界》、巴尔扎克的《人间喜剧》、马克·吐温的《镀金时代》、亚历克斯·哈利的《根》、萨克雷的《名利场》、狄更斯的《大卫·科波菲尔》……

并且,事实乃即使同一现实主义作家,也大抵会以两种不同的笔触反映现实,如契诃夫除了《第六病室》《变色龙》,还有《万卡》《樱桃园》;鲁迅除了《狂人日记》《阿Q正传》《祝福》,还有《伤逝》和《社戏》一类作品。而柔石的《为奴隶的母亲》和《二月》之风格也是极为不同的——前者如控诉,后者如叹息……

综上所述，思考使我明白——现实主义是完全可以将批判的功能和关爱的温度自然而然地结合在一起的，故我在与学子们共同讨论现实主义文学时，两类作品是都结合的。对自己的长篇创作，也以有意识地结合为要求。而创作中、短篇时，受字数所限，结合实属不易，却也要做到在题材方面有所兼顾。

毕竟，人类需要文学，并非仅需要它单一的批判功能。随着社会的常态化，时代向好的方面的进步，人们对文学的丰富性的要求也会越来越多样化。曾有记者问我创作《人世间》时是否受到过某些作品的影响。

的确受到过。

但首先的一点是，我已形成了并选择了一种较适合于自己的文学理念或曰信条，所以出版前我表达了"向现实主义致敬"的初心。

托尔斯泰源于真诚的庄重文风，屠格涅夫和都德反映普通人之人生那种发自内心的温度，都在精神和情感上伴随着《人世间》的创作。

我所了解、理解、体会的民间，本就是有温度的民间。它的温度暖和着我由青年而中年而老年，也使我与它的关系是一种有温度的关系。故我眼中的民间，推而广之，我眼中的人世间不可能是完全由丑态和邪恶组成的。那不是事实。中国之民间也罢，人世间也罢，往根本上说，是中国人百代千年生生不息的景象。对此景象反映得客观一些，再客观一些；全面一些，再全面一些，应是作家对自己的起码要求，也是现实主义文学起码应具备的品质。如果违背这两个"起码"，那么必将损害现实主义文学的品质。

闻一多与他的清华同学也是好友潘光旦之间，关于对中国人的看法，当年有一段往事——潘光旦初到美国留学时，对风靡西方的"人种学"甚为入迷，每次通信都向闻一多"汇报"学习心得。

而闻一多曾在回信中写道："如果你学来学去的结果是，用西方的人种学证明中国人先天人种低劣，那么我将备下一把手枪，当你甫一出现在我面前，亲手一枪打死你！"

好友之间的坦诚多么可爱！潘光旦当然也断不会堕落成那样的学人。

但两位好友间的这一段逸事，对于我几十年来却一直如警钟长鸣。

我创作《人世间》的过程中，仿佛陪伴在侧的是已故四川作家周克芹，他的小说《许茂和他的女儿们》也一直影响着我。那是一部既有批判思想也有关爱温度的长篇小说，我一直认为他将二者结合得相当好。他去世后，我和铁凝（那时她还不是全国作协主席）募集了一笔钱，其中一千元寄给了他的家人——足见我俩都是尊敬他和他的作品的。

当我笔下写到《人世间》中的年轻人时，我想象我是老许茂，他们是我的儿女。即使我写到他们令人光火的方面，内心也会不禁地带着父爱；反之，当我写到父母一辈时，也会像老许茂的女儿看他一样，不禁地多些理解。

该否定该批判的方面我已融入小说了,我要求温度是它的品格。因为我所感知的人世间,某时期温度会少些、低些、隐些,但从未完全丧失过。

也有记者问过我:"你那么写,难道不会削弱深刻性吗?"

我的回答是:"可我已经不愿再装深刻了。"

我不愿再装深刻了

一

我与"深刻"二字纠缠的年头挺长。中学时，老师和同学对我的看法之一就是："总爱表达与大家不一样的观点。""大家"指大多数同学。"不一样的观点"自然即有"个性"的观点，而这样的观点必是另类的。那年头"深刻"一词并不流行，语文老师在课堂上分析课文时偶尔说到，同学之间却是不常说的，作文中也不常用。

我认为，对我的那种看法基本上就是"深刻"的意思。因为从我口中说出的每令别人刮目相看的话，大抵并不是从我头脑中产生的，而是从中外书籍中"偷"来的。值得中学生一"偷"的书中的话，多少总会有点儿深刻性。我成心不说是书中的话，于是别人以为是我头脑中产生的，而那又会带给我好感觉。

下乡前，班主任嘱同学们勿赠我笔记本和笔，怕我经常记下"与大家不一样的观点"，给自己造成麻烦。

我下乡后是知青班长，班里都是初中知青，我的哥们儿也以初中知青为主。但我的"思想交流"对象,却又主要是高中知青。连里有七八名高中男知青,他们之间关系并不和睦,但与我的关系却都友好。他们之间在"真实思想"上往往会互相防着,但都与我这个初中生挺谈得来。他们更需要思想交流对象啊,何况他们又都看出我绝不会是出卖他们的人。

"有思想"是他们对我的较一致的看法——那仍是讳谈"深刻"的年代。

后来我上大学了,老师和同学们对我的看法如是。

又后来我成了北京电影制片厂编导室最年轻的编辑——当年的学习会也很多,讨论最多的是文艺思想怎样对、怎样不对的问题。再年轻也得发言,我一开口往往一阵肃静。我明白那意味着对我的认知水平的集体掂量,于是成心言人所讳言之语。别人讳言,而我仗着自己年轻,便很敢言。别人不敢说的我说了,不"深刻"似乎也"深刻"了。

装"深刻"装了多年,在北影终于修成了"正果"——"思想挺深刻"这话,当年在北影的确是许多人对我的共识之一。靠着这共识,我与老中青三代编、导、演中的某些人都结下过友谊。

当年编导室经常组织电影观摩活动,到资料馆去,从电影的"原态"时期看起。

给我留下极深印象的是《篱笆》和《墙》两部黑白短片,各长一两分钟而已。

《篱笆》的内容是——两户人家同时搬到某地,各建家园,于是划线建篱笆。世上本无篱笆，因为有了人，于是有了篱笆。忽一日，甲家发现篱笆斜向了自家这边，便觉吃亏，趁夜移之。第二天乙家发现被移过了，怒，公然重移，矫枉过正，于是发生口角、肢体冲撞、大打出手；于是双方老少齐上阵，结果全都死翘翘——过几多年，一切迹象灰飞烟灭，又搬来了两户人家，同样经过复演一遍……

《墙》的内容是——向往美好生活的一众人等，集体寻找可建幸福家园的理想之地，却在途中被高墙所阻，无门，无边，不可绕，什么年代建的不可考。却有兵守卫，哪国的兵，连他们自己也说不清。于是有人振臂一呼，众人齐上，以圆木撞之，墙岿然不动。这就激怒了卫兵，镇压，酿成流血事件。有镇压便有反镇压，于是产生了有使命感的英雄志士，他们的血洒在墙下。墙是那么坚固，高不可越，多数人只能"认命"地在墙下搭棚建屋，陋居而适。过了多年，可能一个世纪，可能还要长——又来了许多人，达成共识，决意推倒墙，到墙的那边去。前者们凭着经历认为断不可行，而后者们则坚持尝试，他们也唤起了前者们的愿望，在前人后人的共同努力之下，那墙轰然而塌，众人夺缺拥过，果见更美好的生活之域……

要指出的是——此短片问世之年，二战尚未爆发，故不存在对柏林墙之倒塌的影射意图。

编导室的同志们认为第二部短片比第一部更有"意思"——究竟是什么"意思"呢？当年却没讨论。

后来，北京人艺上演了《等待戈多》。我没去看，为弥补遗憾，求影协的同志帮我找到了一份打印的剧本。

若言《等待戈多》是多么经典的话剧,莫如说更是经典的"现代主义"的话剧现象,其本身就很行为艺术。即使在其产地法国,真的看过演出的人也极少极少。但它的几位年轻的"主人"并不气馁,到处贴广告,致使广告不胫而走。巴黎人一个时期内互开的玩笑是——"干什么呢?""等待戈多呗。"那剧无情节可言,只有细节。我对两次重复的细节,在相当长的时期内感到大惑不解,那就是——等待者两次脱下靴子,抖抖沙,重系靴带。

《等待戈多》究竟要表达什么思想呢?那两次重复的细节有什么深意呢?

《篱笆》和《墙》又要表达什么思想呢?难道电影先驱们仅仅是为了娱乐大众才煞费苦心地拍那两部短片?比那两部短片的内容更具有娱乐性的现象不是甚多吗?在"有意思"和"有意义"之间,他们追求的明显是后者呀。《篱笆》《墙》《等待戈多》,它们或许有的深意纠缠了我多年。我是一个极想将自己不明白的疑团想明白的人。却也不是总在想,那会想出毛病。但不定什么情况下确会偶又联想到,疑团一直还是疑团。

调到北京语言大学后,因为学生们也有"何为深刻"之问,迫使我不得不深想,便又联想到了。

一日,边吃午饭边看电视,一档法律节目在分析一桩案情——堂兄弟间因宅基地纠纷酿成流血冲突,无非谁家多占了一尺谁家亏少了一尺而已。于是联想到安徽的三尺巷及"千里捎书只为墙"那话;联想到了《篱笆》——篱笆者,软"墙"也。自然也联想到了长城；联想到了地球仪——其上所标的每一条国与国之间的界线，曲里拐弯的，在现实中都具有不可改的神圣性，一方稍有改线举动，轻则引起外交冲突，重则导致战争。古时的英、法、俄三国及诸小国一把手间的关系，每有堂、表兄弟姐妹或别种亲戚关系，然一涉及领土，亦即地球仪上那曲里拐弯的线，都会六亲不认、大动干戈。

《篱笆》呈现了人类世界从古至今不曾改变的一种真相——一战祸起于领土，二战亦祸起于领土。仍在发生的外交冲突、战事冲突，盖源于此——一分多钟的黑白片《篱笆》，使我终于悟到了其似乎搞笑而已的深意。于是，连《墙》的深意也顿悟了——人类向往更好的生活，却总有无形之墙阻挡此愿。那是热望与失望的矛盾，是现实与理想的冲突。若理想超前，条件不成熟，一些理想主义者的牺牲在所难免。但他们的牺牲绝不是无谓的，因为——那"墙"若未经他们撞击，完全交给时间，其自然倒塌肯定要后延多个世纪；牺牲者们用血和生命加快了历史进程，后人理应纪念他们，感恩于他们。至于《等待戈多》，意尤深也——其公演之年，二战结束不足十载，种种战后遗悔尚在人们心头纠缠，挥之不去；等待是对好世界的又一热望，"戈多"非万能之神，也不是什么先知，却只有无奈地等待。于是，我联想到了另一部电影《迷墙》，它是冷战时期的产物。冷战使欧美国家的人们陷入了对世界安全不确定性的恐慌，对第三次世界大战的预测使许多人惶惶不可终日。《迷墙》是英国拍的，以各种电影语言呈现了"等待戈多"的人们由无奈而绝望而信仰变得虚空的无助。

今日之人类，随着科技的进步，与一百几十年前相比，似乎迈入了童话世界，诸多神奇想象皆已变为现实，先后服务于最广大的人类。然而，人类社会的最核心问题或曰核心矛盾，从古至今不曾改变似乎也难以改变——一旦发生领土争端，战争从来如影随形；在任何一个国家，财富仍归少数人所有，即使在很贫穷的国家也是那样。"劳心者治人，劳力者治于人"——倘所谓"劳心者"是明主贤臣，或卓越的政治家，一国之情形及与邻国之关系，一个时期自然会好些；反之，若国家命运由暴君佞臣所主宰，或由无能之辈所把持，或由无耻政客所操控，情形必定相反。

从核心问题难以根本解决这一点来说，人类社会的发展，确如脱下了几次靴子，抖了几次沙子，再次穿上原靴，系上原靴带。

《篱笆》《墙》《等待戈多》《迷墙》——将这样一些电影、戏剧连起来看、想，人类社会从古至今的历程昭然，概括已矣。林林总总的史，不过是此进程的细化。而林林总总的戏剧、文学、影视作品，包括歌曲，盖属那细化之史的形象化呈现而已。近一百年来，人类社会在科技方面的发展不复是螺旋式发展，直可曰为"电梯"般上升。然核心问题亦即核心矛盾仍在，这种主义那种主义，这种制度那种制度，都未从根本上予以改变。"能改的几乎都改了，剩下的都是难啃的硬骨头了，牵一发而动全身，不改不行，操之过急必走向反面……"——如此这般分析中国国情的话，适用于目前世界上任何一国；简直也可以说，在当下，"放之四海而皆准"。

产生以上联想使我出了一身愧汗。自思曾在许多场合说过许多妄觉"深刻"的话,多次装出过"深刻"的嘴脸,独自羞惭不已。

二

"给大家两分钟认真思考,之后希望有同学能举出一例,证明某种人类及人性现象,全世界的电影中并未涉及——如果有同学做到了,可算一次满分作业。"

两分钟后确有几名同学先后举手发言——而我告诉他们,电影中表现过了。当然,这须看得多些。那时之我,已看影碟较多。与学生交流,其数足够了。

同样交流,可将前问稍作改变——有何种人类及人性现象,以往之先哲或思想家未曾留下过名言?

这问题比第一个问题难,因为参照"分母"大多了。对于设问者,也须读得多些。好在我有多部名言典书,常是我的枕边读物。

竟无同学举手了。

于是我自问自答,以《第二十二条军规》为例,告诉同学们,连当代美国人创作的当代军人题材的小说,看似"深刻",但其"深刻"之处亦分明是"旧识"。中国民间有言"说你没理你就没理,有理也是没理""秀才遇到兵,有理说不清",道出的便是那小说的"核心思想"。在法学界,将此种现象归纳为同时充当法律制定者、权威解释者和终审判决者。在文言文年代，曰"彼亦一是非，此亦一是非""事乃有大谬不然者"。在西方现代哲学中，叫"悖论"。

接着，我向同学们讲了《篱笆》《墙》《等待戈多》《迷墙》的内容，并汇报将它们联系起来看所获之心得。

我们读小说，看戏剧或电影，最习惯的评语是"深刻"——当我们这么说时，实则意味着，在潜意识中我们试图表明自己也够"深刻"，而我们不过是将"深刻"之思想与"深刻"之印象有意无意地混为一谈了。多数情况下，我们所获的是"深刻"印象。规律乃是，"深刻"的思想大抵产生于"深刻"的一应文艺作品之前，而后者将前者艺术性地、形象化地"诠释"了——这也正是文学、戏剧、影视作品该做的并应努力做好的事。因为，人类的社会需要文学艺术通过"深刻"之印象，将深刻之思想最大程度地深深地"刻"在人类的意识中。

最新的具有启蒙价值的思想，对于当代最卓越的思想家来说，也是难以奉献的，遑论小说了。如果竟有，那么作者便是"戈多"了。但《等待戈多》已问世七十年了，"戈多"并没出现，证明那样的小说及作者并未真的产生。

我也谈了自己的创作体会——每当我在创作过程中想要证明自己是有"深刻"思想的，我塑造人物的初心便受到不同程度的干扰。幸而此时，别林斯基的话总会在耳边提醒我。

他所说大致如下：如果所谓思想追求干扰作家塑造人物，那么最好排开此种干扰。只要作家塑造的人物是可信而又令人印象深刻的，那么该人物必然同时具有独属于他的亦属于某类人的思想性……

如果作家不接受别林斯基的观点，也可参考马克思的文艺观。他对席勒的戏剧创作提出过友善的劝告——思想大于形象。"大于"即疏离，会使人物概念化，在国内，评论界的说法是"主题先行"。须知，契诃夫的一应讽刺小品文或曰小小说，果戈理、莫里哀的一应戏剧，《死魂灵》及《官场现形记》这类长篇，欧·亨利的经典短篇，甚至包括《阿Q正传》《羊脂球》《包法利夫人》这样的名作，其思想之核，亦皆可从人类先前的思想成果中发现相关阐述——这些作品之所以好，不是因为它们首现了某种思想（那种情况甚少），而是因为它们成功地通过所塑造的人物使某种已有思想生动地形象化了——文字所传播的思想的受众通常（特殊年代特殊时期姑且不论）是少数。但文学和戏剧、影视——包括歌曲化了的形象——之情绪影响力、感召力却是广泛的。从这种关系来说，思想与文艺如姐妹——思想牵着文艺的"手"，共同对世道人心施加影响。连西方的启蒙运动也是如此完成历史使命的。

我在那堂课结束前强调性地予以说明——不论是我还是他们学生，往后我们都不必装出思想深刻的样子。因为装出这一点是颇费心思的事。装久了，会患上瘾病，想象自己是中国的"戈多"。

当然，我们师生都是具有一定思想能力的人，比一般人的思想能力高点儿——世界已变平了，思想传播方式快捷了，可谓"坐地日行八万里"。受过高等教育的人也多了，人类已不再可用启蒙者和被启蒙者简单地区分。思想也不再可用有或无来言说，分歧已大抵是由立场不同所导致的了。

在这种情况下，抛弃故作"深刻"的伪装，其实是自我解放思想，回归真实的本我。而以寻常又去除了矫饰的本我之心态和眼光看待、赏析一应文学艺术，领略其艺术地、形象地表达某种以往思想的良苦用心，反而是对文学艺术的更虔诚的尊敬，比不当地抬高其思想性借以证明自己思想的"深刻"严肃得多。若以"深刻"之思想而论，《浮士德》除了另类欲望书写委实并无更多的什么高屋建瓴的思想可言。那类思想，在《聊斋志异》之《陆判》一篇中，便有部分如出一辙的体现——不论《浮士德》还是《神曲》《唐璜》，所具有的思想性几近一致。

它们的经典性在于情节的想象力和形象的典型性。

故所以然，当有人问到歌德对创作之意义的看法时，他庄重地回答："我只不过在重复前人做过的事而已。"

思想的天地有多宽广，文学艺术创作的触角便会亦步亦趋地跟进，尽量用形象和情怀充满其间，循环往复，无休无止。

当这样来看待文学艺术时，在教学中反而能发现关于文学和艺术的更多精神……

2022年7月27日

文化的好与坏

中华民族,历史悠久。依我看来,至1912年清朝皇室发布逊位诏书前,史况本质上是一样的——国乃皇家"天下",人乃皇权统治下的"子民",百姓创造之财富任由皇家收缴、支配甚至穷奢极欲地挥霍。区别在于,仅仅在于,若子民幸运,生逢好皇帝亦即所谓"仁君"在位的年代,且无外患,无内乱,朝廷由贤臣良将组成顶层领导班子,再加上少有大的自然灾害发生,那么,百姓得以休养生息,百工得以蓬勃发展,士人安分,商贾活跃——便会被史家说成"盛世"了。

古代的史家与近代的史家很不同的一点在于——前者对"仁君""明主"一向歌功颂德;后者则大不以为然,再三指出皇帝就是皇帝,都是封建统治集团的头子,"总舵把子"。所谓"仁"与"明",不过是统治术玩得高超。归根结底,是为了"家天下"能千秋万代罢了。而所谓贤臣良将,也不过是皇家的优种鹰犬。如此看来,仁君与暴君、庸君,贤臣良将与奸相恶臣就没本质区别了。

我年轻时是很接受后一种史观的,奉为圭臬,以为便与封建思想做了一切斩断的决裂。

后来读的史书多了点儿，领会的史观丰富了些，看法有所改变。

这我真的要感激胡适。

他那句"君子立论，宜存心忠厚"的话对我影响很大，很深。他的话并非针对历史研究，而是指人与人辩论甚至论战时的态度。胡适是对个人修养有很高自我要求的人，认为旨在以文字为武器一心"击毙"论敌的粗暴辩论态度是不可取的，属于江湖上的暴力崇拜行径。

智哉斯言，君子者胡适！

窃以为，对待历史，尤当立论公允；厚道的眼光，反而会更接近史实一点儿。

比如武王创周后的执政表现，确比他号召诸侯所推翻的商纣王的统治人性化得多。而商纣王，则十足是变态的恶魔式的暴君。孔子以"克己复礼"为己任，对弟子们反复强调"悠悠万事，唯此为大"，是可以厚道地理解的。

而刘邦立汉做了"天子"后，也确实与秦二世的暴戾昏聩有别。

包公、海瑞、杨家将、岳家军等被后世人一再以戏曲、评书的形式歌颂，不能仅以民智愚昧而论。

即使那些治国表现总体上与"仁"不沾边的皇帝及其大小官员，只要在某事上表现了对民的一次、一点儿善举，使民间疾苦从而减轻了些，使社会制度从而人性化了些，也当予以承认、肯定。

此种对历史人物的公允、厚道的态度的养成，有益于当代人对当代事之立场的客观。

举例来说，自启夏以降，奴婢现象便存在矣。当时女奴并不叫婢，叫婢是后来之事。至先秦两汉，户籍制度逐渐形成，至魏晋时，已较定型。至唐宋，更加成为国法之一项内容。

那种国法规定，户籍分为皇族、贵族、军籍、民籍、贱籍——分类造册登记。

贵族虽贵，因与皇族并无血统关系，与皇族在法办方面还是有区别的。陈世美只能算是"国戚"，不能与血统上的皇亲混为一谈。若他是皇帝的亲兄弟、亲子侄或叔伯之亲，包文正能否真的铡得了他，或还敢不敢铡，也许将是另一回事了。封建之所以谓封建，血统是至上的。至上到什么程度？老婆那边的亲戚，该杀那也是按倒了就杀的。理论上国丈杀得，皇帝他爸的毫毛是没人敢碰一下的——除非得到皇帝的授意。而皇后的三亲六戚若犯了法，该怎么处置，全看皇帝对皇后的宠爱程度。

再说古代的户籍——士农工商皆属民籍。农业之国，国税主要依赖农民缴纳，故农民的重要性排在工商前边。士人中出"干部"，出皇家倚重的栋梁之材，兹事体大，虽同在民籍，地位突显。

而所谓贱籍，从唐宋至元、明、清，成分越来越芜杂。实际上，宋后官户、杂户已不存在，唯余乐户、疍户及堕民等种类了。

官户非指官员的户籍，乃指户籍虽直隶"农司"，但身在官府，听命行差于大小官员的下等民，多为战俘后代，地位比奴婢略高，却也高不到哪儿去。他们只能相互婚配，不得娶嫁"良人"，亦即士农工商之子女，违者杖百。没有武松那等抗击打的功夫，不被活活打死才怪了。

杂户乃指被判以"谋反""降叛"等"政治"罪名的人的后代，后代的后代亦在其列。

北周建德六年（577）曾颁诏书，谓"一从罪配，百世不免，罚既无穷，刑何以措。道有沿革，宜从宽典。凡诸杂户，悉放为民，配杂之科，因之永削"。

"革"自然就是改革。这"道统"的改革自然是进步。我们今人偏不以为然的话，那么今人又成了什么人？

北周的"天子"以为仁心一发，天下"自此无杂户"矣。

哪里有他想得那么简单！

到了唐朝，"道统"又复原了，依然规定"杂户不得与良人为婚，违者杖一百"。并且更严了，"良人娶官户女者"，亦将受严惩。却也留了一线希望，若有忠义表现，侥幸获得赦免，可跻身平民行列。

此外还有驿户——因亲属犯罪逃亡而被发配到偏远驿站的服役者。

营户——被强迫迁徙并从事营造苦役的人。

乐户——罪犯亲属中有姿色和艺术细胞、被选中为官为军提供声乐服务的男女。乐户之地位与官户同等，也只能在同类中自相偶配。

九姓渔户与疍户——据传是唐宋以后从四川、云南迁徙到两广及福建的草民，无土地，世代居水上，以船为家，善潜海取贝采珠，主要以打鱼市鱼为生。他们中每有途穷路末、自卖为奴者。

从事优伶、舆夫、吹鼓手、剃头匠、轿夫、说书人等职业者，都被认为是沦落之人，户籍与丐户归于一档——元、明两朝，男不许入塾读书，女不许缠足（反而是幸事），自相婚配，不得与良民通婚。"即积镪巨富，禁不得纳赀为官吏"——这种情况，延至清代；出身铁定，绝不可变。

清朝出于尊卑观点，对以上等级制度又有添加，连衙役皂卒也归入了贱民之列，严格禁止他们的子孙参加一切仕考。所谓皂卒，穿黑衣的使唤人也。衙役的后代即使已被过继给良人为子，仍不准应试。而良民一旦被招募为衙役，其身份也便由良而贱。

清代刑律规定，奴婢伤害平民从重处罚——奴婢殴良人者，比凡人罪加一等，"至笃疾者，绞；死者，斩"。如奴婢殴"家长"，属弥天重罪——不论有伤无伤，不分首从，"皆斩"。

清代依然禁止"良贱通婚"。

康乾年间，朝廷就八旗内部放奴为民颁发条令：凡八旗户下人家，倘若出于自愿，可以"恩准"奴仆还自由之身。随后，又将此条例推及汉官。且明文规定，获释奴仆"准与平民应考出仕"。

雍正五年（1727），朝廷下诏，允许部分表现有功义的贱民脱籍归良。诏曰："朕以移风易俗为心，凡习俗相沿不能振拔者，咸与以自新之路……免至污贱终身，累及后裔。"

乾隆三十六年（1771），续颁"新法"——即使那些疍户和堕民，若经四代"清白自守"，亦可入平民籍。

于是，有助于我们明白，何以清灭明后，在不甚长的时期内就基本稳定了统治局面——靠的不仅仅是镇压。而元灭宋后，对汉人全无德政可言。故，清比元的统治期长久得多。镇压与怀柔并举，努尔哈赤的后代们，在此点上比成吉思汗的后代们略胜一筹。

为什么要回溯这些史事呢？

盖因与中华民族的阶层谱系有关耳。

古今中外，所谓文化，确乎从来都打上阶层的烙印。而社会进步的一个标志乃阶层文化越来越式微，文化品质的一致性越来越成为大方向。进言之，即社会地位不同的人们，经济基础不同的人们，在文化方面却越来越模糊了趣味之高低；所谓"上等人士"未必同时便是文化优上者，所谓"平民百姓"未必不能"腹有诗书气自华"。而大多数人，只要愿意，不但是文化受众，还完全可以是好文化之提供者、传播者。

知识分子间有一种观点认为，文化总体而言都是文化，并无好与不好之分，所谓好坏，无非是一部分人为了实行对另一部分人的文化操控而鼓吹与推行的利己标准。君不见某一历史时期的好标准，星移斗转，"道"变人变之后，于是被证明为不好，甚至被证明是很坏的文化了吗？

此种现象确乎不乏其例。

但本人认为，不能就此便得出文化本无好坏之分的结论。

人是感受系统丰富的动物。连细菌对人亦有好坏之分,何况与人的思想、精神和心理关系密切的文化呢?

某种文化彼时代被奉为好文化,此年头被质疑、否定、颠覆,归于不可取一类——为什么会这样呢?还不是因为人们的文化评价水平提高了,能够以好的文化标准来衡量了吗?人类已经与自身所创造的文化密不可分地"相处"几千年了,若在文化品质上至今仍不能区别好与不好,岂不是太可悲了吗?

第 四 章

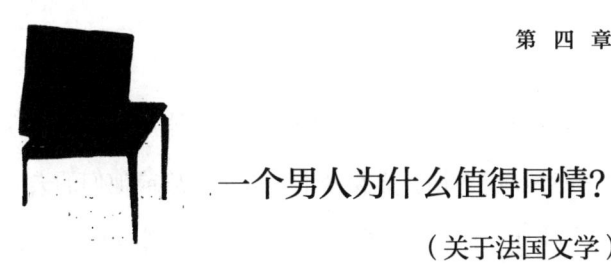

一个男人为什么值得同情？

（关于法国文学）

横空出世《红与黑》

在《红与黑》之前，法国小说和戏剧所呈现的内容基本是贵族社会的生活横断面，人物基本是大小贵族或他们的夫人、儿女、情妇、私生子；而这差不多也是同时期欧洲别国的情况。

这一时期是法国戏剧向小说演化的过程，或也可以认为是小说在戏剧的子宫受孕成胎的过程。

法国戏剧袭承了古希腊戏剧重视人物心理表现和分析的特点，如莫里哀的《恨世者》，并自然而然地显示出了"批判现实主义"的主动意识，如莫氏更著名的戏剧《伪君子》。这一时期的所谓"现实"，仍局限于贵族社会的范围之内。戏剧如此，小说亦如此。在我看来，可证明以上情况的较典型的例子，当属玛丽·马德莱娜的小说——她发表小说的用名是"拉·法耶特夫人"，其作品每以贵族夫人为主人公，如《蒙庞西耶王妃》《克莱芙王妃》《汤德伯爵夫人》；她是法国"女性文学"的鼻祖，也是运用小说进行贵族女性情爱心理学分析的能手。

《红与黑》的出现，使以上情况完全不同了。

距离《克莱芙王妃》的问世,已有近二百年了。

《红与黑》突破了法国贵族文学长期故步自封的藩篱,使现实主义呈现了题材更为宽广的多种可能性。

于连是此前法国戏剧和小说中从未有过的主角。

他的"问世"意味着戏剧家和作家此后开始将关注之目光和创作之冲动转向芸芸众生,亦即民间了。

《红与黑》是法国文学(包括戏剧)从古典主义后期转向现实主义初期的分水岭。

可悲可叹之于连

于连是法国那一时期的青年野心家式人物吗？

我觉得并不是。

诚然，他内心存有强烈又强大的实现个人阶层逆袭的渴望——但他对权力并不感兴趣，那渴望的基本内容从开始产生一直到终结只不过是对荣华富贵和真爱的向往与追求。在他身陷牢狱并将被执行死刑的一段短暂的日子里，荣华富贵已成泡影，其人生追求便只剩下了真爱。真爱亦不可能变成以共同生活来稳定的现实，所以他像濒死之人渴望救命药丸一样，渴望德·瑞纳夫人的每一次探监。而她是他的初恋对象，也是造成他人生悲剧的最大的一个"雷"。或也可以说，她是他人生中具有宿命性的一个灾星：他对她来说亦是如此——所以，在他死后第三天，她也由于悲伤和万念俱灰而安静地死去。

从未羡慕权力，也未运用过任何可曰之为计谋的手段追求权力，这两点使于连那种强烈又强大的渴望或也可用野心来形容，但他本人却显然是区别于"野心家"三个字的。不错，他曾梦想成为将军或元帅，却主要是由于羡慕他们的俸禄。当了解到他们（被冷落的拿破仑时期的将军和元帅）退休后的俸禄没自己想的那么高，便转念要做教士了。

《红与黑》的创作风格

司汤达既开了法国现实主义文学的先河，又不可避免地深受古典主义心理分析一派的影响。

所谓西方古典主义，一方面是由内容所定义的，即主要人物大抵是王与后或贵族男女；另一方面是由心理分析这一种风格所定义的。因为那些故事大抵涉及非正常的爱情关系，以及由此引起的妒恨与陷害、复仇与自我毁灭、对宗教信条的动摇、叛逆与复归等主题，心理分析遂成必然风格。进言之，若非如此，那些故事中的那些人物的行为便难以合理解释。又因为那些人物原本都是有信仰的，早期的那些人物信仰某神，后期信仰宗教，甘愿由神或教义来监督自己的行为，所以一旦陷于矛盾旋涡，人性便异常，德性便分裂，心理分析不但必然，而且作为保障创作水准的方法，实属必要。此风格由来久矣，始于古希腊故事与戏剧，如《美狄亚》；在莎士比亚那儿亦有继承，如《哈姆雷特》《奥赛罗》《麦克白》等。简直也可以说，陀思妥耶夫斯基实际上差不多等于在进行古典主义的俄罗斯文学化——"罪"与"罚"这一合二为一的主题，几可概括为他之主要作品贯彻如一的主题，心理分析也表现为他的长项。

《红与黑》中，于连甫一出现，司汤达便对他的欲望世界进行了层次分明的分析——是怎样的？为什么那样？特别是对为什么那样的分析，体现了司汤达难能可贵的社会学眼光。及至于连与德·瑞纳夫人初次相见，情欲在两个人的内心都泛起了涟漪，于是分析开始侧重于性心理学方面了——一个刚满十九岁的来自乡下的小青年，对一位宗教意识诚笃且既美又善、大他十岁的市长夫人产生了初恋，并且"诱使"她也投入了情网，如前所言，其非正常性使心理分析成为必要甚至必须。之所以用"诱使"二字，乃因于连不但是主动一方，且运用了一些小伎俩。然而那是于连的初恋，他也并非在"玩"情场老手的泛爱游戏，所以那些小伎俩不至于引起读者的嫌恶，使于连这一人物未陷卑污之境。作家对于连和德·瑞纳夫人进行性心理学分析时，兼顾了当时各类人对阶层、宗教和所谓道德与否的种种看法，也在情节和细节之间，见缝插针地织入了自己的观点——而这正是优秀作家之所以优秀的方面。

所幸，心理分析是充分的。否则，于连入狱后德·瑞纳夫人之频频探监，并且二人在牢房那种特殊环境中的炽爱情节非但不可信，简直还会令读者感到别扭的。一般情况是，彼此宽恕尚在可信范围，重燃爱火且到炽爱的程度，则是太超出普遍人性状态的表现——毕竟，一方因另一方而身陷囹圄，即将被押上断头台。

文学人物（包括戏剧及影视作品）之命运，皆由创作者左右。

所谓"自有其命运"是不符合事实的。"他们"断不会"自有其命运",其生或死,全在于创作者是如何考虑的。问题仅仅是——结果在读者那儿是否合情合理。

于连在哪些方面值得同情？

《红与黑》发表后，于连这一文学人物首先在法国，继而随着翻译在欧洲诸国以及俄罗斯中下阶层男青年中引起广泛同情。可以这么说，《红与黑》译成了哪国文字，同情必在哪国的"他们"之间泛起。

于连确有值得同情的方面。

首先是，他自幼丧母，成长过程缺失母爱。

并且，其父是不良之父。这位木材厂老板对金钱的贪婪是没够的，仅将儿子当成为自己挣钱的工具。因为于连自幼身体瘦弱，还常在工作时看书，被父亲认为是一个难改偷懒恶习的，几近于吃白食的"累赘"，对于连动辄打骂。

于连并非穷困人家的儿子。其父仅靠与德·瑞纳市长置换厂房占地，就获得了六千法郎，而那是一大笔钱。置换对于他反而是极有利的，木材厂的生意更好了。完全可以这样说，于连其实生活在一个根本不差钱的家庭。但他的父亲极为"抠门儿"，将两个儿子的花用限制在了最低程度。有于连那样一个相貌出众、颜值特高并且酷爱读书的小儿子，家里又不差钱，普遍的父亲大约都会供他去读书的——遗憾的是，于连的父亲不是那样的父亲。

他的哥哥对他也不好，总是对他恶语相向。至于为什么，司汤达并没特别交代，估计由于以下原因——于连"偷懒"，会使哥哥觉得自己多干太吃亏了。倘父亲死了，明摆着自己将继承家业，那么于连这一家庭的"累赘"，岂不成了自己人生的"累赘"？还有就是——当哥哥的嫉妒弟弟的好容貌，这也是完全可能的。

"林子大了什么鸟都有"这话，也可引申为世间百态，什么样的爸什么样的哥都有。

然而于连这种不幸，与阶级压迫无关，与社会不公无关——那只是他的宿命，所谓生错人家了，怪不得任何方面。所以，在此点上，同情他的各国中下阶层的青年，除了单纯的同情，并不会生出另外的任何情绪。

但于连除了相貌出众，智商亦颇高，教他学拉丁文的恩师，认为他的拉丁文水平几近于学者水平，而拉丁文《圣经》，乃是具有文字权威性的《圣经》，否则市长先生也不会非聘他做自己三个孩子的家庭教师。成为巴黎某侯爵的秘书后，他曾被一位院士认为是一个"有人文思想"的青年，连博览群书的侯爵的儿子也对他刮目相看，爱听他发表各种观点。而侯爵那一向高傲的女儿玛特尔，很快就觉得于连是一个"不会向别人下跪的人"。

这样一个才二十岁出头的人，怎么论都该是一个优秀的青年。若是贵族青年，肯定前途无量。但他是来自于乡下的木厂老板的儿子，所以他除了成为一个十分出色的豪门的"下人"，不可能另有什么前途可言。

这一点，就使欧洲各国当时的中下阶层的青年，不但同情，而且忿忿不平了。他们的不平，也是为自己感到的不平。

在德·瑞纳市长家任家教时，于连的酬金是每月30法郎，在一座小城，这是不低的有面子的收入。在巴黎，侯爵给他的工资是每月100法郎，作为试用工资，也是不低的。介绍他进入侯爵府的一位主教坦言，只要他能胜任，年薪6000法郎不无可能，而那则是令人羡慕的高薪了。

贵族在阶层鄙视链的顶端，其次是各级官员，虽非贵族，但权倾一方。再其次是拥有资本的暴发户（于连的父亲其实也是彼们之一，当地乡下人巴结地称他"老爹"）——于连们则一无所有。虽然有出众的颜值，有才情，但无贵族身份，若想成为"上流社会"一分子，那也还是等于没资格。在维立叶尔这座小城的市长家里，于连感受到的是一些庸俗的头面人物不加掩饰的鄙视，若非由于对德·瑞纳夫人的深情眷恋，他早已因难以忍受而离去了。在侯爵府，他感受到的是一些彬彬有礼的贵族人物含而不露的轻蔑。在他们对他表示好感时，骨子里也还是认为他是一个"下人"。而于连之所以未离去，乃因那时他除了进修道院就再无处可去。

司汤达通过《红与黑》，将法国社会当时的阶层鄙视链咄咄逼人地予以呈现了——在他之前，不仅法国，从老俄罗斯到欧洲诸国，还没有一部小说呈现得那么分明又文学。某些小说，虽然也呈现了城里人对乡下人、大城市人对小城市人、大贵族对小贵族、富人对穷人的鄙视——但都只不过是捎带地呈现了；而《红与黑》的创作初心即在于呈现，故事本身是司汤达借以呈现的主体罢了。于连在某些方面令我联想到《父与子》中的巴扎罗夫。也可以说，于连是第一代巴扎罗夫。于连因情事案而死于断头台上，巴扎罗夫死于为穷人治病受到病毒感染——这意味着中下层青年即使成了知识分子，要想争取到与贵族们平等的社会地位，也还是要历经坎坷。

　　被贵族阶层表现不同的轻蔑与鄙视所困扰，还不是于连最值得同情的方面。他最值得同情的一点乃是被判了死刑。于连固然有罪，但其罪绝不当死。明明不当死而竟被判死刑，乃是法律公然地挑战公理。若于连是贵族青年，他那些事是完全可以在贵族之间私了的，过后只不过变成一桩风流韵事罢了。何况，德·瑞纳夫人已真诚地原谅了他。正因为于连并非贵族青年，法官们遂可玩弄法律于股掌之上，并本能地代表所谓"上流社会"置于连于死地而后快！

于连为什么不上诉？

在司汤达笔下，于连也是恋生怕死的——而这是真实的。一个二十几岁的青年，怎么会不那样呢？

凭侯爵家在巴黎上层广泛持久的影响力，凭玛特尔对斡旋各种关系驾轻就熟的能力，只要于连上诉，大事化小、小事化了是完全可能的。并且，德·瑞纳夫人也甘愿为于连承担一部分罪过，这会大大增加上诉成功的把握。

但——上诉的前提是忏悔；忏悔的前提是如实交代。尽管，他与德·瑞纳夫人的私情已受到她丈夫和"上流社会"的猜疑，但他所承认的却是入室盗窃冲动伤人的罪名：如实交代等于对她的出卖，会使她身败名裂。而那时他爱她的名誉胜过爱自己的生命，她爱他却远超爱自己的名誉！也正因为如此，他对她要牺牲自己的名誉而保他的生命，做出了激动乃至愤怒的反应。

即使，于连交代了，忏悔了（不如实何言忏悔？），保住命了，他也不愿回到玛特尔身边继续做她的"影子恋人"了。那侯爵的女儿太过强势也极任性，于连复又与其破镜重圆后，有污点的他，在她面前的尊严必将荡然无存——而那么一种结果对他来说还莫如一死了之。

　　还有一种情况也是于连抱定一死决心的原因——他已成了各阶层年轻女性心目中的"英雄",一个明明尚有生存机会却拒绝忏悔、视死如归的青年,在她们看来是精神强大的,自从"公社"时代和拿破仑王朝那页历史翻过去以后,法国社会特别是"上流社会"视死如归的男子稀少了,于连满足了她们对英雄型男子的崇拜。要么跻身于"上流社会",要么成为英雄,此两点是于连人生中的两大追求。在第一点上他失败了,他一心要在第二点上成功。在第二点上成功了,他认为自己在鄙视链上就以高傲的胜利者的形象存在过了,那么就等于自己以死鄙视了整条鄙视链;那么死不足惜也!

他们为什么非那样？

这里的"他们"，乃指法官们。法官们的背后，是左右他们判案的贵族及达官们。表面看起来，他们是自己人和自己人的关系；而实际上，他们之间也为了比谁说了算而明争暗斗。

于连成了他们明争暗斗的牺牲者。一个从乡下来到巴黎的木厂老板的儿子，居然使一位市长夫人与一位侯爵的女儿（她的父亲是法国最"伟大"的贵族之一，而她已经继承了爵位）争风吃醋，都不惜名誉被污，身份受损——这简直就是整个"上流社会"的奇耻大辱！"上流社会"的女性，皆是装点"上流社会"的花瓶，不论她们与上流社会的男人之间发生了怎样的丑闻，都不影响"上流社会"从外表看起来的光鲜华丽。她们的身份和名誉居然被一个乡下小子所毁败，那么不但是"上流社会"的奇耻大辱，简直还等于对整个"上流社会"的袭击！在他们看来，于连乃是一个对"上流社会"造成巨大危害的恐怖分子！

他们要替整个"上流社会"雪耻。

他们认为报复不但必须，而且一定要严厉至极。

所以于连必须死！

在两个女性中，于连更爱谁？

毫无疑问，于连更爱德·瑞纳夫人。这乃因为，年长于连十岁的她，能使于连感受到她对自己的爱中具有母爱的成分，那是自幼丧母的于连人生中所缺失的，也是他所渴望的。而对于她来说，则是发乎天性，以具有母爱成分的爱去爱一个青年，使她最能体会爱之幸福。小说中虽然没用明确的文字如此表述，但我在读时分明地产生了以上心得，并总使我联想到《红字》，每觉赫斯特对丁梅斯戴尔牧师的爱，有几分类似德·瑞纳夫人对于连的爱，也是不无母爱成分的。

司汤达着意地在《红与黑》中写下的一行字是"于连对于女性之美是很有欣赏力的"。那么，证明德·瑞纳夫人的容颜，恰是他所喜欢的类型，而此点尤其是两性相爱的基础。

于连初见玛特尔时并未产生被其容颜所吸引的性心理，他觉得她"似乎像一个男人"。当然，这并不是指她的容颜（她也是自有其美点的，毕竟处在芳华正茂的年龄），而是指她那种习惯于自我中心的性格，那种性格以家世的"伟大"背景为基础，表现为一种自然而然和理所当然。同样是具有冒险性的登上梯子从窗而入的幽会，两人的感受却是尴尬和害怕，这与他和德·瑞纳夫人第一次幽会的情形根本不同。

但若说于连与玛特尔之间毫无爱意也是不对的。首先，玛特尔是爱于连的；她对他的爱是由起初的好奇、喜欢而发展至占有的，类似于宗教故事中莎乐美对先知约翰的爱。于连对玛特尔的爱却不像对德·瑞纳夫人的爱那么单纯，掺杂有"向上爬"的动机。但他内心里因此而自感羞耻，所以一再要求自己更爱她一些，如同要求自己爱自己所借力的"梯子"，那种爱后来不无感恩的成分。

他俩都是高傲的，都有喜欢冒险的天性，都想做精神上的强者。但由于阶级地位的悬殊，在高傲与高傲的较量中，于连实际上处于劣势，输在了起跑线上。

他俩的爱是"二人转"式的"内卷"之爱——都想以自我为中心，便都爱得累心。于连也是要以抱定一死之决心的方式转败为胜，想象自己从而在精神上战胜了玛特尔所属的整个贵族阶级。

名著并非全都从一开始就是名著

《红与黑》出版后，起初并不被评论家们所认可，差评多于好评，读者反应也近于冷淡，视它为一部平庸的艳俗小说。

司汤达本人虽然懊丧，但自信却并未因而泯灭。

他曾言："后世的人将越来越能理解这部小说的意义，它绝不像现在的人们所认为的那么肤浅。"

最先肯定《红与黑》之意义的是托尔斯泰。

他说："司汤达通过一桩庸俗的案件，贡献了自己对法国历史和现实的研究。"

化腐朽为卓越，这正是优秀作家难能可贵的方面。

托尔斯泰在司汤达身上看到了与自己相似的文学能力——他的《战争与和平》更其卓越地贡献了自己对老俄罗斯的研究。

《红与黑》中有句名言是："在资产阶级的餐桌和客厅里，'政治见解'是最经常的话题。而在贵族阶级那里，只有当政治出现危机时它才成为话题。"

诚哉斯言。

在《战争与和平》中，贵族们总是在餐桌和客厅里谈政治——法俄战争使老俄罗斯的贵族政治陷入了空前的危机。

在陀思妥耶夫斯基的《白痴》、《卡拉马佐夫兄弟》乃至《死屋手记》中，作家笔下的贵族们倒是矢口不谈政治的——他们只谈原罪、救赎、惩罚和道德；这乃因为，作家的命是从刑场上侥幸"捡"回来的，并且其后他又被发配到西伯利亚服了四年苦役，因而对政治二字留下了恐惧症，发誓再也不思考政治了。

在《红与黑》中，贵族们也是不谈政治的，他们能将无聊话题谈得特别贵族也就是一本正经；他们或无所事事或忙于敛财，但却一致地鄙视商人、实业者以及大小资产阶级人物——仿佛无论贵族们爱怎么生活，法国这个贵族说了算的老牌王朝都会固若金汤。在这样的话语体系中，连德·瑞纳这位市长夫人都会听到"商"字便脸红起来，拘束无语的，因为她的父亲恰是成了巨富的制袜商；而一位元帅年轻的夫人，在丈夫死后，似乎活着的唯一目的便是使人忘记她也是富商的女儿。

司汤达通过《红与黑》预示了法国之政治危机。大贵族们虽重新掌权，却并不能使法国之国运一劳永逸地向好。

那危机便是千千万万的于连即将出现。

诚如其料。

司汤达死后，随着托尔斯泰们的卓有见解的评价，随着译本渐多，从老俄罗斯到欧洲诸国，千千万万的大小资产阶级青年和中下阶层的青年，皆将于连当成了与贵族阶层分庭抗礼的精神偶像。仿佛于连这一虚构的文学人物，真的在现实中存在过，并且真的是视死如归地死的。

《红与黑》终结了此前法国文学古典主义途穷路末的"陈糠烂谷子"。于连成为法国文学史上第一个作为主角的中下层人物形象，他的悲剧是他所代表的千千万万的他们向贵族阶层公布的抗议书。司汤达为法国文学指出了现实主义的新方向——在他之后，雨果、福楼拜、莫泊桑、左拉、巴尔扎克、小仲马、梅里美、乔治·桑、列那尔、罗曼·罗兰、纪德、法朗士等等作家大踏步走在现实主义的道路上，奉献出了比《红与黑》更贴近现实的现实主义作品。

那是一个较长的时期，也是法国文学的高光时期，可谓群星闪耀，令欧洲作家群目眩。

直至普鲁斯特的《追忆逝水年华》问世，法国文学才出现了另一次拐点……

2023年7月20日

第 五 章

人性的罪与罚

（关于俄罗斯文学）

关于俄罗斯文学

普希金乃俄罗斯文学之父——这不但是俄国文学史界的共识，也早已成为世界文学史界的共识。

然而此共识并不意味着十九世纪以前俄罗斯不存在文学。

只不过那时的文学现象仅以如下三种类型存在——口口相传，极少呈现为文字的民间故事和英雄史话；服务于宗教宣传的教会文学；大多用法文来写的情诗，它们在品质上又大多属于贵族情场的衍生品，总体可用"香艳"二字概括。那一时期的俄国贵族阶层以讲法语为时髦，是精神和文化方面也"贵"的一种自我认定；好比二十世纪八十年代以后的普遍之中国特别高看会说几句英语的国人。那一时期西方的三大帝国英国、法国、德国，不知根据何种语言标准，将俄语"判定"为难听的、粗俗的，根本无法产生文学的"低等语言"。一言以蔽之，该三国傲居于文化鄙视链的最上端，对俄语经常大发侮辱之词。

正是在这一文化背景下，普希金和他的俄语诗出现了。

俄语也能写出好诗来？！

普希金用事实给出了雄辩性的回答：当然能！

普希金用诗这一种高级的语言形式，激活并充分呈现了俄语独特的文字美与音韵美，使一向鄙视俄语的西方精神贵族集体陷于尴尬境地。

从对俄语之发展所做出的重要贡献而言，我认为普希金是俄国的胡适们；其实反过来说更恰当，胡适们对中国语言和文学之现代性所作的改良，贡献超过普希金。

普希金的诗使年轻的他不久便被视为国民诗人了，这份荣誉他是当之无愧的。

在我的少年时期，在哈尔滨，爱写诗的青年有谁会没读过普希金的诗呢？

我的哥哥曾往家里带回过一部《普希金诗集》——精装的，紫色的裱布封面，压凹烫金字。

我翻过。但是少年的我更爱看小说，那些文字优美的抒情诗行难以令我代入，所以我至今背不出一首普希金的诗。

倒是作者介绍中的一个情节给我留下极深的印象——年轻的普希金大声朗读完自己的新诗后，情不自禁地自我称赞："普希金呀普希金，你怎么会这么有才呢？连上帝都会嫉妒你的！"

当年的我不禁地想——真狂啊！

如今的我却这么想——普希金的狂大约与他的非洲血统多少有点儿关系吧？那血统的一个特征是表达感情时的激情四射与真挚深沉自然而然地兼有，相得益彰。

普希金的"狂"不啻是一种"语言自信""文化自信"——当大多数他的同代贵族青年们对西方文化盲目崇拜之时,他能保持人间清醒,采取"拿来主义",为我所用,用在提升俄语文字表现魅力的正途方面。

故他是有文化使命感的诗人。

这是俄国的那个时代选择了普希金而非别人的历史原因,诚所谓机会属于有准备的人。

他的《叶甫盖尼·奥涅金》甫一问世,又奠定了他在俄国文学界的作家地位。严格地说《叶甫盖尼·奥涅金》是一部有韵叙事长诗,但其人物典型,情节较为曲折,人物关系和命运令人叹息唏嘘,具有小说的一切元素,将其视为小说未尝不可。

"奥涅金"是俄国文学史上极典型的"多余者"形象,也是那一时期俄国现实中较多贵族青年的真实写照——他们躺平在老贵族们的功劳册和所"积累"的财富之上,无所事事,纸醉金迷,明明最有能力做有利于国有利于民的事,却习惯于做"甩手大爷"。即使对爱情也毫无责任心,完全不考虑对方的感受。

由是,普希金带动了俄国文学史上"多余者"形象之创作的一种现象级思潮,其后产生了莱蒙托夫笔下的毕巧林,屠格涅夫笔下的拉夫列茨基、罗亭,冈察洛夫笔下的奥勃洛莫夫们。

如果说奥涅金本质上并不坏,只不过除了吃喝玩乐和迷恋于情场,实在不知世上另外还有什么"有意义的事";出现在《贵族之家》和《罗亭》中的多余者,则是想做事而缺乏恒心与常性。特别是罗亭,逢人便讲人生要追求意义,认为真正有意义的人生应体现在促进社会进步方面。然而他又是典型的"意义布道者",即使在追求真爱方面,一遇阻力便逃之夭夭,实乃理想之巨人,行动的矮子。至于《当代英雄》中的毕巧林,他身上不但多余者的特征显明,简直还可以说具有邪性,如海蜇,会伤害一切不慎与他发生了爱情或友情关系的人,伤人害人似乎皆属必然,还毫无忏悔意识。奥勃洛莫夫则是彻底的躺平主义者,认为世上一切之事本就毫无意义,因而这一文学人物在现实社会中引发了一场关于"奥勃洛莫夫主义"的思想讨论——他的名言是:"还是睡觉好,我连在梦里都梦到自己在睡觉。"

这一场发生在青年中的讨论,引起了车尔尼雪夫斯基的关注,他认为俄罗斯需要新人,首先要用文学为俄罗斯塑造新人。

他的倡导获得了较多作家的赞成,他们认为"俄罗斯的新人不可能不是现代人"。

最先响应的作家是屠格涅夫,他及时奉献出了自己的新作《父与子》,其中的巴扎罗夫是第一个具有新人特征的文学形象。

在现实社会中,即使是身为贵族的屠格涅夫也不能从本阶层中发现所谓"新人"型的青年,故巴扎罗夫只能是平民阶层中的青年知识分子。那时的俄罗斯已经产生了几茬资产阶级、小资产阶级和平民阶级的知识分子,然而屠格涅夫对他们缺乏足够的了解,他笔下的巴扎罗夫在思想上似乎更表现为一个"虚无主义者"——不仅对俄罗斯历史采取虚无主义态度,对现实也采取同样态度。

这也难怪屠格涅夫，因为以上新几茬知识分子所要彻底否定的乃是江河日下、朽入其骨的贵族统治制度，矫枉过正实属必然，不过正不足以动摇贵族统治。

贵族出身的屠格涅夫对他们的心态是矛盾的。一方面，他看到了他们是促进社会变革的力量，越往后看得越分明。他的散文《门槛》证明了此点。他通过这篇散文表达了对一位女青年发自内心的崇敬——她为了改变俄罗斯衰败的命运，为了拯救人民于水火，不惜牺牲一切，包括生命。另一方面，他对新几茬知识分子仿佛要批倒一切的言论心怀极大的不满。因为他自己也是思想者，自认为在思想上也是与时俱进的，而他们恰恰也经常在思想上嘲笑他。

他对他们的矛盾的态度，在他塑造巴扎罗夫这一人物时，不可能不有所流露。依他想来，对贵族阶层应一分为二，不是所有的贵族人士都是可憎可鄙的吧？他可写出过《猎人笔记》和《木木》啊！即使自己也不算贵族阶级的优秀分子，自己对待爱情的态度总该是超凡脱俗的吧？他自从二十五岁爱上了歌剧明星波琳·维亚尔多夫人，以后一直随侍于她身边，与她保持着长久又奇异的友情关系，终生未娶；这一点有几个男人做得到呢？

在《父与子》中，帕维尔这一单身的贵族人物的人生经历有作家的影子，正因为连他的"爱的执着"也受到了巴扎罗夫的讥讽，他才愤而与巴扎罗夫决斗。

这种对自己笔下的人物又爱又恼的矛盾心态，使小说甫一问世便遭到了两面夹击——业已形成的"新人"阵营感到作家抹黑了他们。他们这么认为并非毫无根据,因为小说中巴扎罗夫总是批评这否定那的,却又不能说出自己究竟信什么,爱什么。他连自己的老父母也不怎么爱,他只不过有时需要他们和可以自由来去的家。

在小说的结尾,作家写道——"不管那颗藏在坟(巴扎罗夫的坟)里的心是怎样热烈,怎样有罪,怎样反抗,坟上的花却用它们天真的眼睛宁静地望着我们:它们不仅对我们叙说永久的安息,那个'冷漠的'(巴扎罗夫之言)大自然的伟大安息,它还跟我们讲说永久的和解同无穷的生命呢……"

"有罪"二字激怒了"新知识分子"。

"永久的和解"这样的文字,也遭到他们猛烈的抨击。与谁和解?与那些将他们的亲人、朋友、爱人和师长绞死或押往西伯利亚流放地的统治者及其爪牙和解吗?——多么无耻的说教啊!

某些年轻的新锐评论家发表文章批评《父与子》之"肤浅",使屠格涅夫其时相当沮丧。

关注文学的贵族阶级的知识化了的人士同样被激怒了,同样认为《父与子》抹黑了他们,作家因而失去了他们中的不少朋友。屠格涅夫因《父与子》一度腹背受敌。这是他心口经常的疼,至死没能完全消除。

然而他从没后悔。

历史一向是公平的——它保留什么作品,淘汰什么作品,自有其高于一切评论者的标准。《父与子》至今仍是俄国文学中的经典,这证明了历史的权威性——不是由于该小说当时所引起的分歧,而是因为它塑造了第一个俄罗斯"新人"的形象；正如《红与黑》塑造了法国文学史上第一个反叛型的底层青年的形象于连。

用文学为俄罗斯塑造"新人"形象是车尔尼雪夫斯基首提的，然而他对《父与子》也不满意——于是他亲自创作了《怎么办？》。《怎么办？》是特理想主义的，却也是特概念化的，主题先行的。男女之爱是绝对自私的——此点几成常识，车尔尼雪夫斯基试图通过《怎么办？》证明给人们看，俄国的"新"知识分子，即使在"绝对自私"的爱情方面，也能做出超"自私"的利他主义的情愿选择，因而他们最能肩起改造俄罗斯国运的历史使命。

《怎么办？》的文学价值是大打折扣的。如果不是因为车尔尼雪夫斯基"民主主义思想先驱者"的另一种身份，《怎么办？》也许都不会译到中国来。在当时的俄国，车尔尼雪夫斯基这个名字是与"民主主义"四字紧密联系在一起的，他坐过牢，被判处过死刑，像陀思妥耶夫斯基一样，也是在死前的几分钟被特赦的。并且，《怎么办？》是在狱中完成的。又并且，特赦后流放时期的车尔尼雪夫斯基继续从事秘密民主活动直至病逝。车尔尼雪夫斯基在当时新一代知识分子之间是一个极可敬的人物。故所以然，尽管《怎么办？》的文学性不足，但评论界对它的批评却相当含蓄，不似对《父与子》那么不留情面——当时之评论界，话语权已基本掌握在新知识分子方面了。

但《怎么办？》也不是毫无文学作用——它终止了关于如何用文学"为俄罗斯塑造新人"的历史性讨论，诚所谓发轫于君，结束于君。车尔尼雪夫斯基逝后，俄国资产阶级民主运动已势不可当，有志于此的新知识分子们，已无须文学为自己画像，而是以实际行动来证明自己是怎样的人了——那是一个文学暂时休养生息，而社会学文章尤其政论性文章开始大行其道的时期；山雨欲来。

与以上文学形态甚为不同的是果戈理及其剧作的产生。

《钦差大臣》不必多说了，内容早已为中国几代作家所熟知。《死魂灵》却值得重新点评——乞乞科夫发家致富的"奇思妙想"在二十世纪八十年代以后的中国现实中竟被如出一辙地照用了。乞乞科夫窜访俄国各地，从贵族们的地主们的庄园以低价收买了众多已死去的农奴们的户籍——由于他们是农奴，没有单独的户籍，有的只不过是各农庄的"集体户籍"。从他们死后到下一年正式注销户籍，有一段时间差。在那样一个时期，农庄主们仍得为他们交"人头税"，竟有人来将已死去的他们的姓名买走，"主人"们何乐而不为呢？

乞乞科夫所买虽是一些死去的农奴的姓名，但按照私下签订的买卖协议，"主人"须对他们的死保守秘密。

于是，事情成了这样——虽然乞乞科夫买的只不过是一些死者的姓名，但既然他们的死成了秘密，那么等于"实际"上拥有了众多农奴。

他要这么多"死魂灵"干什么呢？

当时的俄国有一项经济策略——鼓励农奴充足的庄园主们将他们迁移到人口稀少的地方，以带动那里的经济发展；鼓励的措施是无偿划拨土地。

于是乞乞科夫靠"死魂灵"拥有了土地。

于是他可将土地再出售或抵押给银行。

又于是,"空手套白狼"似的套现成功。

一个事实确乎是——回望二十世纪八十年代以来的中国,乞乞科夫式的欺诈性"投机",在经济平台上每每屡试屡成。如今之某些资本大佬,当年之乞乞科夫是也。即或现在,乞乞科夫式的手段,也仍以权钱交易的方式在背光之处进行。

不光文学、戏剧和影视作品反映现实生活,现实生活也一而再、再而三地复制文学、戏剧和影视作品中的人物及情节——这一点渐成常识。

同样显得与"新人文学"格格不入的,是陀思妥耶夫斯基和他的长篇三部曲。它们是真正的长篇,普希金、冈察洛夫、屠格涅夫的小说代表作与之相比,其实只能算是中长篇。

陀氏的人生遭遇很令人心疼。他本一文学青年,由于精力过剩,也由于当时的文学青年几乎都会有几分政治兴趣,与他的哥哥都参与了彼得拉索夫斯基在自己的寓所召集的"星期五聚会"。

彼得拉索夫斯基是个一言难尽的人物。他是军医的儿子(《父与子》中的巴扎罗夫也是军医的儿子),曾就读于俄国著名的贵族学校皇村中学。与陀氏认识时,是外交部的翻译官。他继承了父亲的农庄和房产,过着相当优渥的生活。当时的陀氏虽然在青年作家中成就最大,名气如日中天,却正所谓"木秀于林,风必摧之",

他那种显得"絮叨不休"的文风，难免会受到批评和嘲讽。这使年轻的他很烦恼，在"星期五聚会"中，他受到了集体的礼遇，获得了最大的安全感和荣耀感——他极享受那一点。

彼得拉索夫斯基以启蒙者和革命家自居。究竟算不算是另当别论，起码与车尔尼雪夫斯基那样的革命家有相同之点——出生入死。他往往行为乖张荒诞，为特立独行而特立独行，身上有于连的影子，也有巴扎罗夫的影子。但他极欣赏陀氏，陀氏便也投桃报李，对他表现得敬意有加。彼得拉索夫斯基家的藏书中，颇多禁书——这也是陀氏被"星期五聚会"所吸引的方面。

他们都被捕了，经历了几个月的囚徒生活后，全部被判死刑。死刑犯们被分为两排，陀氏在第二排。第一排犯人受死的方式是绞刑——由于一个绳套松了，其中一名十二月党人的领袖的身体从颈套中掉了下来，居然"死了两次"。设身处地想想，这对陀思妥耶夫斯基们来说是多么可怕的情形。当他们第二排犯人也都登上了刑台后，行刑方式改成了枪决。那是寒冷的冬季，他们一个个衣衫单薄，冻得浑身发抖。行刑口令下达了，拉枪栓声听来清清楚楚，他们便都绝望地闭上了眼睛。

然而枪声却没有随之响起——一分钟左右的虽生如死的静寂后，行刑官向他们宣读了赦免令，他们又被带回了牢房。

在其他经历了假死刑的人看来，那是"一种以捉弄人为乐的做法，近乎侮辱，在心中激起的是满满的仇恨"。

而陀思妥耶夫斯基的切身感受却是无法言说的巨大的惊喜，那一种幸运从而彻底改变了他的人生观。并且,他从此对沙皇心怀感激——不论沙皇是怎样的皇,毕竟给予了他第二次生命!

人生观的彻底改变是一种思想的高烧过程,陀氏一度在牢中陷于精神分裂的状态。

而对于沙皇来说,赦免当然是羞辱,是恐吓,能起到死刑起不到的延续打击威力的作用。以陀氏的智商,当然也是明白这一点的。但他更重视结果——结果是自己没死,毕竟活了下来。自己还很年轻,还可以活很久,还可以重新做许多自己想做的事,而这多么好啊!

接下来,他经历了四年流放。在西伯利亚,白天须戴着脚镣从事苦役,睡前才被取下。年轻的著名作家逆来顺受,表现得极其乖顺——而这一点,被地理考察官看到了,写入书中了;这使他的人还在受苦,名声却已在莫斯科和彼得堡*的知识者中一落千丈,等同于变节者了。在那四年中,亲人很少与他通信——亲人们或因他成了政治犯而备感羞耻,或怕受其牵连。

四年后他终于获得了自由,按照惯例,还要充当几年义务兵。津贴极少,没人给他寄钱,他也借不到钱。

于是,在尼古拉一世逝后,他为前任皇后写了一首颂诗,经军官审阅后,代寄往宫廷,却泥牛入海,没有任何反馈。他并不灰心,在继任的亚历山大二世的生日前,又为新沙皇写了一首感情更

---

* 彼得堡:俄国城市圣彼得堡的别称,1712年至1914年,圣彼得堡为俄国首都。——编者注

为热烈饱满的颂诗——算上颂扬彼得大帝丰功伟绩的第一首,他已写过三首了——它们是悔过书、表忠信、与从前之我决裂的诗体保证。他的旧友们知道后,认为他的行为不啻是"跪着亲吻掌掴过自己的手"。连他的哥哥也在信中直言不讳:"你的诗烂极了。"没人晓得他诗中的感情有几分是真的,他自己也没留下只言片语的解释。然而有一点可以肯定——那也是改善自己生存境况的策略。不久,他被提升为下士了,这意味着以后有望提升为军官了,是命运向好的开始。否则,列兵不知要当到何年何月。由于表现优秀,又不久提升为中尉,再不久提升为上尉了。

在边塞的一个小城,他与一名寡妇结婚了,并有了第一个孩子,做父亲了。他已经三十五六岁了,在那一段岁月里,他每天都在想着重返文坛。

活着总归是幸运的,那是因为可以做自己渴望做的事啊!他读书,思考写什么、怎样写。因为癫痫病发作了两次,他申请退役,被恩准,可以携妻带子回到内地了——不许他住回莫斯科或彼得堡。

他的效忠行为使我联想到了伽利略。伽利略也向教廷写过忏悔书,当然也是为了保住生命活下去,德国戏剧家布莱希特在导《伽利略》这一话剧时,认为伽利略的苟活是需要一种特殊勇气的,他要承受世人对他的鄙视——但只有承受,才可继续偷偷研究他的天文学说。我觉得布莱希特对伽利略的理解,也完全可以用在陀氏身上。后者比前者幸运的是,被允许重新发表作品了。诚然,比之于陀氏，车尔尼雪夫斯基在精神上是伟大的，彼得拉索夫斯基的无怨无悔，绝不低下高贵的头也是可敬的——但陀氏天生不是能成为革命家的人啊，他天生不具备为任何主义献身的大无畏精神，他天生只愿写小说也只能将这么一件事做好啊！他打算写的小说尚多，不甘心还没动笔就死去，这一点在我这儿并不构成污点，而且是不难理解的。

亚历山大二世实行较为开明的统治。

陀思妥耶夫斯基居然可以办刊物了！他的哥哥是一位业余诗人。

于是《被侮辱与被损害的人》《死屋手记》相续连载于自己的刊物上了，屠格涅夫、冈察洛夫重新与他建立了良好关系，并且都愿为刊物写稿了。

《死屋手记》获得了巨大成功，开创了俄罗斯文学的新题材——赎罪小说。而这一题材不可能不进行必要的心理分析，于是作者被誉为心理分析大师了。

将果戈理与陀思妥耶夫斯基进行比较是有意义的——果戈理是乌克兰人，他从不认为自己应对俄罗斯这一国家负有任何时代使命，作为剧作家，揭露并无情讽刺俄罗斯贵族阶级的荒淫无耻、虚伪卑鄙、愚蠢贪财，能使其获得极大快感。

屠格涅夫、冈察洛夫、车尔尼雪夫斯基以及评论家别林斯基、杜勃罗留波夫们却不同，虽然各自主张不同，但内心里是爱俄罗斯的——他们的批判也是从爱的立场出发的。

陀思妥耶夫斯基呢？

我觉得，他的小说创作与他的演讲、所发表的时评、所参与的社会活动是应分开来看的。重返文坛并大获成功的陀氏，又表现出了对俄罗斯的内心里不能完全没有的爱。

但论到小说，除了《死屋手记》，我认为另外几部都是商业写作性明显的作品——发在自己办的刊物上，不能不考虑怎么写才能吸引读者，带动刊物的销量。

《死屋手记》客观上促进了当时的司法之人道主义改革，正如屠格涅夫的《木木》和契诃夫的《万卡》促进了农奴制的改革，社会作用方面功不可没。

但所谓"犯罪小说"往往是一个创作陷阱——"通过一桩庸俗的案件，贡献了自己对法国历史和现实的研究"，托尔斯泰对《红与黑》的评价诠释了其上品的貌相。同样的经典，还有《苔丝》。《悲惨世界》也是雨果关注了一桩案件后决定创作的。即使《红字》，内容虽非刑事案件，却与宗教之罪与罚有关。陀氏虽然写出了《罪与罚》，却并没塑造出一个如赫斯特般在当时深入人心的人物。二品如《十五贯》《窦娥冤》与清末民初的《杨三姐告状》之类。三品如法制报刊的连载故事，思想性无非体现在惩恶扬善而已。若再下之，便流于地摊文学了。

在我看来，陀氏最好的长篇是《白痴》。少年时对陀氏所处的俄国那一时代了解甚少，不是很喜欢看——一些男人为了一个神经兮兮的女人搞出了连环套式的乌龙事件，后来其中一个财大气粗的渣男还将那女子杀死了，这样的小说不合我意。

近年重读《白痴》，产生了一些新的推测。之所以重读，乃因要解开心中长久存在的一种困惑——《白痴》肯定具有什么少年之我读不懂的思想性。

陀氏创作《白痴》时，俄罗斯正处于发生某些改革现象的新阶段，社会矛盾有所缓解（主要体现在新兴知识分子阶层与沙皇统治集团之间的矛盾），在这样的社会背景下，一文不名，患有癫痫病的，空有贵族头衔的年轻的梅什金公爵从瑞士回到了彼得堡——也就是俄国文化中心城。

那么，他是一个回归者，正如陀氏本人也是一个结束了流放的回归者——作家笔下的主要人物和作家患有同样的疾病。作家在流放地经历了思想改造，连自己都承认是成功的；梅什金经历了神经治疗，也似乎治好了。

梅什金在彼得堡又看到了什么，经历了什么呢？

他又看到了所谓上流社会的虚伪之至和寡廉鲜耻，正所谓什么都没改变。

他也身不由己地卷入了为争夺一个不值当的女人而煞费苦心的乌龙事件，结果因受刺激而旧病复发，不得不再度出国。而他的病已无药可医，不可能再被治愈了。

梅什金患的为什么非是癫痫呢？

在《卡拉马佐夫兄弟》中，作家为什么也非使弑父的私生子同样患有癫痫病呢？

因为作家患有那种病——这是最靠谱的回答。

但，如果梅什金患的是风湿病（只能是非传染性疾病，否则他便不能经常出入别人家了），而私生子患的是夜游症，并不影响两部小说的顺利完成。

癫痫病是一种喻指吗？

指的又是什么呢？是否暗喻老俄罗斯也患有癫痫病，时而正常，时而抽搐若死？

当我重读时，以上推测使我对《白痴》刮目相看了。并且，它的文字也好，人物的出场设置在列车这一特殊空间内，颇具匠心——这一点是此前的世界文学中少见的。

《白痴》是当之无愧的俄罗斯名著，也是当之无愧的世界名著，因为在情节的背后，分明另有深意。契诃夫通过《第六病室》指出俄罗斯病了，陀氏通过《白痴》呼应是癫痫病。

《罪与罚》是对某类新知识分子青年走火入魔的新主义新理论逻辑的辛辣讽刺，除此之外并无别的什么深意。三十年河东，三十年河西，当时的社会，对层出不穷的五花八门的主义、学说已到了烦极了的程度，《罪与罚》的问世恰逢其时。想想吧，当年屠格涅夫的《父与子》发表时，巴扎罗夫那样一个不但毫无实际罪过，并且由于为农民治病感染病毒而死的新知识分子新青年形象，都引起了一番对作家的口诛笔伐，若《罪与罚》亦在同时问世，感到"被侮辱与被损害"的新知识精英们还不将它的作者活生生吃了？《罪与罚》是有针对性的。当时之俄国产生了一种歪理邪说，认为穷人是社会的累赘，是不值得同情的，死得越多越好，因为可以减轻社会负担。写过《穷人》并对穷人一向抱持同情的陀思妥耶夫斯基当然对那种歪理邪说极其反感，故也可以认为，《罪与罚》是以"犯罪小说"的形式所作的论战性反应。值得一提的是，有理论指导的罪犯本身也是穷人中一分子，只不过他知识化了，而这是很耐人寻味的。

至于《卡拉马佐夫兄弟》，倘若并无隐喻，那么实在算不上是优秀小说。而若有隐喻，其隐喻是什么，我至今不甚明白。在当时的俄国，不少新知识分子不满地自嘲是国家的"私生子"，而亲生子一向是贵族青年。不唯如此，连各业界专家学者也一向对贵族阶级培养、提拔和委以重任。小说中弑父的也是私生子，二者之间有无创作联系呢？次男伊凡是个无神论者、虚无主义者、理工男（如果说医学也可归为理科，那么他几乎便是《父与子》中的巴扎罗夫在《卡拉马佐夫兄弟》中的化身）——他倒是亲生子，但他从某种主义的理论上憎恶其父。弑父事件之得逞，是亲生子的理论与私生子的行动相结合的后果——所谓理论指导行动。而动摇俄罗斯帝国之统治的前因正是，一些主要由贵族亲生子组成的"十二月党人"，借助受法国影响的启蒙运动的余波，为后来的新兴资产阶级、中产阶级知识分子做出了义无反顾的示范。

那么，《卡拉马佐夫兄弟》便是长篇警喻小说了，必须刮目相看了。

但一个问题是——是否过度解读了呢？

另一个问题同时是——那么，作家的立场便也会遭质疑了。

在我是一个少年时，陀思妥耶夫斯基在哈尔滨的文学青年中，地位只不过是俄罗斯著名作家之一，特别欣赏其作品的人绝不多于欣赏屠格涅夫、托尔斯泰、契诃夫作品的人。

到了二十世纪八十年代，中国出现了一阵屠格涅夫热。那是很自然的现象，屠格涅夫的长篇大抵都属于长中篇，单行本厚薄适中，携带方便，读完一部不耗时。并且内容都涉及青年爱情，他们的爱情即使并没成功，过程也是纯粹的，没有阴谋诡计掺杂其中，更与邪恶的犯罪无关，特别适合恋爱着的或准备恋爱的年轻人阅读，并具有良好的引导作用。他的各种散文选集文字优美隽永，对俄罗斯自然风光和乡村景色的描写细致、精准、灵动，有诗意，似油画，亦深受广大中国读者喜欢。

二十世纪九十年代时，契诃夫也在国内又热了一个时期。斯时之中国，各种腐败现象迭出频现，文坛尚陷于"反思"纠结，对现实腐败和特权关注未及，有所反映的作品甚少，于是契诃夫的讽刺小说起到了应时补缺的作用。当年，我甚至写了几篇杂文，以重读契诃夫作品有感之标题，来达到针砭时弊之目的。契诃夫热也带动了果戈理热，一部引起过一场争议的《假如我是真的》就是那时出现的，可被视为中国版的《钦差大臣》。

大约二十一世纪开始，陀思妥耶夫斯基在中国亦渐热，其热似乎首先是在高校形成的（当然主要指中文系），继而发散向校园外。

于是这几年出现了这样一种现象——某些人谈起俄罗斯文学，

言必称陀思妥耶夫斯基。至于究竟认真读了陀氏的几部作品，另当别论。若问是否也读过同时期其他作家的作品？则顾左右而言他。

此种现象，实因深受西方冷战思维主导之下对跨国文学成就的偏评所带动。对于俄罗斯文学，彼们先是去托尔斯泰化，因其成就最高，对西方文学界影响最广、最久、最大。继而去屠格涅夫化，去普希金化。于是，一部俄罗斯文学史仿佛成了这样：仅有一位"大师"级作家即陀思妥耶夫斯基，由契诃夫和果戈理陪衬着，如同红花总需绿叶衬。连"大师"桂冠也首先是西方赐的；连对托尔斯泰们深怀敬意的西方同行及作品，也一并遭到了低评。

冷战思维真他妈的！

我是这样看待和理解陀思妥耶夫斯基及其作品的：

他内心里是爱俄罗斯的。他一生反对将俄罗斯历史、文化和宗教信仰虚无化。重返文坛后，他提出了"根基主义"这一概念，一心希望俄罗斯作家、文化知识分子团结起来，共筑俄罗斯的文化根基。

他无怨无悔地热爱文学，希望获得更多稿费以改善生活境况的同时，也希望多为俄罗斯文学添砖加瓦。

他是同时代作家中命运最坎坷的，经受过真正的苦难，与死神面对面相凝视过。同代作家中不论谁的创作条件都优于他，而他在最不利的条件之下，创作出了与托尔斯泰等量的作品，两位同是俄罗斯最高产的作家——当然，他经常陷于生存困境也有自身原因。

他为俄罗斯文化提供了新类型——犯罪小说。他的这类小说即使的确包含有深层的某种隐喻,但如果自己不讲,那么便只能由不同的读者从不同的角度按照各自的理解来推测,或主要见罪,或重点见罚,而他自己对此点至死保持审慎的沉默。至于一般读者,他们很需要这类既揭恶又劝善的有点儿烧脑的小说,足以解闷。如是评说并非贬低,因为小说本就具有供大众解闷的功能。

由于他再二再三地写过效忠信,知识分子中某些激进的年轻人一直揪住不放,在他又红起来后也不罢休,使他一直极为烦恼。故他的小说中,往往有他们之邪性的形象(都是大学生),如在《罪与罚》中,在《卡拉马佐夫兄弟》中,以这种方式作为反击。这对他的作品来说显然不是加分的写法,因为现实主义以不掺杂个人积怨为好。

重返文坛后的陀氏,审时度势,自我设定了创作禁区,所谓一朝被蛇咬,十年怕井绳,这是完全应该怀着深厚的同情心予以理解的。以他的身体状况而言,若再经历一次牢狱之灾,很快就会没命的。"犯罪小说"是他用排除法自设禁区后最适宜的选择,而罪与罚是这类小说的不变主题。但我有时也会作如是想——若作家并没经历过那种大苦难,若其生活状况较为优渥,以他先天具有的卓越的文学创作才华,是不是会为俄罗斯文学和世界文学奉献更多更好的作品呢?在宗教影响深远的国家,罪与罚一向是文学和戏剧热衷的主题,此种现象直至二十世纪中晚期才逐渐式微,乃因宗教影响力本身式微了。美国电影《教父》,其实也可以看成是关于一个黑帮家族的罪与罚的历史。电影三部曲都看过后,我觉得比原著好。

罪与罚之主题被《教父》三部曲演绎到了天花板级别的高度——可以肯定地说，同一宗教性主题的文学性作品再也不会产生了，因为法制的打击早已代替了宗教对各种罪的谴责。

毫无疑问——苏联时期对陀思妥耶夫斯基及其作品的总体评价是欠妥当的。原因固然来自多方面，但纠正是完全必要的，令文学欣慰的是，毕竟已经纠正了。

陀思妥耶夫斯基，他是他所处的那一历史时期俄罗斯的优秀作家之一。

但绝不是唯一。

关于托尔斯泰

托尔斯泰不是出生于一般贵族之家,而是出生于有声名的伯爵之家。在俄法战争中,有一支作为主力的俄国军团曰托尔斯泰军团,足见其家族的名声多么显赫。托尔斯泰一生不知穷滋味,从没因钱发过愁,既在脑后有世袭光环,又在继承祖业后仍受到皇权的爱护和照顾——这是与陀思妥耶夫斯基很不同的方面。如果他给沙皇写信,信件绝不会被任何人扣住,沙皇必然能收到。即使内容是批评性的,沙皇也不至于龙颜大怒。而他也的确那么做过,奉劝沙皇要施仁政,不必对因穷而暴动的起义农民和持不同政见的人士进行太过冷酷的镇压。

他服过军役,当过炮兵上尉,参加过克里米亚激战,并在那一时期完成了自传体文学《童年·少年·青年》——退役后回到圣彼得堡时,已是声名鹊起的作家了。

七年后他与御医的女儿索菲亚结婚,定居亚斯纳亚·波良纳庄园。那是有着三四百名农奴的较大庄园,他是他们的主人——从此,在处处有人服侍,无忧无虑的情况下开始创作《战争与和平》——那时他已三十四五岁。

他善良，义愤于残暴不公之事，对底层人怀有真诚的同情与怜悯，要求手下的庄园管理者善待农奴。他生活俭朴，反感上流社会的种种社交活动，喜欢离群索居的生活。出入其庄园的几乎没有达官贵人，基本是作家、诗人、评论家、报刊主编主笔们。他行为端束，青年时已孟浪过了，对放纵的生活极其厌恶了，并深怀忏悔——他是屠格涅夫心目中和笔下出现的贵族阶层的正人君子，他自己也是这么要求自己的。在此点上，二人的心是相通的，并且一致认为，如果贵族们都和他俩一样，那么俄罗斯的许多事情就好办了。他俩对俄罗斯的最大失望就是——俄国贵族阶级怎么就不能成为整体优秀的阶级，非一天天腐化堕落下去不可呢？二人有点儿像孔子。

托尔斯泰认为，如果贵族阶层总体上变得优秀，那么哪一任沙皇都会成为仁君的——良好的周围环境必然影响个人心性之向好，何况有他这样义不容辞的敢谏者存在。在《战争与和平》最后一卷也就是第四卷的最后一章，字里行间含蓄地流露出了以上思想的端倪。

如果当时的俄罗斯举行具有代表资格的各界人士的公投——在君主立宪制与共和制之间表明各自立场，托尔斯泰伯爵会将他的票投向哪方呢？

毫无疑问，他会赞同君主立宪制。

他的家族与皇室拥有亲密关系太久了，是典型的既得利益家族，但这仅是原因的一方面；另一方面是，法国是当时欧洲唯一的共和制国家，但阶级矛盾一点都没缓和。他不看好法国之未来，他的立场选择也体现了对俄罗斯命运的责任。他又像中国的梁启超。同样是在《战争与和平》最后一章，他直书拿破仑为"法国小人""野心家""暴力征服主义者"，法国、欧洲和俄国的"罪人"。

屠格涅夫也会和他一样——他俩都极其厌恶无政府状态的暴行赓续，而任何一个国家走向共和的过程几乎全会那样。

他俩在此点上与中国的梁启超们的洞见和主张如出一辙。

顺带几笔——陀思妥耶夫斯基也会是他俩在政见方面的同志，重返文坛后的陀氏，已与皇权达成了彻底和解。

而普希金若活着，则可能与托尔斯泰们相反，他虽也是贵族中的名门后裔，却有着非洲人的血统，那是一种天生的不安于束缚的基因。并且，他从少年时起便十分认同卢梭、伏尔泰们的社会学见解，那见解与那基因相结合，形成了强烈的自由主义思想。

莱蒙托夫也将与托尔斯泰相反——他是穷贵族之子。贵族之家一旦沦落于穷境，他们的儿女特别是儿子，与贵族阶级的脐带关系就薄弱了。往往，一有机会，便会与可以借力的群体一道，发起对本阶级中的权贵者们的挑战。而他们的挑战又总是不乏正当理由的，因为后者们的腐败专横乃是不争的事实。是的，贵族也分贫富，《白痴》和《战争与和平》都对穷贵族的穷酸相进行了真切的描写——梅什金公爵这一青年起初是一文不名的穷光蛋自不必说，《战争与和平》中的穷贵族母亲，都拿不出500卢布为走后门成了禁卫军小军官的爱子交制装费。但莱蒙托夫本人并未体会过穷愁滋味——与屠格涅夫一样,他的少年时代是在富有的女地主外婆的庄园长大的,这使他一方面庆幸,一方面感到羞耻。

冈察洛夫是富商的儿子。富商也罢,地主也罢,虽可在财富方面与贵族一比多少,但若论社会地位,顿时会觉在贵族中的上等人士面前矮了一头。发达代继的贵族才是帝国的一等臣民,富商与地主再有钱,那也还是得自认二等。而这是冈察洛夫们胸中的愤懑块垒,对莱蒙托夫来说亦如此。

至于契诃夫,他是小杂货商的儿子,并且,十六岁时,其家还破产了。他的中产阶级生活完全是靠勤奋的写作所达到和维持的。对于老俄国的病灶,他洞见得比同时代别的作家都清晰,只不过虽曾是医生,却给不出可行的办法,正所谓医人之妙手,医国亦乏术——他的一系列作品足以证明他对皇权专制的嫌恶,这样的作家是绝不会拥护君主立宪的。相反,稍有可能,他就会赞成废除皇权。但这并不意味他巴望革命,他巴望的是较彻底的改革。

至于果戈理——这一戏剧世家的儿子一生的命运,青年时期比陀思妥耶夫斯基好,中晚年每况愈下,不如苦尽甘来的陀氏。他的乌克兰族血统,决定了他乐见帝国分崩离析。此前,他眼中的帝国,一切都不可能不是根本上荒唐可笑的,连点表象的健康都未向他提供,这是由民族矛盾所决定的,超越个人感受,特别复杂,非谁能简单说清也。但他赞美过乌克兰的而非俄罗斯的自然风光。

俄罗斯帝国"山雨欲来风满楼",来则必是一场大雷雨——以上作家都不同程度地预感到了,都以各自的文学方式在作品中呈现了。

他们皆处在老俄国动荡不安的时代。

在这一时代背景下,《战争与和平》横空出世。

1865年起在《俄罗斯信使》报上连载时,并没引起甚大反响。随着连载继续,关注度越来越高。至1867年载毕,成讨论热点矣。当然,争议也随之产生。至1869年出版成书,着实将西方文坛惊到了。

此前,雨果的《悲惨世界》已在法国出版,形成了法国文学的高峰,时人认为,百年内世界作家中无可超越者也。

不料《战争与和平》出现了,热议也罢,争议也罢,都无法否定其也是高峰般的存在。仅就文学水平而言,各有优长,难分轩轾。

《战争与和平》受到《悲惨世界》的影响了吗?我推测是受到了的,比如都以战斗或战争这一种历史大事件为背景。在《悲惨世界》中是国内阶级之间的战斗及英法战争,在《战争与和平》中是俄法战争。但影响几乎寻找不到一条文字根据,也就只能从背景相似一点来推测。

托尔斯泰受到了司汤达的影响却可以肯定——他显然认真读过了《红与黑》,否则不会作出这样的评价:"司汤达通过一桩庸俗的案件,贡献了自己对法国历史和现实的研究。"

托尔斯泰试图通过对俄法战争的文学性反映,贡献自己对俄罗斯历史的研究。

那历史都是在他们本国刚刚翻页的历史，距自己国家的现实都不太远。

研究历史最重要的意义在于解决现实问题——即使不能，也应回答现实疑问。

司汤达有这方面的初心，但并非多么明确和强烈。

托尔斯泰的初心却相当明确也相当强烈——他也自知追求解决问题未免天真，但回答疑问是他对自己的起码要求。

在《红与黑》中，有一章的起笔是引号。引号内是人物语言，这在当时的小说中不多见。托尔斯泰将这种方法用作了自己皇皇巨著的开篇，这真是足够大胆又足够自信，在当时的世界文学名著中实属罕见。

在《红与黑》中有一句话是：在资产阶级的客厅和餐桌上，政治是经常话题。而在贵族们那儿，只有当政治遇到危机时才会成为话题。

《战争与和平》不但罕见地以人物的话语开篇，而且是一番充满了政治色彩和紧绷张力的话语："哦，公爵，热那亚和卢卡，如今成了波拿巴家的领地了。我可要把话说在前面，您要是不承认我们在打仗，您要是再敢替这个基督的敌人（是的，我认为他是基督的敌人）的种种罪孽和暴行辩护，我就同您绝交，您就不再是我的朋友，也不再像您自称的那样，是我忠实的奴仆……"

说以上一番话的是玛丽太后的女官和心腹，那么她的话分明也代表宫廷的态度。是晚，在莫斯科，在她的客厅里，所到的皆达官贵族和社会名流，接下来用两章来写的，是穿插了家长里短的最政治的话题——关于法国的局面、关于拿破仑其人、关于俄法战争、关于欧洲未来。并且，轻松几笔，带出对巨著中两个重要人物安德烈公爵和皮埃尔伯爵之身世的简明交代。

有意味的是，前来的大人物之间还是用法语交谈，即使在以不屑的口吻说到法皇拿破仑时也是那样！甚至显得成心那样。

长篇巨著如此单刀直入振聋发聩且引人深思（用法语对话）的开篇，估计会使西方作家特别是法国同行们目瞪口呆，心中五味杂陈的。

在开篇这一点上，我更欣赏《战争与和平》——他一共写到了559个人物，包括亚历山大一世太后、拿破仑、库图佐夫、奥地利皇帝等真实存在的人物和大量虚构人物。在人物众多这一点上，我也更佩服托尔斯泰的想象力，他仿佛与他笔下的虚构人物熟得不能再熟，一个个写来活灵活现。

我认识的一位记者朋友曾采访过白先勇先生，问他如果还想写长篇，那么打算写出怎样的？

白先生回答：《红楼梦》与《三国演义》相结合那种。

目前世界上尚无这样令人叹为观止的小说。

见记者惊讶，白先生又说：其实也就是《战争与和平》式的。

信哉斯言——那也是包括我自己在内的多少作家的向往啊！

用白先生的第一句话来形容《战争与和平》，委实近于夸张，但是，托尔斯泰一条线写战争背景之下俄国几类贵族心性不同的表现，一条线写战况之进退攻守，都写得特从容，也交织得特自然，是被作品所证明了的。

然而这并不意味着我成心将雨果往低了比——不是那样的，我同样敬佩雨果。《悲惨世界》中的人物虽只是《战争与和平》的十几分之一，却也正因其集中，刻画得便更加形象饱满，给人留下的印象也深过于《战争与和平》中的人物，如米里哀主教、冉·阿让、沙威、芳汀与珂赛特母女，包括死于街垒之战的那些青年、少年和孩子，一个个都有血有肉、生动鲜活，使人读来印象深刻。即使到了现在，冉·阿让和沙威，也仍是文学爱好者耳熟能详的虚构人物。在此点上，《战争与和平》略逊一筹。

然而毕竟，托尔斯泰将俄罗斯文学的小说成果提升到了前所未有的高度，完全可与雨果比肩。而当时之法国小说总体已代表了西方近代小说的高度，《悲惨世界》享誉西方，雨果遂成法国作家中成就最高者。故又可以说，托尔斯泰将俄罗斯小说提高到了世界水平。

陀思妥耶夫斯基的小说，不论当时及后来，也不管对俄罗斯文学还是世界文学，都没产生过那么巨大的影响，而只不过是一种另类现象。故所以言，近十年抬高陀思妥耶夫斯基的小说以至无以复加程度的"评论"，本质上几可认为是冷战之文化谋略，试图以此矮化托尔斯泰，进而从总体上矮化俄罗斯文学。诚然，陀思妥耶夫斯基也是当时俄罗斯作家群像中不可或缺的一位，但却是后来被

"冷冻"的一位，只抬高这样一位而成心无视同时期其他作家的存在，是彼们策略的一贯套路。

值得一提的是——苏联时期将《战争与和平》拍成过电影，在我记忆中似乎是四部。而美国竟也拍成过电影，是三个多小时的长片，那是冷战缓和期的事。

冷战一吃紧，哪方面都会有反应。

读《童年·少年·青年》有感

《童年·少年·青年》是托尔斯泰的自传性作品，也是让他开始被俄国文坛刮目相看的作品。

我读它的过程，恍如读《红楼梦》。他那家可谓迎送皆显遗，"往来无白丁"——后一句话中的"白丁"在古代的中国指无科举身份的人，用在此处是指无贵族血统的人。他的母亲也是名门之女，娘家给了她一处庄园当作陪嫁，那恒产由他的父亲管理。

他不是出生和成长在一般贵族之家，他的家族在俄罗斯显赫一时；他后来所继承的爵位是皇室重点批准的，并且同时归还了一度收回的在莫斯科的大宅，以示恩宠。所以，前边讲过，若由他来在君主立宪与共和两种体制之间投票，他肯定投前者一票。若杀死罗曼诺夫王朝沙皇一家的暴力事件发生在他活着的时候，几乎也可以肯定，他与苏维埃政权的关系则会誓不两立了吧？

他自幼由专职保姆服侍，由德籍家庭教师指导学习，衣来伸手，饭来张口。他的所谓成长期烦恼主要来自以下方面——自卑于似乎不够聪明，长相也似乎不够出众，家庭教师的要求太严。

在开篇一页之后，他就记录了童年时的自己对家庭教师的诅咒；而那家庭教师忠于职守，兢兢业业，是位极有责任心的人，他对人家的嫌恨实属无理取闹。当然啰，嫌恨过后又忏悔，觉得自己不该那样。

在他那双孩子的眼中，人当然是分等级的——对于家庭教师是不必讲尊重的，因为对方是从他父亲那儿领取薪水的人。老家庭教师经常成为他的出气筒，而他对自己任性的妹妹还总是让着。幸亏他有忏悔心，否则他的自传会使人看了生气。

然而那老家庭教师注定将是晚景凄凉的。小托尔斯泰的母亲不幸早逝，而他也该去莫斯科上中学了。那么，老家庭教师该被解聘了。

"现在她（托尔斯泰的母亲）不在了，一切都被忘记了。我干了二十年，现在上了年纪，还得上街要饭……"

老家庭教师对小托尔斯泰自言自语般说的一番话，读来令人心酸。

小托尔斯泰对他发自内心地同情了。

他对别人命运的同情，也便从那时起在心灵中萌芽。

关于他的中学亦即少年时代，他记录了这么一件事——受他家关照、后来成为平民的曾经的庄园管理者，为了使自己的儿子受到贵族气的熏陶，居然时不时地送儿子来陪贵族之子们玩儿。而后者当然并不待见那孩子，他们集体虐待他，抓住他的脚踝将他倒提起来，使那孩子受了极大的惊吓，号啕大哭——除了一个孩子，其他孩子皆无罪过感,甚至也无歉意。

那另一个孩子是小托尔斯泰。

"为什么,你们为什么这样对我?!"

下等人家的孩子如此哭道。

还能为什么呢?

因为他不是他们中的一个,非贵族之子啊。

在人类社会中,阶级鄙视链直接影响简直也可以说遗传给了孩子,这从来被视为正常。即使现在,仍然如此。

少年托尔斯泰又因自己的行为而忏悔了。

他像极了贾宝玉。

贾宝玉不是也动辄对服侍他的小丫鬟们发无名之火,事过又后悔,道歉唯恐不及吗?

这部传记之书之以下诸点是有历史认知价值的:

一、托尔斯泰的中学家庭教师也是德国人。自从法军占领过莫斯科,老俄罗斯的贵族之家,几乎再无雇用法国家庭教师的。他们中不少人的儿子死于俄法战争(而此前,他们曾以雇用法国家庭教师为荣),国与国之间的战争仇憎,会长存于几代人的记忆中。关系修好时像不曾发生,一旦又交恶了,新账旧账便会累加,记忆仍会引起受创深重一国的伤痛。周恩来总理当年对日本外交官所言"前事不忘,后事之师"一语,告诫的便是这一道理。

二、托尔斯泰的传记成长史,特别真实地反映了老俄罗斯的贵族后代们,自幼享受种种特权所必然形成的人格异化、病态——他们在参加高考时，所坐的都是贵族子弟专座。于是会加强我们对普希金的《叶甫盖尼·奥涅金》、对屠格涅夫的《父与子》、对冈察洛夫的《奥勃洛莫夫》、对莱蒙托夫的《当代英雄》的理解，明了那些文学作品中的躺平或虚无主义人物是有现实原型的。

三、如果再结合契诃夫的《第六病室》和陀思妥耶夫斯基的《罪与罚》、高尔基的《在底层》来读，便会得出"十月革命"的发生是必然的结论。

四、宗教元素几乎弥漫于那一时期所有优秀的俄罗斯文学中，它是延缓革命的最后一道国体防线——正如海涅所言，当人们（主要是底层人）质疑上帝的公正时，最后一道防线便坍塌，革命随之不可阻挡……

五、列宁言"托尔斯泰是俄国革命的一面镜子"——而我一向困惑此话的全面性。现在终于明白：托尔斯泰的全部作品，只不过是老俄罗斯的"一面"镜子，映照老俄罗斯贵族阶级原生态的那面镜子。但要了解老俄罗斯的全貌，仅看那"一面"镜子是不行的。与托尔斯泰同时代的那些俄国优秀作家，他们的作品也都是"镜子"。或换言之，托尔斯泰和他们的作品，共同映出了老俄罗斯病入膏肓的样貌。

我读《童年·少年·青年》，有一至今未解之谜——那就是，从少年部分起，频繁出现"聂赫留朵夫"这一人名，直至青年部分的结尾。而此人名，亦出现在《复活》中，是男主人公的名。

是否《复活》中的男主人公，是以《童年·少年·青年》中的

"聂赫留朵夫"为原型呢？

我一直想明白，却一直陷于困惑。

就教于知识丰富的学者！

2024年2月22日

关于高尔基

"十月革命"使俄罗斯文学变成了"苏俄文学",这是一种强调"苏"为主体的概念,也是从当下将历史包括在内的概念。但若从时间顺序来讲,"俄苏"文学也可是一种说法。

"十月革命"后,高尔基被列宁从国外请回了。高尔基年轻时就认识列宁,二人坦诚地交流过思想——没有任何文字记载二人交流过什么,但有两点是可以得出结论的——一是高尔基相当尊敬列宁,也肯定有些崇拜;二是他对于无产阶级革命的理论和宗旨,起码是部分接受的,否则不会一请就回。当时的苏维埃政权还极不稳固,高尔基伴随它度过了它的艰难时期。

那时的高尔基已不年轻,然而已在西方诸国享有极高文名了,毫无疑问地扩大了苏俄文学的世界影响。他当时回国,并未参与什么文学事业的重建,新政权也根本顾不上那些,所起到的实则是团结知识分子的作用,或曰间接的统战工作——那起码是新政权对他所寄予的厚望。

高尔基是爱国的——确切地说,爱他所属于的俄罗斯民族(他对沙皇当局绝无任何感情,在此点上,与托尔斯泰、陀思妥耶夫斯基、屠格涅夫们完全不同,倒是可以视为契诃夫、别林斯基、车尔尼雪夫斯基们的"同志")——当他无助地挣扎于社会底层,对人生近乎绝望时(他年轻时曾有自杀之念),看到和感受到的肯定每每是所谓社会的丑陋,归根结底是人性之丑陋。那时的他,也许诅咒过自己所属于的国度和民族。但他成为作家后,特别是旅居过国外后,他得以跳脱出个人经历来看并思考国家与民族之诸问题——那时的世界国情都一样,并无哪一国家比俄罗斯的月亮更圆,并无哪一民族的人性实际上优于俄罗斯民族。于是结论成了这样——俄罗斯帝国和整个世界都需要被改变而已;除了少数权贵阶层,俄罗斯乃至世界的绝大多数底层民众都需要被拯救而已。这一结论,使他从国外回望自己的国家和民族时,对国家多了份文化义务,对民族多了种温度,这两种作家特有的情愫(不是人普遍皆有的,也不能要求人人皆有),自然而然地体现在他那一时期的作品中了。既然沙皇政府之瓦解已成事实,按当时的情况来看,也只有列宁们才有能力重新整合一个与从前截然不同的国——而希望在那不同里,这是他欣然回国的主要原因。他愿助列宁们将大事做成,做好。

但在实际关系上,他与列宁们相处得并非多么顺心。革命是暴烈的行动,双方冷酷的威慑和报复不断升级,而高尔基天性善良,是人道主义者,心肠软,争论难免。苏联电影《列宁在1918》对争论予以了艺术化的呈现,那不纯粹是虚构,而是有生活依据的。但争论并没影响他与列宁之间的友谊，其友谊建立在高度的几乎绝对的信任基础上。列宁分外珍惜二人间的友谊，需要它犹如需要减压特效药；而高尔基深切地理解此点，感受到被一个重新整合俄罗斯的人所需要的人生意义。每次争论之后（有时是与列宁的同志们发生的），他都会尽量体会列宁的压力，试图分担不易。

对于列宁之死，高尔基是非常悲伤的。同时，也对革命颇觉失望，再加上身心疲惫，便又出国去了，名曰"疗养"。

斯大林执政时期，高尔基又被请回了国。此时政权已相对稳定，而高尔基也又思国心切。

明了以上诸因之后，对高尔基与苏维埃政权的关系，后来在文学方面为它所起到的作用，为什么愿起那种作用，何以能起到那种作用，就会减少某些疑惑。

文学是其他艺术的孵化箱。

新国家极需在文艺方面首先重塑国家形象，于是极需标志性的带头人——俄罗斯文学引以为荣的一页已成历史，当年优秀的作家已几乎全部逝世，高尔基是硕果仅存的一位。他曾受到他们的尊敬，与他们有过良好关系。他被沙皇尼古拉二世撤销俄国皇家科学院名誉院士称号时，契诃夫和柯罗连科（不仅是作家，其实还是早期民主主义者）为他仗义执言，因无果也双双放弃名誉院士称号。他曾不止一次见过托尔斯泰，后者曾对他说，自己看他的《童年》、《在人间》及《我的大学》多次流泪。"你有各种理由成为贼、骗子、抢劫犯甚至杀人犯，可你却成了写出不少好作品的作家，这真是奇迹啊！感谢上帝，但年轻人，你究竟是如何做到的呢？"——托尔斯泰这番话，在当时的俄罗斯文坛广为流传，不仅成为文学使一个底层青年实现了自我救赎的例证，也成为人应该怎样、能够怎样的叩问。

高尔基创作了首部无产阶级小说《母亲》，它一度是年轻革命者的《圣经》，使他们又多了一个革命的理由——"为了母亲们！"

最重要的是，他曾与革命领袖们建立过非同一般的良好关系。

那么，高尔基遂成不二人选。

综合以上原因，高尔基想要谢绝邀请都是不可能的。

他的确是有号召力、凝聚力的。

阿·托尔斯泰就是那一时期回国的。他的三卷本著作《苦难的历程》，被俄罗斯文坛认为在内容的广度和深度两方面几可与《静静的顿河》相提并论，如同姊妹篇。

高尔基站在俄罗斯文学前后两个时期的转折之处——前页可谓群星灿烂，后页正在被新一代作家所大书特书。革命年代背景的作品有高尔基创作的《母亲》，及另几位作家创作的《苦难的历程》《铁流》《钢铁是怎样炼成的》《暴风雨所诞生的》。有文字资料显示，当时的多数评论家认为，奥斯特洛夫斯基的《暴风雨所诞生的》比《钢铁是怎样炼成的》更出色一些。《钢铁是怎样炼成的》毕竟是从主人公的少年时期写起，成长小说的特点鲜明；而《暴风雨所诞生的》主人公是成年男女，爱情也产生于成年人之间，所以分量似乎重些。我少年时曾在某册杂志上读到过《暴风雨所诞生的》，由于对背景不清楚，没太读懂，读了几页就作罢了，对于我来说不如《钢铁是怎样炼成的》代入感强。

至于保卫苏维埃政权和卫国战争时期的小说，中国翻译过来的不多，无非《日日夜夜》《保卫察里津》《青年近卫军》等，《青年近卫军》在中国读者中广为人知。而和平建设时期的小说，当年译过来的似乎也就是《叶尔绍夫兄弟》《茹尔宾一家》《顿巴斯》等——当年我是都读过的，感觉前两部好些，后一部像报告文学。

然而，俄罗斯文学的新一页也算成果斐然，一代年轻的作家开始崭露头角。高尔基成为新一页的也就是当年苏联文学的掌门人，不但是事实，而且他的确功不可没。

现在该谈谈我对他的作品的读后感。对他本人的各种评价不论，我坦率承认自己特别喜欢他的作品，他的作品在文学美学和对底层民众命运的体察两方面对我影响甚深。

高尔基起先所循的并非现实主义的创作道路。他的第一个短篇《马卡尔·楚德拉》属于具有强烈浪漫主义色彩的传奇小说。小说中的男女青年主人公左巴尔和拉达当年给我留下极深印象，过目难忘。左巴尔捅了拉达一刀之后的情节，短短几行由第三者叙述的文字，我当年和现在都背得下来：

"拉达把刀子拔出来，扔在一边，拿一缕她的黑发堵住伤口，微微笑着，声音响亮、清楚地说：'再见，洛伊科！我知道你要这样做的！……'她就死了。……"

草原上高傲的美神就这么被自己所爱并深爱自己的青年杀

死了。

他俩互相欣赏，互相爱慕，互为意中人，却都不愿被爱所俘而失去自由，折损高傲。于是一个以杀明心，一个以死昭志。当然，左巴尔也被拉达的老父亲杀死了，否则对拉达太不公平。

这短篇的主题似可用裴多菲的那首诗来诠释：

生命诚可贵，

爱情价更高；

若为自由故，

二者皆可抛！

虽然我至今难以理解，但被该小说"麻醉"了。而且，文字何等好啊！简洁、冷峻、凄美，有画面感，与《海燕》《丹柯》的文笔风格一脉相承，好比诗人用诗句写的电影分镜头剧本。

至《切尔卡什》，他的创作走上了现实主义道路，从此义无反顾，于是后来有了《底层》。

《切尔卡什》奠定了高尔基优秀作家地位的原因有三：

一、塑造了生动的俄罗斯底层人的形象——盗贼切尔卡什结识了心怀对小农生活之梦想的青年加弗里拉，后者在码头打工所挣的钱少得可怜，而要过上他所向往的生活起码得200卢布，对于他是一个天文数字。他的向往代表了千千万万俄罗斯背井离乡的打工青年的向往。

二、小说诠释了另一种俄罗斯人的，或曰作家自己希望俄罗斯人所具有的品格之存在和可信——成全与宽恕（起码在小说中是存在和可信的)——切尔卡什进行一次偷盗便可"轻松"获得500至1000卢布。他被加弗里拉的向往感动了,这向往引起了自己对曾经的农村小家庭和田园生活的缅怀。他本要将二人共同得手的500卢布全给予加弗里拉,可加弗里拉一再苦苦哀求,甚至坦承心中产生过想对切尔卡什谋财害命的邪念,使切尔卡什大为光火,反而一卢布都不给了。加弗里拉也光火了,一石头将切尔卡什击倒在海滩,拔腿便跑。怕切尔卡什被自己打死了,他很快又反跑回去,哀求切尔卡什的宽恕。切尔卡什只不过被砸昏了——他选择了宽恕,成全之心也又占了上风,将500卢布都给加弗里拉了……

二人消失在海雾中,消失在相反的方向,从此走向各自以后的命运,永难再见到。

宽恕、成全,与《复活》中体现的忏悔、自我救赎,构成了俄罗斯人宝贵的民族品格之要素。那是两位俄罗斯作家希望俄罗斯人应该活出的样子。虽然文学实难卓有成效地完成这一文化化人的使命,但文学毕竟有此功能,两位作家相信润物细无声的初心,在我这儿给予大的敬意。

三、小说极其出色。高尔基相当熟悉底层人的语言"体系"——不同的他们在一起时,即使互不认识,怎么开聊的?一个怎么说服另一个人伙去干某事的?这完全在其文学驾驭能力之内,因而创作从容又自信,笔下人物性格鲜明,一言一行皆符合作家为他们设定的"那一个"人的人品本质。当然,这是对作家起码的要求。超一般化的是,此篇和他的处女作《马卡尔·楚德拉》还证明了作家是写景大师。其写景的不同之处在于，不仅开篇写，不仅结尾写，不仅写场面、景象，还写斯时斯刻各种必然听得的声音。并且，其有声场面和景象始终穿插于情节进展过程，形容精准，笔墨不多不少，恰到好处。这两篇小说，不论在俄罗斯短篇中还是在世界短篇中，肯定都属佳作。

屠格涅夫也是俄罗斯作家中的写景大师，他笔下写到的主要是农村风景，不但写得美，还写得细。比如形容蚊虫聚集像袅袅炊烟，旋转如纱套，飘忽不定，随风来去。读者总是能够看出，不论小说的基调怎样，作家写景时心情便平静良好了。他是景的欣赏者。

契诃夫也擅长写景。还有柯罗连科，也都堪称写景大师。他们所写之景，体现为对季节和地方的必要交代，一种照相式的写法，客观的写法，主观情绪偶现，但并不明显。

如果以乐器演奏来比喻，对于屠格涅夫，一把小提琴可也，估计他自己也认为足够了。旋律嘛，大抵是静美的。

契诃夫和柯罗连科之写景却需用大提琴演奏来比喻了。这两位的写景文字中，往往流露着沉郁和些微的忧伤——大提琴的中音部，适合诠释那一种内心情绪。

而对于高尔基来说，小提琴不行，大提琴也不行，只有管风琴或钢琴才适合。以前边所谈到的两篇小说为例，我读时每每会感到，那往往便是一位作家在以自然之景、自然之声的方式发表态度，配合创作。他笔下的景给人以紧张的，随时会以某种方式发威的印象。读者从《马卡尔·楚德拉》和《切尔卡什》中，自会非常充分地领略和欣赏到他写景的别具一格的高超能力——写景与写人写事交织进行。

爱伦堡——这位生于基辅中产阶级家庭的苏联作家，想了解俄苏文学演变史的人是应该记住的。他曾是一个反沙皇的青年，被捕过，侥幸获释后一度亡命巴黎，二月革命后，几乎立刻赶回到俄国投身于苏维埃阵营，不久再度回到巴黎，担任革命政权驻巴黎的通讯员。

某些人据此认为他当然是布尔什维克革命者；却也有人不以为然，觉得他只不过在坚决要推翻沙皇政权这一点上成为过布尔什维克的同道。他的作品与革命文学并无关系，他早期热衷于"现代派"创作，成为了苏联前卫艺术运动的中心人物。后来写了三部历史证言性（与其记者职业有关）的小说——《巴黎的陷落》《暴风雨》《第九个浪头》。

应该记住他乃因为，斯大林逝世后，他发表了《解冻》这部在苏联文学史后期作用十分特殊的作品——它使苏联文学从此与以往不同，它启动了有别于革命现实主义的新现实主义文学的时期。1974—1977年我在复旦大学读书时，曾读到过的苏联小说《落角》《阿尔巴特街的儿女》《白轮船》，皆具有新现实主义的品相。

在苏联文学以上几个重要时期，亦产生了《日瓦戈医生》和后来的《古拉格群岛》这两部中国文坛至今争论不休的作品。我是喜欢《日瓦戈医生》的，并未读出刻意"反苏"的意图，认为其只不过呈现了一个边缘于革命阵营的典型人物的命运而已——日瓦戈医生之命运是一个不小的群体之命运的文学缩影。小说的情愫立场相当内敛，风格也极文学。我倒是不觉得《古拉格群岛》怎么好——像报告文学、长篇采访通讯，无文学特质可言。我所知道的北大荒"劳改故事"，比《古拉格群岛》的内容更具有历史认知性，"群岛"对我来说没有什么新的认知价值。

实际情况是——除了以上点到为止的作品，亦有大量的短篇小说、诗、散文在苏联文学的各个时期产生过。我只在中国二十世纪七十年代前后读到过其中极少一部分，国内都以选集的方式出版过。给我的印象是，在《解冻》之前，苏联文学已以更贴近普通人的现实生活、反映普通人日常故事的方式，为俄国文学注入了新的元素。八十年代少数中国人看过的苏联电影《莫斯科不相信眼泪》《办公室的故事》《秋天的马拉松》《通讯员》《拯救者》《红莓》等足可间接佐证——我因在北京电影制片厂工作，有幸全看过。

该现象与其说是自觉莫如说是本能。

是的，我认为文学具有反映普通人生活的本能，正如植物有向土壤扎下根去的本能。

俄罗斯文学具有某些优秀传统，如：写景，强调人应该是怎样的，肯定家国情怀，歌颂坚毅顽强之精神，影响人热爱生活，讽刺的机智……

写景与俄罗斯的地理特征有关。俄罗斯广袤的原野与自然环境紧密依存、相互衬托的风光，使它的文学家们不可能不被其美所吸引，陶醉其中，于是写景发乎性情地成为他们的诗、散文和小说的文学元素，于是形成了俄罗斯文学必不可少的美学风格。

文学即人学。启蒙时期的某些俄罗斯文学家、理论家、评论家曾集体发声，共同倡导俄罗斯人须思考"人应该是怎样的"这一主题，故使此主题影响深远。前边提到的电影，亦从不同角度诠释了这一主题。

二战使俄罗斯文学确立了表现家国情怀无须提醒的使命感，它逐渐从意识形态概念上升为文艺美学概念。

至于歌颂坚毅顽强之精神，引导人热爱生活，讽刺的勇气和机智，实乃世界文学的本能，而俄罗斯文学尊敬并重视这些本能，不认为是强加而已。

二十世纪八十年代初期的俄罗斯文学是怎样的了？

老实说，我一无所知，因为很长时间没有见到过新的译作了。

关于俄罗斯文学，有两位作家不太被中国读者所熟知，译作甚少：便是赫尔岑与柯罗连科。

赫尔岑不但是俄罗斯杰出的作家，还是民主思想家、革命家。他出生于富裕的贵族家庭，却从少年时代起就深受十二月党人起义的影响，十五岁就与志同道合的友人共同发誓，要为俄罗斯人民的解放而献身。他两次被捕，先后度过六七年监禁生活。

我只读过他的一篇中文译作《路过》，当属"小小说"，才两千多字。

该小说塑造了一位小地方的法院副院长——他似乎不是一个坏

人,相反,简直还够得上是一个"好老爹",对人和气,彬彬有礼,从不摆架子。经常表示,特别同情那些因贫困、饥饿而小偷小摸或讨饭的流浪汉,每次在判决书上签名,都会因犯人的人生及其家庭生活之后的绝望而手抖,觉得毛骨悚然。但也正是他,每次判决有以上过失的穷人,明明可轻判也非重判不可——他的名言是,不能因同情便失职,不能使穷困和饥饿成为他们犯罪的理由,那就对不起自己的职务了。

《路过》每使我联想到《悲惨世界》,想象冉·阿让的悲惨遭遇,正是法国的那样的法院副院长所造成的。

那样的法院副院长,加上和他属于同一类"工具人"的警长沙威,将俄法两国人民都逼上了革命的道路。

柯罗连科出生于乌克兰,也是俄国现实主义文学的杰出代表,同样是民主主义革命家,在监禁和流放中度过了九个年头。

他的小说国内翻译得也很少,以我读过的《林啸》和《严寒》两个短篇为例,觉得肯定属于世界一流水平。

《严寒》的内容是——"我"在穿越西伯利亚,所乘雪橇行驶途中,与车夫同时看到了一个即将冻僵的衣衫褴褛的人(是政治犯无疑),但二人都装没看见。到了一个村的村公所,又都由于良心不安讲了起来,于是引起了要不要救的讨论。讨论只不过成为人们在暖屋子里饮酒的一个话题,没人真的想行动。

但人性毕竟还是有救的,当"我"听别人说出途中所遇那个人的名字,明白了是一位可敬的革命者,于是出钱并说服了几个人去营救……

但已迟了。

在该短篇中,我读到了俄国的"华老栓"们。

《林啸》的故事颇具寓言性——一个地主老爷,霸占了使唤丫头,并将爱她的仆人赶跑了。却又怕那小伙子迟早会进行报复,又将那丫头许配给了另一个小伙子。其想法是,如果复仇者哪日闯来,便有一个替自己拼命的人了,二比一干掉复仇者,她还将背地里属于自己……

这故事悬念性很强,证明柯罗连科不仅是革命家,而且确是讲故事的高手、杰出的小说家。

曾经的俄罗斯和我们曾经的中国一样,都"产生"过这样一些人——既是革命者,同时又是杰出的作家、诗人、评论家。

这使我读他们的作品时,几乎必然地会感到亲切。

高尔基的朋友

高尔基的"忆旧"文章很少。

虽然，在革命时期他曾为被革命误视为"敌人"的科学家、文艺家、教授学者们求过情，担保过他们的无辜，但那似乎仅仅是他认为自己应该做的事，实际上他与他们的交往并不深。

高尔基拜访过托尔斯泰，却也只不过是作家对作家的礼节性拜访，其后二人之间鲜有来往。

但这两位作家例外——一位是柯罗连科，一位是契诃夫。高尔基与他们二人的关系显然是亲密的。也正是他们二人，在皇室阻挠高尔基被选为俄国皇家科学院名誉院士时，一起愤然辞去了名誉院士身份，以表达对沙皇当局的抗议。

高尔基在《谈谈我怎样学习写作》一文中写到了他们，"学习"二字，使我们有根据地认为，他们在高尔基心目中是亦师亦友的人。

柯罗连科批评高尔基不该将"一种像诗的东西掺在小说里"，认为小说当然是足以具有诗性的，但小说的诗性不必通过刻意押韵的文字来体现,那反而会适得其反;小说的诗性乃是由诗性题材和内容所自带的,刻意亦枉然。

不得不承认,柯罗连科对高尔基的谆谆教诲,委实是真知灼见,是前辈对年轻的后人的坦诚告诫。

高尔基起初并不认同,后来才"羞愧地"领悟了个中道理。

托尔斯泰和契诃夫对高尔基的小说也读得很细,都曾指出过高尔基小说中的语法错误、硬伤。

如果说托尔斯泰那样,是作家对作家的开诚布公,那么柯罗连科和契诃夫为高尔基而辞去名誉院士,则就表现得特别仗义了。

他们二人都是阅人无数的人,也是择友甚有原则的人。他们为高尔基挺身而出,不在乎个人身份的损失——当然的,他们都认为高尔基值得自己那样。

在他们心目中,高尔基是一个怎样的人呢?——是一个有文学天赋的人,也是一个善良的人。

倘没有后一点,柯罗连科和契诃夫不会那么爱护高尔基的。

他们二位看错了人没有呢?

基本没错。

在高尔基所处的历史时期——有些人想帮助人却没那能力;有些人有那能力却没那种善良;高尔基既有那种非同一般的能力,也始终保持其善不泯。

第二类人,十之八九并不会为别人的命运之改变而稍用自己的能力。高尔基的不同之处在于,往往会最大化地启用自己的能力。

他不可能是所有不幸者的护佑神。

并且，他也不可能是完人，不可能完全不被自己所处的历史时期所左右，甚至异化。

但以看一个不是完人的人的眼光看待高尔基——还是前边那句话，我觉得柯罗连科和契诃夫都没看错他。

2024年2月22日

第 六 章

女性精神的闪耀

（关于美国文学）

关于美国文学

美国确定其建国于1776年，这一年《独立宣言》发表。

那么，真正意义上的美国文学，当然也应以发表或出版于建国以后为标准。

但这并非是指此前在所谓"新大陆"完全没有文学现象存在。斯时，某些可以打上"史前美国"印记的文学现象，确已在各州的报上出现过了。

《见闻札记》可视为早期由美国人所写的文学作品。

华盛顿·欧文出生在纽约一个富商之家，曾与哥哥共同出版过一部具有讽刺风格的搞怪的《纽约外史》。《见闻札记》却是他居住在英国时写的杂文、游记之类作品的汇编。并且，主要写的是他在英国的见闻，发表于美国的报上。

《最后一个莫希干人》的作者是詹姆斯·费尼姆·库柏——出生在美国，父亲曾是英国作家，在一次赛马中胜出，获得了七十五万英亩土地，一夜暴富。

《最后一个莫希干人》写的是英国殖民美洲这一背景下的故

事——英军镇守之下的要塞受到法国殖民军的猛烈攻击,指挥官门罗选派了一支精锐的部队突围出去讨援兵,并让他们带上了自己的两个女儿科拉和爱丽丝。队伍半路遇到了莫希干族酋长秦加茨固和儿子安卡斯,父子二人揭发了传令兵的内奸身份……

故事情节相当复杂,残酷的战争场面不断,为了保卫科拉和爱丽丝,安卡斯战死了,他是最后一个莫希干人。

该小说是依据一场真实发生过的战役而创作的,科拉和安卡斯之间的爱情内容则属虚构;它是一部美国人所创作的与美国人根本无关的小说,爱情内容有替英殖民军洗白名誉之嫌——曾多次拍成过电影,黑白片和彩色片我都看过。库柏很擅长此类题材,另外还写过同题材的三部畅销书。但其在美国文学史上的地位一向存在争议,因其小说人物并非正式的美国人。

爱伦·坡的荒诞小说——他是出生于波士顿的美国人;他和库柏一样,大半人生是靠写作度过的。二十世纪八十年代国内出版过《爱伦·坡小说集》,我买过,只看了两三篇,便弃之不读了。那类烧脑又完全没有文学价值(个人观点)的小说不合我的阅读兴趣。

但其小说是初期的美国文学现象之一种,而这也属于文学价值吧。

《红字》——1850年,婚后的霍桑发表了他的成名作《红字》,斯时美国建国74年了。

不但霍桑是出生在美国的正宗美国人,他的母亲还是新英格兰

（君主立宪制以后）的名门之女；霍桑的祖先曾是殖民地权势很大的家族，迫害过异教徒，曾曾祖父还担任过麻省法官。

《红字》不同于《见闻札记》《最后一个莫希干人》和爱伦·坡那类荒诞诡异的供人茶余饭后消遣的故事。

《红字》是美国人所写的发生在美国的故事，女主人公赫斯特是身材修长、仪态优雅的女人。一头乌黑浓密的秀发，饱满端庄的额头，黑白分明，动人传神的双眸给人以心地善良的印象。她一直住在郊外的茅草房里，靠为别人缝补衣物所得的微薄收入维持生活。此外，为了能多挣些钱，她从不嫌脏嫌累，什么别人不愿干的活都肯干。

在小说一开始，她被执法者带到了市中心的行刑台上示众，怀中抱着三个月大的婴儿，衣袍上部绣着一个红色A字——而这是通奸者的罪标。但不论总督和老牧师如何盘问，她就是不肯说出奸夫的姓名。这使围观民众大为亢奋，用话语羞辱她，并往她身上投脏东西，像《巴黎圣母院》中的卡西莫多所遭受的那样。

事实是——她怀中所抱的女婴的父亲，乃是年轻俊秀的牧师丁梅斯代尔，他既受当地人的喜爱和尊敬，内心也因自己的罪过和给赫斯特带来的耻辱而痛苦万分。

七年后，在为新总督举行的就职典礼上，丁梅斯代尔公开承认了自己的过错，之后死在赫斯特怀中。

霍桑为什么要将丁梅斯代尔塑造成一位体质病弱，并且毕业于牛津大学的年轻教士呢？我推测，大约有两方面用意——一方面，赫斯特与其关系之所以发生,也有她对知识的尊崇在起作用;另一方面,她献身于他,还有几分是受母性本能之怜悯所促使。总之,并非纯粹的情欲使然。

至于赫斯特的丈夫齐灵渥斯医生,则是一个站在道德制高点上专执一念实施报复的男人。在赫斯特向他坦白以后,因其猜测就是事实,报复之心烈焰熊熊。

但他的报复并未来得及进行。

丁梅斯代尔一死,他之恨念无法消除,不久也抑郁而亡。

不愿接受忏悔也不肯宽恕的人(当然要看有罪之人所犯何罪),其实是不足效仿的——霍桑通过齐灵渥斯这一人物表达了对这类人的否定态度。却也没有彻底否定这一人物:他使齐灵渥斯在死前将一笔可观的遗产给予了赫斯特和丁梅斯代尔的女儿珠儿。这也是一种创作经验的体现,如果并不如此这般处理,珠儿日渐长大成人,小说不好往下写了。美丽可爱的珠儿靠了那一笔遗产远嫁英国,过上了幸福的生活。

而赫斯特仍留在郊外的茅草房里,仍靠做针线零活过日子。她经常力所能及地帮助那些挣扎于精神与物质双重压力下的人,"红字"并未将她异化,她的善良一如既往,无怨无悔。她活得坚毅、仁慈,内心阳光而又在人性方面十分自信。她虽胸前有"红字",却十分受人尊敬,被称为"坚强的女人"。

这样一位女性的形象,在此前法国的、英国的、德国的、俄国的以及世界上一切小说中绝无仅有。

赫斯特是一位一度败给了自身弱点和公认道德、宗教戒律、法之惩罚的女性，也是一位靠坚毅、勇气、利他品格和自强精神、善良天性重新找回了自我的女性。

她是衣上绣有"红字"的"圣母"。

她的命运有别于《悲惨世界》中的芳汀、《复活》中的玛斯洛娃、《红与黑》中的德·瑞纳夫人和托尔斯泰笔下的安娜·卡列尼娜。

是的，她是世界上小说画廊中具有光环的一位虚构女性人物。

她身上寄托着霍桑对于"人应该怎样""能够怎样"的理想，这是霍桑对世界文学的贡献。

在赫斯特所处的时期，美国仍未成立，波士顿仍是殖民城，但赫斯特无疑是美国先民中的一位女性。霍桑为后来的美国人用小说塑造了赫斯特这样一位先民中的女性的形象，更是他对美国文学的重要贡献。

霍桑少年时，曾见过对赫斯特和丁梅斯代尔们当众惩罚，不但预先要在衣上绣 A 字，还要遭受鞭刑。到了赫斯特所处的年代，鞭刑取消了。到了美国独立以后，衣上绣"红字"的做法也取消了——而这与《红字》的问世有关。

霍桑为赫斯特和丁梅斯代尔的女儿取名珠儿，十分耐人寻味。为了避免过度解读，不赘述。

《红字》是现实题材的。

《红字》是现实主义风格的。

《红字》是具有人文关照的。

《红字》是真正意义上的美国文学史的开山之作,对美国文学后来的总体发展影响深远。

《白鲸》的作者麦尔维尔曾致信霍桑,希望获得同意,在《白鲸》的扉页印上"献给霍桑"。

霍桑的答复是断然的一个字——"不"。

对于《白鲸》,历来的解读是将艾哈布船长定义为敢于向"恶"挑战并战胜之的美国英雄。那么,当然了,曾咬断他一条腿的白鲸便成了"恶"的化身。受此种解读的影响,二十世纪八十年代后,中国普遍的大学的中文课堂的讲授,同以上解读如出一辙。

我中学时就读过《白鲸》。

当年觉得,艾哈布是粗暴而专制的,完全不顾众多别人(船员)死活,被复仇心理所异化。

他即是"恶"之一种。

《白鲸》的背景是美国成立之后,捕鲸业兴起的年代。我是中学时代看过的,印象不深了,后来分配到北京电影制片厂工作,又看过了由原著改编的电影,电影也很出名,增加了以下情节——艾哈布所驾的捕鲸船曾捕到一头雌鲸,将其吊起,活活肢解,开膛破肚一刻,小鲸从母腹中掉到了甲板上,当然也是死路一条。先是,雄鲸竭力掩护怀孕"妻",但没成功。它在海中眼见人对自己的至爱犯下的罪恶，哀鸣而去。从此海洋有一头专对捕鲸船进行攻击的白鲸，屡屡得逞，逐渐使捕鲸人闻白鲸而色变，影响到了捕鲸业。艾哈布也开始明白，白鲸的攻击实际上是向他发出的挑战，亲自出马决一死战才能了结自己与白鲸之间的深仇大恨。白鲸使他失掉了半条腿，他也报复心切。于是招募了一批船员，重赏之下，必有勇夫。艾哈布经常在船上向船员们鼓吹白鲸多么邪恶，而他们被他所洗脑。我初读该小说时，是站在白鲸以及所有的鲸一边的。白鲸的攻击不但体现为复仇，实际上也体现为对所有鲸的保卫。少一艘捕鲸船，则少死几头鲸。故也可以说，白鲸是鲸中的勇士，若站在鲸们的立场看矛盾，鲸们原本是无辜的，人出于贪婪心而大肆捕鲸的行为才是邪恶的，并且此恶在先。

当年尚未出现"双标"二字。

如今再作思考，顿觉艾哈布船长是一个典型的"双标"美国人。

小说之结尾自然是一船人（仅活下了一个人作为悲剧的见证者）与白鲸同归于尽——相比而言，白鲸之死才配得上悲壮二字。正所谓"人作孽，不可活"。

问题在于，当时和后来的美国评论家们，曾从各种哲学的角度分析过艾哈布这个人物，往他身上贴了各种哲学和主义的标签，却从没有谁指出其关于"恶"的双重标准。当年身为评论家的人亦无此意识实属自然——倘一指出不就等于将捕鲸业架在道德之火上烤了么？

但后来回避这一问题是何原因呢？

无它。

乃因善恶、正义与否之类问题涉及美国历史之道德合法性——美洲新大陆也可被想象为海洋，原住民们可被视为鲸，他们中的反抗和复仇者可被视为白鲸。

站在他们的立场看美国，美国之史有本恶和原罪。

好在，像《白鲸》一样对"恶"双标的小说，在美国文学史上并非甚多。并且，我也不认为该小说有多好，记得当年看了三分之一部分，白鲸似乎还没出现呢！

但作为一部冒险亦传奇类的长篇小说，于《红字》之后问世，确也应在美国文学史上占有一席之地，起码在类型方面当如此。

《汤姆叔叔的小屋》之中文版的书名被译成过《黑奴吁天录》。

我喜欢前一书名，觉得更文学，有几分诗意。

内容悲惨而书名又有诗意的小说，反而会引起读者心理上更大的共鸣和更多的思考。

该小说太经典，内容不赘述。

出版之初，其被认为是"世界小说中最令人感动的事件"。

它曾深深打动我的心灵，但我仅在少年时读过一遍，不忍读二遍。

在我的阅读范围内，它至今当得起以上评价。

据传，林肯总统曾对它的作者斯托夫人说："所以你就是那位用小说引发了这场大战的小夫人？"

斯托夫人身材娇小。

那是林肯很自谦的话，也是对小说至高的评价。

但是关于此小说，当时和后来的评价并非一致。

首先因为，作者所属于的斯托家族便是一个蓄不少黑奴的家族，而大部分的黑奴们实际上过着悲惨痛苦的生活。作者在小说中描写一群黑奴的主人对他们充满温情和关怀，使他们在庄园中过着平静的较为幸福的生活，确有美化自己家族之嫌。

关于汤姆叔叔这一人物的评价也有分歧——他逆来顺受到了令读者难以接受的程度。兔子急了还咬人呢，他似乎连兔子那点儿本能也没有了。相映照的是，他对主人的女儿满怀奉献式的关爱，此点被认为不真实，难以令读者信服。

到了二十世纪，"汤姆叔叔"首先不被大多数黑人青年所接受，他们甚至认为该形象是对黑人的侮辱。

正如"月不正圆，君子各有不检"，世上从没出现过完美无瑕的小说。小说是主观相对于客观的反映——客观首先已千般万样，而主观之局限性又不言自明。一位白人女性写黑奴命运，怎么可能完全地设身处地？《根》那样的小说，只有黑人作家才会写得特别令人信服。

看人看大节，看小说看创作动念，或曰初心。

斯托夫人之初心显然是深怀同情，创作动念也显然是为了唤起广泛同情，杜绝虐奴现象（当时的她并没有觉悟到应从根本上消除蓄奴制度）。而美国虐奴现象比比，白人们习以为常，见惯不怪，连报上都还没发出过谴责之声。

在如此情况下,《汤姆叔叔的小屋》的问世的确称得上是文学"事件",作者是白人女性一点使"事件"更加具有人道和正义色彩。

仅就文学而言,经典也大抵是有缺点的——放在当时背景之下来看而意义非比寻常,亦可谓大多数经典所以是经典的首义。

《湖滨散记》便是《瓦尔登湖》。

某些作者因作品而名,某些作品因作者而名——《湖滨散记》属后例。

它可视为一位美国知识分子一心追求思想之高洁,自我革除各种累赘现代人之人生的欲望,自觉使精神达到丰厚之境的"心灵史",实验记录,或曰向社会所交的"公开的告白书",具有显然的行为艺术的特点。

梭罗的追求是真诚的,文字浅白纯静,不饰华词,不雕丽句,与其追求同质。

当时的美国处于工业兴起的旺盛期,发财成为大多数美国人的人生意义,梭罗是一位"反潮流"的人物。

事实上他之前已因发表社会评论和思想随笔有些名气了。

《湖滨散记》出版后,出现了些效仿者,也出现了"梭罗主义"这一颇为哲学的名词。

文艺复兴后期,欧洲曾出现过多种人类生活实验现象,采取的基本是逃避方式,也都有今儿没明儿的。

我非常理解和尊敬梭罗的追求，也承认《湖滨散记》作为一个人的思想散文的价值。

但我并不赞成他那种方式。

中国知识分子有一个相当顽固的毛病是爱装，从前装"竹林七贤"，装深得李白遗风的模样，装"士"，而实际上都做不到，骨子里也不打算奉行到底，没治地知行不一。

以现在的中国而言，但凡已够得上是中年知识分子的，"大隐隐于市"可也，隐入近山临水的肃静的好去处也非难事。即使并未能出版什么"散记"，仅作为一种生活方式的选择，那也是应该恭喜的。

但我不愿听人灵犀相通似的言必《瓦尔登湖》。每当这时，总想弱弱地问一句："何不便去实验？"

在我看来，那书所具有的意义无非便是——证明曾有人类对工业时代甚为不适，正如有不少人亦对目前的科技时代甚为不适，并心有忧虑，比如我就对虚拟经济及泛滥成殇的娱乐亚文化心有忧虑。

现在该谈谈马克·吐温了。

我喜欢他的小说。

马克·吐温的小说在中国译得较早也较全，大约是由于他对资本主义所持的尖锐的批评态度。我的中学课本中便选了他的《竞选州长》——但老实说，由于我们那一代人少年时太过单纯，老师对

"私生子"三个字也有所忌讳,讲得语焉不详,故我们并不能领会那篇小杂文讽刺的是什么,究竟有什么可笑性。

一个人在发表演说时,怎么就会忽然从桌帘下"钻出几个肤色不同的孩子"?他们为什么预先藏在桌帘下,又为什么一齐朝演讲人叫"爸爸"?——解惑的关键词是"私生子",老师避而不谈,我们自然一头雾水。所以,在我记忆中那堂课的气氛一点儿都不幽默,绝无笑声。到了儿我们也没明白,怎么就讽刺了美国的竞选制了?

后来,我在小人书铺发现了《汤姆·索亚历险记》,不是马克·吐温这个名字,而是"历险"二字吸引了我,使我愿意花两分钱看那本小人书——是与《哈克贝利·费恩历险记》合编在一起的,画风很"美国",具有漫画风格的那种,我特爱看。

《哈克贝利·费恩历险记》中,"年轻的公爵"和"老国王"一对骗子使身无分文的哈克贝利和黑奴吉姆相信他们也是天才的表演艺术家,可以通过到小镇去进行戏剧表演,而光明正大地以高尚的方式挣到不少钱。哈克贝利和吉姆深信不疑,替一对骗子在小镇各处起劲地招揽观众,为的是可以分到沾了艺术之光的来路干净又高尚的钱。

首先上当的是小镇的头面人物——他们不难看出表演的低俗形同耍活宝,但一个个却反而说的确有水平,某些头面人物那么说时还抹眼泪,仿佛仍沉浸在感动中。被他们的假象所蒙蔽,于是有了第二批上当者。第一批上当者会显得愚蠢,头面人物们成心使全镇人都上当。

　　骗局总有被戳穿的时候，小镇人对骗子的惩罚方式是——往他们身上遍涂柏油，之后粘满鸡毛，游街示众。那情节给我留下极深记忆，如同目睹过。再后来我又在小人书铺看到了马克·吐温的《百万英镑》《乞丐王子》《败坏了赫德莱堡的人》。二十世纪八十年代，我才买到了以上全译作品，还有他与人合作的长篇《艰苦岁月》，再看时，虽也觉得文字风格与众不同，幽默之感跃然纸上，却不如当年看小人书时的代入感那么强了。英国将《百万英镑》拍成过黑白电影，《乞丐王子》也被拍成过动画片，两部电影都是各自类型中的经典。

　　马克·吐温对于美国文学有两大贡献——其一是，他以文字浮世绘的方式，对工业时代初期美国底层形形色色的人们，以近似素描和漫画的手法予以了极生动的表现，不否认他们的慈善，也直视了他们的俗恶与贪婪。其二是，关于他的资料显示，他将英语的文学性与美国底层人物每说的俚语在自己的作品中结合得特别成功，创出了一种颇有美国特色的新英语文学语言。在他之前，欧文、爱伦·坡、库柏、霍桑、斯托夫人都没做到，他们都力求以无杂质的纯正的英文来写小说。

　　我曾一度以为，他是第一位获得诺贝尔文学奖的美国作家，2000年后才偶然晓得他居然未获诺奖。诺贝尔文学奖设立后，马克·吐温仍在世十五年，何以与诺奖无缘，我心存惑。大约由于他没独立创作过一部长篇小说吧？但这丝毫也不影响我对马克·吐温的作品的喜欢——何况现在之我,早已对诺奖产生了与从前完全不同的看法。

我在中国儿童电影制片厂工作时,曾力主可拍马克·吐温故事那种中国的儿童电影——有关方面的领导提醒我:"你又不是不明白,马克·吐温的成长小说,根本不是儿童文学,不要企图再将中国儿童电影往那方面带了!"

领导能说出这种话,证明人家也是读过马克·吐温的小说的,那是内行话,我只得作罢。

对于儿童电影,在中国历来有宽严两种界定——严的界定强调寓教于乐,教字为先;宽则认为,儿童少年视角的一类故事亦应包容,如马克·吐温的少年成长小说,高尔基的《童年》《母亲》,以及林海音的《城南旧事》等。

我的杂文中,有以《百万英镑》为话题的,也有从《败坏了赫德莱堡的人》说开去的。

在《人世间》中,周秉昆初见郑娟后,曾在回家路上高声大嗓地喊:

"蓬松卷发好头颅,
未因失恋而痛苦,
未曾患过百日咳,
亦无麻疹起红斑……"

此四句乃从少年时起一直保留在记忆中的,《汤姆·索亚历险记》中的"诗"——大约是不会错的。

我总想学马克·吐温的文风,却一直并未学成——或许,那样一种文风,更适合于创作短篇,而此点恰是马克·吐温一生没有一部单独创作的长篇的原因。

但我还是喜欢他的作品。

他的作品给我如下启示:

一、对于一个人,幽默表现于语言。对于小说,仅仅体现于文风则是很不够的,必须从一开始便由构思,起码由情节和细节来支撑,否则会适得其反,显得行文油滑。

二、对于底层劳苦大众,讽刺之法少用。讽刺的锐力与勇气相伴,而他们从来是弱者,勇气不必也不该朝他们表现。对于他们的种种不属于犯罪,仅涉及道德与否的贪行丑态,滑一稽可也。使虚构人物滑稽可笑,便是对现实行径的严肃的文学方式的鞭笞。

三、今日之中国,自媒体发达程度世界第一,自媒体人幽默讽刺(特别是讽刺)的水平远在作家之上,但却主要表现在语言方面。这种情况下的小说,幽默也罢,讽刺也罢,呈现滑稽可笑也罢,尤应在情节和细节方面下功夫。

马克·吐温先生,感谢您的小说带给我的愉快阅读体验和文学营养。

谈美国文学,杰克·伦敦是不能被忽略的。

他的小说我读过的很少。因为，一本美国短篇小说选，大抵只会收入《野性的呼唤》。除了《野性的呼唤》，我再就仅读过《马丁·伊登》——两篇代表作都拍过黑白电影。

《野性的呼唤》是世界小说史上第一篇以狗为主角的小说。

"世界第一"已具有了成为经典的前提，但前提只不过是前提，最终能否成为经典，还要由其文学性来决定。

《野性的呼唤》具有一流的文学性。

说来可笑，我初读时竟没读明白——书是我哥借回家的，那时我才小学四五年级。因为小说是以第一人称"我"来讲述的，我自然便以为是一个人的历险故事。当时我的代入感一点儿也不强，美国淘金地的人和事对一个中国孩子没多大吸引力，但读到"我"与一只狼搏斗，虽然自己也伤痕累累，却始终咬住狼颈将狼咬死那一段时，受到了极强烈的震撼。

我想"那人"可真厉害，竟然能够在腹中空空体力不支的情况下咬死一只想吃掉自己的狼！

后来我常做噩梦，梦到自己便是小说中的"我"。

下乡后，有名老高三知青偷偷将《野性的呼唤》带到了北大荒，我重读时才读明白了，并且流泪了。

我认为《野性的呼唤》是一篇关于命运的小说——在美国的采金地，强势者称霸，他们为达目的杀人不眨眼；而像那位对巴克好的老主人，则是既无人保护也保护不了自己的。

在那大山林里，人与人的关系基本是丛林法则的关系。

在那里，人性退化。对金的贪婪，使人身上的动物性暴露无遗。

巴克不但见证了此点，而且自身命运也深受其害。

杰克·伦敦有淘金经历，一无所获身心皆伤——巴克就是他，巴克所讲即作家所见证的。"我的命运我作主！"——这是一条敢于与命运抗争的狗之生存意识的觉醒，于是它选择融入狼群，而那是它或可在山林中存活下去的唯一选择，何况它已与一头母狼发生了爱的关系。如果它在乎这种关系，那么重新归顺于一个主人便是不可能的事。

巴克对自己的选择一往无前无怨无悔，即使九死一生而不惧！

它成功了。

人呢？人若处于弱势，并囿于<u>丛林法则</u>，既没得选择，也没任何退路。

人不如狗。

不但生存境况不如狗，挑战命运的实力和勇气也不如狗。

没实力哪来的勇气？

而当时，在采金地，人的实力是由权、金或钱之多少所决定的。

而淘金者的大多数乃穷光蛋，他们之所以成为淘金者，皆是因幻想一夜暴富，却又十之八九一无所获，不但白白付出了千辛万苦，还可能搭上性命。

杰克·伦敦曾是他们中的一员——他选择了退，而退回城市等于认命,等待他的仍是一无所有。

《野性的呼唤》是一个白人的命运吁天录——通过与一条狗的命运对比,折射出了底层人们的命运的无望无助。

《野性的呼唤》是一条狗通过自身遭遇,向人类社会所奉献的"蓝皮书"。

当年是知青的我,在北大荒的严冬之夜,缩在被窝里,借着自制小油灯的微光,读《野性的呼唤》时不禁作如上之想,是以潸然泪下。

我并不多么地怜悯自己,毕竟挣一份在当年不低的工资。

我的泪也并非为自己的家而流——那时我三弟也下乡了,留城的四弟和小妹都已参加工作,我母亲再也不必因一个"钱"字而紧锁愁眉了。

在每次探家往返的路上,我不止一次目睹了从农村到小镇到县城的贫穷景象;别的省市的知青,也常会谈到他们在途中所见的贫穷现象。

我之怆然,实因与作者有同感也!

欧·亨利是美国文学史上的短篇小说之父——他在仅仅四十七年的一生中,创作了三百余篇短篇小说,在当时的美国,无人可与比肩。其中十几篇,是在监狱完成的。他之入狱与政见无关,是由于经济问题,涉嫌挪用公款被收监三年又三个月。

这无疑是人生污点。

但他出狱后,以小说创作成果彻底洗刷了污点,终获人们的尊敬。《警察与赞美诗》《麦琪的礼物》《最后一片叶子》都是中国读者耳熟能详的佳篇。

美国评论界曾将他誉为"美国的莫泊桑",这当然是赞誉。但我以为二者并无多大可比性。在中国读者中,《羊脂球》几乎尽人皆知,人们便以为莫泊桑是法国的短篇圣手——莫氏的短篇固然也都不错,但成名后却一直将主要精力放在了长篇创作方面,如其《俊友》、《人生》(也有译为《一生》的)、《死恋》、《温泉》等。

欧·亨利却一生致力于短篇创作,佳篇也远多于莫氏。即使放在当时的世界短篇小说平台上来看,亦无成果在其上者。

欧·亨利的短篇小说与契诃夫的短篇小说每有异曲同工之处——都重视结尾,都以结尾的出人意料而见长。但契诃夫的短篇小说并不全那样,只有小品文一类的短篇才那样,如他的《万卡》《小公务员之死》等。而他的另一些短篇,如《套中人》《跳来跳去的女人》《带阁楼的房子》等,则属于长短篇,情节便复杂些。

我一直想拥有一部《欧·亨利短篇小说集》,却一直未能买到。我所读过的,也就区区几篇而已。不知欧·亨利是否也写了不少长短篇,抑或三百余篇都属于小品文式的短篇。

长短篇与短中篇一直以来较难界定。某些长短篇每被编入中篇集而某些短中篇被编入短篇集,是全世界都有的现象。

故我一向认为，小品文式的短篇更体现短篇的文学特点，如扇面画或帕上作画一样构思考究。在中国，茅盾的《春蚕》、张天翼的《华威先生》、陆文夫的《围墙》、李国文的《改选》，汪曾祺和高晓声等前辈的作品，都是深谙欧·亨利式短篇精妙者。但他们是否便受了欧·亨利的影响我则不得而知。我与几位前辈虽有过接触，却不曾问过。想来，契诃夫和欧·亨利的短篇小说都影响过他们的短篇创作吧。

《财神与爱神》是欧·亨利短篇中最具讽刺风格的，此篇在各种选集中收入的时候不多，按我记忆中的介绍如下：

某美国老爸是成功的肥皂商，可谓财大气粗，儿子是名大学生，正在谈恋爱。老爸经常向儿子灌输金钱万能的说教，儿子难免有听烦的时候。某次老爸又谆谆教导起来，儿子撑道："我爱的姑娘两小时后就要离开本市，我正要送她去机场，可我还没机会向她表明心迹，你的金钱一点儿忙都帮不上，所以你的话令我光火！"（非原著文字，我依据记忆写的）儿子说完掼门而去，却路遇一场交通事故，一堵就堵了三个小时，而三个小时足够他表明心迹了，不但使姑娘欣然接受了他的爱情，还说服姑娘不离开本市了。儿子心花怒放地回到了家里，对老爸那套金钱万能的言论大加嘲讽。

老爸平静地听儿子说完，笑微微地问："亲爱的儿子，你知道老爸为了制造那场车祸花了多少钱吗？"

儿子被问得目瞪口呆。

老爸吸一口雪茄后轻描淡写地接着说:"三万美金。"

小说就这样结束了。

这样的收尾像"乡下爷爷收"一样,干脆利落得反而使我们读者缓不过神来,欲罢不能。

"乡下爷爷收"使我们读者对那叫万卡的俄罗斯小男孩心疼得不行,若是真人就在眼前,必想搂搂他。

"三万美金"使我们对那是资本家的父亲肯定也特别光火,若是真人就在眼前,必想踹他一脚——因为他说得轻描淡写的样子,因为他儿戏般地制造了一场交通事故,因为三万美金对于他仿佛只不过是三美金。

小说已结束,我们仿佛仍能听到一个声音在说:"没有金钱买不到的东西,没有靠钱做不到的事。只要足够多,靠钱什么都能买到,什么事都能做到。"

问题是,在小说中,作家并没让那位老爸那么直白地说过,倘若我们似乎听到了,那也是我们的幻听,抑或——社会在说。

作家为什么将儿子"设计"为大学生呢?因为在当时,大学被想象成总结真理、探讨真理、宣布真理的地方。

自以为接近真理的儿子在老爸面前的哑口无言,等于金钱本身在庄严宣布:"我就是万能!此即真理!"

在小说中,作家从始到终没用一个负面的词描写那位老爸,他富态而平和,脾气甚好!

中国人早就总结过一句话是:"有钱能使鬼推磨。"

欧·亨利用一千多字将这句话还原到生活中了。

如果我们再展开一下联想，便又获得了另一种认知——该小说创作于1901—1910年，那时美国的大城市已车多如流，容易发生交通堵塞了……

好小说会使我们产生连锁性联想，我们在联想过程中大脑活跃，受益多多。

从爱伦·坡到欧·亨利，美国短篇小说产生了质的飞跃。

下面要介绍的是一位女作家——薇拉·凯瑟。

在1947年逝世以前，她曾被誉为美国"最出色的女作家"。

她的小说的中译本据说有十余种，但我都没看过。

我是在很偶然的情况下了解到她那样一位美国女作家的——2000年后，我的一位当年的知青朋友移民美国，英语水平颇高，打算以后从事业余文学翻译工作，于是试着译了一部薇拉·凯瑟的中篇，寄给我U盘，请我在文学性方面把把关。朋友之所以选中了凯瑟的小说，乃因她在美国独树一帜地重拾了"拓荒小说"这一在从前很热而工业时代来临后被十分冷落的题材，并由而塑造出了勇敢、坚毅、不畏艰难困苦，直至战胜厄运的男女形象——他（她）们身上体现着美国精神的支柱，寄托着作家对美国人应该怎样、能够怎样的品格理想；而我们曾经的北大荒知青，也有过拓荒的艰苦经历。

尽管尚未正式出版，译文水平也不算高，但我还是很快就被带入并被感动了——女主人公安东尼娅自幼随家人移民到美国，她是长姐，身下有四个弟弟。先是母亲病逝了，那时她刚满十八岁。不久她父亲也因不堪生活压力自杀了，她只得肩负起家长的责任，与四个弟弟在异邦荒原上与贫穷苦斗。她在镇上打工时，又被一个善于玩弄女性的花花公子所骗而失身。她也产生过自杀之念，但照顾四个弟弟的责任又使她振作了起来……当她成为一个老妇时，已是一大片农场的主人，亲人众多。那时的她，宛如一株坚韧顽强、生命力充沛的大树，用得来不易的福荫庇护着后代……

这小说使我联想到了《红字》中的赫斯特——若认为霍桑笔下的赫斯特以不被污点所压倒的可贵品质实现了精神方面的自我救赎，那么安东尼娅则以更可贵的品质实现了自我价值。

我一向认为，若某作家通过自己的作品，为本国人塑造了有依据因而可信的，具有可贵品质和可敬精神的人物，那么他或她也是做了最有意义的事，对得起文学的事。那样的作品，即使后来被遗忘了，在文学史上却自有其价值。而一旦被重新认识，其价值又会发光……

辛克莱·刘易斯是获过诺贝尔文学奖的美国作家——那是1930年的事，该奖已设35年了。

《大街》是他的代表作，是一条虚构的街，用作者的话说，"是各地大街的延长。"

他为那条虚构的街虚构了不少男女，有要改变保守现状、启迪民智的理想主义者，有因情欲和妒意陷于矛盾难以自拔的互相敌对者，有安于现状得过且过的懒人……

1930年时，美欧资本主义发展迅速，顶数美国势头兴旺，如火如荼——却也带来了问题，人们变得唯利是图，道德沦丧。

资本主义的前途亦即"大街"的前方是何景象？

没有人能给出预言。

但知识分子阶层大抵是忧虑和悲观的。

《大街》具有隐喻性，颇能代表知识分子阶层的普遍感受和看法——这是刘易斯获诺奖的因素之一。

但也不能说在它之前没有同类小说，只不过"大街"的象征意味确实智慧，传播了"路在何方"的叩问。

刘易斯之获诺奖，对美国的发展可能毫无影响，对美国文学的影响却颇深远。

要得诺奖，只有中、短篇是不足够的，还须有数部长篇——至少，其中一部是诺奖评委们乐见的。

于是，美国小说告别了中、短篇小说的丰收时代，翻开了长篇为王的文学史新一页。不是所有作家都会将目光瞄向瑞典文学院，但几乎所有作家都陷入了写什么和怎么写的权衡。

哲学家大抵不喜欢或曰不适应似乎美国和整个欧洲不再需要哲学的状况，这对他们几乎意味着羞辱，故在他们看来大众已在各方面都堕落得不可救药了。

屠格涅夫的杂文《对话》中大致有这样一段文字——

两座雪山从千年沉睡中醒来，一座看着山脚蠕动的黑点问："那是什么？"

另一座山回答："一种叫人的小虫子。"

第一座山说："讨厌！"

两座山便接着睡过去了，一睡又睡了千年。

当它们再次醒来时，一座山问："那些虫子还在吗？"

另一座山说："他们不见了，完全消失了。"

问话的山说："这样多好，世界终于干净了。"

与屠格涅夫同样，雨果在《悲惨世界》中将人比作蚯蚓。米里哀主教说："我是一条蚯蚓。"

屠格涅夫"厌人"的思想，显然与米里哀主教的话有关。连卡夫卡的《变形计》，大约也受到了那位虚构的主教的影响。

但米里哀主教终究是宅心仁厚的，他并不鄙视众生，他认为，若人是虫，那么我也是，大家都是。

而当时的哲学家们却并不这么认为——他们普遍认为自己是思想超人。

他们是既敏感又喜静爱思的动物。他们与社会的关系并不多么的紧张，因为倘属于一流哲学家，则会被各方面养起来，生活总还是可以的。

作家则不同，虽然同样敏感，但若尚未有畅销之作，并不被社会多么待见，也没哪方面养他们（当时各国尚没有扶助创作的基金会），故他们对于社会和众生是心怀怨戾之气的。

以美国为例，爱默生是人间清醒的，既批判资本大佬之贪得无厌，又肯定了商业时代来临的必然，呼吁消除贫穷和提高底层人民的福利，认为社会保障应是商业的当务之急。

然而并没有当权者认真听他的声音。就算听了又如何呢？那是极麻烦的程序。

杜威则认为，哲学不应高高在上，长期处于思想意识之象牙塔的顶端——他认为哲学可以面向现实，启蒙大众，故倡导实用主义哲学，但也等于自说自话。启蒙对处于贫困状态的底层人来说，等同于为饥汉画饼。

于是作家们加强了对社会的批判。1936年尤金·奥尼尔获诺奖，他的代表作《榆树下的欲望》甚受评委们好评。

我极不喜欢这部作品，原因如下：一、《大街》既已成为象征，"榆树"步人家后尘，这在自尊心强的作家那儿是对自己的创作交代不过去的。二、这部戏剧的核心思想半点儿都没超越《罪与罚》，而人物关系、故事结构，也简直便是美版的《卡拉马佐夫兄弟》，实在有抄袭之嫌。但据说他在现代美国戏剧方面颇有建树，也许给他奖是出于全面考虑。

德莱塞好比美国的张恨水，《嘉莉妹妹》《珍妮姑娘》从书名到内容，通俗风格显然，其《美国悲剧》是受一桩案件启发而创作的，如《红与黑》《苔丝》《悲惨世界》，却分明不能与后三部小说相提并论。司汤达、哈代、雨果（特别是雨果），一旦产生灵感，调动的是深厚的生活积累，所以将案件创作成了文学性的社会白皮书；而德莱塞拘束于案件本身，单薄的内容撑不起《美国悲剧》这一宏大的书名。

《大亨小传》，即《了不起的盖茨比》。据我所知，在香港和台湾，是都译作《大亨小传》的。本人觉得还是前一种译法好，后一种译法注定会使读者产生困惑——盖茨比怎么就了不起了？于是使一些人胡说八道，以其昏昏，使人昏昏（包括在大学课堂上）。

黛西并非多么出众的女子，既已做他人妻了，盖茨比为了再将她争回到自己身边的煞费苦心和种种努力，不但任性，简直还可以说愚蠢至极。小说中有位大学毕业生尼克，他是到纽约来找工作的（可视为作者年青时的化身）——他不但是黛西的远房表兄，而且对盖茨比的豪爽待客也渐生好感，小说实际上是由他来讲述的。

我再读的是人民文学出版社的版本，读得相当认真——好小说再读并不会使人厌倦。它的每一行字都是必要的，而且到位。但是，我再读也没读到"了不起"三个字，不论是从尼克的话中，还是从他的想法中。

在与盖茨比接触了几番后，尼克总结自己对他的印象是："致力于追求一种博大的、世俗的、虚饰的美。"

大多数人在大多数时候追求的都是世俗目标，只有少数人在少数时候所追求的才是超越个人主义的目标，于是目标成为使命，追求成为责任。又于是，超世俗。

盖茨比追求的是世俗的目标，因而其目标不具有超越个人主义的性质，乃是典型的个人主义者的追求。而这样的追求越博大，越不受理性的控制；越自以为一切都在控制之中，其追求越世俗，其自信往往越会变成仅仅能说服自己的虚饰之词。

在小说开篇，尼克的父亲给了他一条忠告："每逢你想要对别人评头品足的时候，要记住，世上并非所有的人，都有你那样的优越条件。"

父亲的忠告使他后来具有了一种善于透视别人内心世界的"能耐"——他对盖茨比的最初印象，是那种"能耐"告诉他也告诉读者的，可信度高。

在盖茨比与黛西幽会过一次后，尼克对他说："对她不宜要求过高，你不能重温旧梦。"

黛西是极端世俗的，这一点盖茨比心知肚明，故他对黛西的追求也是极端世俗的。

联想到此事，一开始盖茨比希望尼克帮他见到黛西时，曾以金钱诱惑，不能不使读得细的读者认为——他的追求是极端世俗者对极端世俗者的追求，因而，其实很俗气。

当尼克告诉盖茨比黛西开车撞死了人时，盖茨比说："我当时就料到了。我对黛西说了我的想法。各种打击一起来，反倒好些。她表现得挺坚强。"

他这样说，仿佛黛西的反应是唯一要紧的事。

细心的读者应注意到，盖茨比的话几乎没有逗号——他的话是一个短句一个短句说出来的，表现为一种专执一念的坚决——我俩的事必须成功！死人之事无所谓。

尼克"到这时已经十分厌恶他"了。

盖茨比死后，尼克的内心里产生了两次与其有关的并且是激愤的想法。

一次是——"我要和盖茨比联合起来，鄙夷地对抗他们所有人。"

"他们"是指往常那些吃着盖茨比的，喝着盖茨比的，以各种方式消费他竟还在背后贬损他的人。在小说中，"他们"之多被形容为"成百上千"。如此众多的"他们"，居然无人肯参加他的丧礼。

另一次是，尼克只得单独一人操办盖茨比的丧礼，焦头烂额之际，由然而产生的感慨："他比他们所有人加起来都强。"——而这其实并非褒语。因为，他们皆人渣，而盖茨比只不过比"成百上千"的人渣之和强一些，即他是人渣中不怎么渣的一个人。

直至盖茨比的父亲出现，并给尼克看一份盖茨比早期为自己制定的作息时间表，盖茨比的形象才似乎得到了某方面的修补。

那时间表告诉读者，盖茨比曾经是一个很自律的人——曾经。但在尼克认识他时，那时间表已成为旧物，自律也溶解在花天酒地中了。

盖茨比的父亲认为：他本可以成为对国家和社会有用的人。

终究并没成为，遗憾乃由主观原因造成。

在小说第一章作家通过尼克之口说了这样一句话："盖茨比代表了我所鄙视的一切，这种鄙视出自我的内心，而不是造作的。"

却紧接着又说:"他身上有一些绝妙的东西。""一种特殊的美好天赋,一种充满浪漫气息的聪颖。"

如何理解这两句自相矛盾的话呢?

答案在两句话之间的另一句话:"如果人格是一系列不间断的成功姿态,那么……"

在盖茨比的人生观中,以上一句话中,"如果"是多余的,人格就应该是"一系列不间断的成功姿态"。当似乎一切都实现了,拥有了,对于他来说,不间断地再一次地成功,便是从另一个富豪家里夺走对方的妻子和他们的孩子的母亲,因为她曾是他的初恋情人,不管她是否已变成了连话中都"有金钱的叮当声"的女人。

盖茨比向这一次成功发起的行动俗不可耐。不管他身上所具有的"绝妙的东西"是什么,都因行动做成功了,也是成功人士啊!尼克认识盖茨比时,盖茨比的事业显然顺风顺水,前途远大。

俗不可耐而一败涂地。

小说的深刻性正在这里。

而小说的智慧性在于时褒时贬,褒贬交织,使读者对作者的态度一再困惑,于是被巧妙地带入小说中了。

又回到了那个问题——

一、全世界的青年在任何年代都崇拜成功人士,当年的美国青年尤其崇拜拥有巨宗财富,住大宅华室,出入名车代步之人。倘年龄竟比自己大不了多少,则更崇拜——盖茨比正是那样的人物。尽管盖茨比只不过是"白手套",但将"白手套"做到那种程度,有光环矣。

二、作者本人对财富和奢侈生活高度向往。

三、作者是普林斯顿大学的毕业生,当年该大学的学生中有不少是西方贵族子弟。当时,他那是家具商的父亲业已破产——鄙视链哪里都存在,他在大学生鄙视链上处于末端,这是他心中的隐痛。

四、盖茨比曾一文不名。成为"白手套"后,以争夺女人的方式,向富有的贵族同龄人(黛西的丈夫)发起了挑战,进行这种挑战需要极大的勇气。他几乎就要成了,之所以没成功,更像是天意。

尼克也就是作者,佩服的是盖茨比商业方面的成功和向贵族后裔发起挑战的勇气——至于爱情,那是很糟的爱和很渣的情,不值得过多评论。

但此小说结构很棒——盖茨比的死在情节上设计得出人意料又无斧凿之痕,远胜《大街》和《榆树下的欲望》。

该小说透着才气,后两部小说匠气十足。

《飘》是美国小说史上当时单部作品页数最多的一部;是经典性最长久的一部,至今仍在全世界拥有书迷;是在评论界和读者间经典共识度极高的一部,不似某些小说,仅获评论界的青睐,读者却敬而远之。

在二十世纪八十年代前,若由美国评论界和读者共同选出美国的十佳小说，《飘》总是会榜上有名的，现在估计也会那样。

它获得过普利策文学奖。

同名电影（通常译为《乱世佳人》）则获得十项奥斯卡金像奖。

作者玛格丽特·米切尔少女时就爱写作，文笔颇好，成年后做过多年记者。1936年问世的《飘》是她文孕十年产下的"孩子"。

如果她之后又有较优的作品问世，大约也会成为获诺贝尔文学奖的美国女作家。

《飘》亦非毫无争议的小说。

人们对《黑奴吁天录》的批评在于汤姆叔叔被塑造成了不但逆来顺受，简直还任人宰割，似乎连恨的本能都丧失了的黑奴形象；这一形象又是由白人女作家所塑造的，她的家族不但蓄奴，而且对黑奴一点儿都不仁慈。

但《黑奴吁天录》符合美国当时的"政治正确"——纵使斯托夫人内心里并不赞成颁布废奴法，更不拥护因而发动内战，但其作品客观上毕竟在舆论方面起到了为林肯政府造势的作用。

《飘》则不同。

该小说所呈现的是北军亦即林肯政府军对拒不废奴的南方的军事讨伐，造成了一个南方庄园家族的深重不幸——他们原本生活得挺美满，除了女主人公爱情上的失意，几乎可以用其乐融融来言说。战争摧毁了他们的家园，关系和谐的主仆各奔东西，女主人公的丈夫也战死。战后，重建家园、维持生计的压力，使她不得不与有钱的妹夫结婚（妹妹、母亲先后病故于战争年代，父亲因中风而成了废人），但新婚不久，第二任丈夫也意外身亡。

有一个男人一直深爱她并渴望娶她为妻，他叫白瑞德——他的庄园还完好，他要带她去自己的庄院。那么她的一切压力将不复存在，但是从此也便没有了属于自己的家。白瑞德是一位思想较开明并与时俱进的南方庄园主，这使他俩之间存在着对内战看法的分歧。虽然他俩后来还是结婚了，却因种种的分歧（主要是由于她一直深爱艾希礼，而他仍在南军中），白瑞德也离开了她。梅兰妮，也就是艾希礼的妻子，病逝前希望女主人公与白瑞德重修于好，预言只有白瑞德才能带给她幸福。

被点醒的女主人公从此一边守护和重建家园，一边期待真爱自己的人回来。

在爱这件事上，同名电影有点儿老套。当初，女主人公爱邻居，表哥则爱自己的表妹，她的亲妹夫又暗恋她。

她赌气又任性地与自己并不爱的闺蜜的哥哥查理闪电结婚——查理入伍后死在了战场上，使她成了年轻寡妇。

战争结束后，她又为了在重建家园这一大目标方面借力，违心地与曾经的妹夫结了婚。

那妹夫死后，才出现了白瑞德……

自己所爱之邻居成了闺蜜丈夫，自己赌气做了闺蜜的嫂子，之后又接替病逝的妹妹成了妹夫的第二任妻子；言其老套，乃因即使在《战争与和平》中，表、堂兄妹之爱也似乎是常态，如彼埃尔伯爵的第一任妻子便是他的表姐爱伦。

但在《飘》中,这般关系不但老套,简直还有点儿乱。非指伦常之乱,乃指始终是在近亲关系中折腾。

然而这也属于常态。因为倘不常举办交际活动,庄园儿女们的结识面是很窄的,何况是在南方处处废墟的战争年代。

小说的背景是地域广阔、血火交织的战争年代,生存之境的严酷淡化了人物关系老套的弊端,似乎将老套刷新了。也好在,尽管我爱你,你爱她,他爱我而我不爱他,爱得头绪纠缠,但作家笔下的单向度的爱却都是真爱,非逢场作戏,非玩弄感情,表现了作者对爱情所持的严肃的态度。加之女作家对女主人公心理描写得有条不紊与细腻入微,使弊端对小说的负面影响大大降低了。

最重要的一点是——女主人公斯嘉丽对家园的眷恋,重建家园的恒心,克服困难的勇气以及保护亲人们的责任感,始终是作家倾注了真切感情来描写的方面。因为作家知道,斯嘉丽身上所具有的以上品格,将被读者理解为一种可贵的美国女性精神。

作家的愿望实现了。

在电影中,斯嘉丽亲驾马车,车载自己曾经的情敌亦即梅兰妮和她的孩子以及黑人女佣,从浓烟烈火中冒着呼啸流弹勇往直前奋不顾身冲驰不悔的画面,不但成了该电影也成了美国电影史上的经典片段。

那一片段使爱情与情怨和解了。

那一片段使家族责任感与家园之恋同时升华了。

那一片段使斯嘉丽这一女性形象不仅仅成为美国南方白人女性

的精神体现者，而且也成为全美女性的精神体现者了。

于是至今仍具有感动世人的文学力量。

至于正义站在南军和北军哪一方面，倒似乎成了另外的问题——起初的批评者，也不再揪住这一问题不放了。

在小说中，作家周到地交代，斯嘉丽的父亲是爱尔兰后裔，母亲具有法国贵族血统。

为什么呢？

相比于大多数成了美国人的英人后裔，爱尔兰人更具有反叛性格；法国贵族女性对爱情不但任性且每执固念（这实际上是一种口口相传的看法）；而美国的南北战争使斯嘉丽坚韧不拔了。

以上两种先天的、一种后天的性格集于斯嘉丽一身，使我们理解起她来更容易些，毕竟她的性格较多面。

性格决定命运——这是西方评论界所总结的关于戏剧和小说现象的规律之一。

就个体而言基本如此。

就整体（如一个群体、一个民族、一个阶级）而言则失之偏颇，因为此言容易将外族所造成的苦难内责化，使有罪的一方借口开脱。

但从强调主观意识这一点而言，此话却又有正面意义。

自文艺复兴始，西方戏剧、小说基本是遵此圭臬进行创作的。《飘》亦不例外。

这是我们理解从前的美西方戏剧和小说的一把钥匙。

关于福克纳

南北战争结束近半个世纪后，福克纳的小说闪亮登场。

福克纳大力发扬象征主义。

在他之前，象征主义的成功之作已经有了《大街》《榆树下的欲望》——它们的作者都获了诺奖。

福克纳不满足于以"街"和"榆树"来象征了，他虚构了一个小镇来作为象征的主体——美国之南方。

在那小镇，他虚构出了不少人物——他们因心中充满各种各样的欲望（其实说到底也就一欲——占有欲，分为对异性的占有和对财富的占有，又由而分为情欲和目的欲、报复欲，再由而生出伤害欲、毁灭欲，等等。所谓一生二，二生三，三生万欲），在小镇上演了一出出悲剧或闹剧、丑剧。

福克纳是否对世界持悲观主义看法没谁知道，但他对战后的美国南方显然是持悲观主义态度的。

所以他的小说合起来是同一创作初心的反映——不遗余力唱衰南方，乐在其中。

也没谁能说明白他为什么非那么创作不可。

因为要写到他,我就又硬着头皮读他的代表作《喧哗与骚动》《去吧,摩西》《我弥留之际》——还是个读不下去。我觉得书名都很好,内容却太对不起书名。相比而言,《我弥留之际》好些。

诺贝尔文学奖当年的评委们可喜欢他的代表作了(估计他们和我一样,当年也只读过他的代表作),为了表明只有他们才能真正读懂福克纳,并深谙其妙,他们于1949年将诺奖颁给了他。评委会对他的小说评价甚高,几可用"伟大"二字概括。

然而我就是对他的小说读不进去,更喜欢不起来。

我的感觉是,它们是一种闭门造车的产物——仿佛某画家在自己题匾的"象征主义画室"中,往画板上挤出叫作"意识流"的几种油彩,与叫作"欲望"的原色调相调配,于是开始画只有自己明白的画。

画家如此,笔下确会有不可复制、造不了假,于是独一无二的作品。

但有必要那样创作小说吗?

毕加索、达利们的画我是看得明白的,几乎一切现代派的绘画、雕塑、广告设计,我都看得明白,只有福克纳的小说——也不是根本看不明白,起初还是能看明白的,一被评论得特高级,高蒙圈了,反而看不明白。如同看自媒体发在网上的智商测试图,一旦注明只有高智商的人才能看出门道,我便只有知难而退了。

我一向觉得,作家实没必要将小说弄得那么高级。

我一向觉得，自从文艺成为文艺，人类就已无师自通地悟到了象征之法的可取和必要。在中国的诗、词、曲中，例子俯拾皆是。

我一向觉得，所谓意识流亦如此。

"举头望明月，低头思故乡""念天地之悠悠，独怆然而涕下"——皆诗性意识流也。

然而我并不据此便否定将象征冠以"主义"，将"意识流"冠以"现代"——依我想来，好的方法，在文艺家们仅凭本能还未上升到自觉发挥的情况下，着力促进一番是好事。

并且我的阅读感受是——此前的欧美小说是一种类似的样子（连开篇都类似），此后明显不同了，这种主义那种主义，确乎为文学注入了新元素，使文学的品相更多了，同时，也使电影、电视剧以及戏剧舞台美术设计之表现力别开生面了。

我只是不喜欢为了"主义"而刻意地、极端化地创作出来的作品。

比如《追忆似水年华》，因为并不刻意，意识流运用得自然而然，我就很喜欢看。

在《尤利西斯》逐渐产生影响后，美国实验性小说的嘉年华基本落幕，完成了它们对文学的历史使命——这是后话。

1962年，约翰·斯坦贝克获得诺奖，《愤怒的葡萄》是其成名作也是代表作——它似乎标志着现实主义复归了。

题材是现实的——美国本土的移民现状。

风格也是现实主义的。

它可以被视为冷峻的社会问题小说。

气质严肃,内容压抑且悲惨。

葡萄秧之移植对于土质和气候亦即生存条件是有要求的,否则意味着其被置于死地。

几十万被灾荒和赋税所逼迫,从俄克拉何马州迁徙到加利福尼亚州的农民如濒死的葡萄秧——但他们不甘候死,不再忍受当地恶势力的欺压,他们愤怒并起而反抗了——这使小说结尾充满杀机……

小说深受读者欢迎。

我喜欢《愤怒的葡萄》。

普利策(也有译作普利兹的)奖是美国的最高文学奖,在海明威之后,有多位作家获过此奖,他们是:

诺曼·梅勒

阿瑟·米勒

威廉·斯泰伦

亚历克斯·哈利

以及多部作品获提名的乔伊斯·卡罗尔·欧茨。

这些美国作家的姓名也许会使中国读者感到陌生,但他们的小说都在中国出版过,有的二十世纪八十年代还畅销过。

梅勒的《裸者与死者》以二战为背景,讲述美军在南太平洋小岛追击溃败日军的战斗经历。内容由两部分交织在一起:战争的残酷及使人性异化的程度——不但导致有的士兵疯狂屠杀投降的日军,还导致美军官兵之间因人道分歧发生谋杀。我记得当年可以买到由此小说改编的电影的录像带。

阿瑟·米勒的《推销员之死》在北京的话剧舞台上演过——讲的是一位从事了三十多年推销工作的六十几岁的老推销员对自己一家"美国梦"的幻灭。他一直相信靠勤奋的工作确可使一家过上较幸福的生活,岂料不但工资一年比一年低,公司还在他的家庭最需要他那份工资时解雇了他——这时他绝望之下采取深夜开快车的方式以求一死,保险公司的赔偿金恰够交付最后一期房贷。

严格地说,米勒是一位编剧,《推销员之死》是剧本。

斯泰伦的《躺在黑暗中》实际上写的是短短几小时的事——22岁的女子佩顿因父亲是酒色之徒却又偏偏精神占有般地关爱她,而母亲本就与父亲是凑合夫妇,因而更加厌恶她;再加上工作不顺心及对丈夫的极度失望,从纽约的一幢高楼上跃身而下……

在墓地,送葬者们的回忆和主人公的独白呈现了一个家庭的衰落过程——内外两种原因导致了衰落的不可避免。

小说不长,薄薄的一本。

它是我所读过的结构考究,而又不至于使读者一头雾水的小说。

我并没读过欧茨——这位是大学教授,据说美丽且生活相当富裕的美国女作家——的小说。我仔细回忆,似乎从没在国内见过她的小说——也许出版过,但我孤陋寡闻。资料显示,她有多部作品入围普利策奖决赛,《他们》获全美图书奖等美国有影响力的文学奖项。这是很厉害的水平,她的书值得找到,读读,加深对美国文学概况的了解。像这样一位作家记录在这里,也是同样意思。

至于哈利的《根》不多谈了,当年,它是唯一一部由黑人作家创作而获普利策奖的小说。他曾有记者经历,为了进行《根》的创作,远赴非洲西部进行考察走访。1974年,《读者文摘》选发了《根》的部分章节,获得众多读者欢迎。成书后,旋即畅销。

当时的评论界给它的定位却是——优秀的大众小说。

然而人们对《根》的普遍关注,热度不低于对建国二百周年、总统大选的关注。

这使《根》后来不获普利策奖成为不可能。

二十世纪三十年代起,美国已形成了黑人作家群,他们的创作一度引起过文学界关注。但经济大萧条和二战之爆发及种族歧视的猖獗,使黑人文学现象始终难以自成高潮。并且,在国内也难以见到他们的中文版的小说。

《根》的获奖实现了黑人文学现象在美国(其实也可言在全世界)零的突破。

《第二十二条军规》和《教父》是我最后所读过的两部美国小说。我喜欢这两部小说。前者将"黑色幽默"发挥到了极致;由后者改编的电影综合艺术成就甚高,已成美国电影史经典。

所谓"黑色幽默",其实便是黑色讽刺。

讽刺本不分色。

"黑色"只不过意味着,将讽刺的辛辣性内敛到近于无的程度,采取一种表面看来仿佛庄严的态度,讲述的却是十分荒唐的事情。

于是收到比辛辣还给力的讽刺效果，分明可笑却使人一点儿也笑不起来。

欧·亨利是"黑色幽默"大师。《第二十二条军规》深谙其妙，继承了那一种文道。

综上所述，窃以为，自《红字》始，美国文学的主体是现实主义的。在其发展过程中虽也穿插了别种小说流派，却从没取代过现实主义的主体地位。

现实主义亦多种多样。

社会批判性始终是美国现实主义小说的创作动力之一。比之于俄苏文学和法国文学，美国文学在批判现实主义道路上"走"得更久。

为什么会如此？

非一言可道尽，容后论。

关于《老人与海》

1954年，海明威获诺奖。

《战地钟声》和《老人与海》是他的代表作。

海明威使美国文学的现实主义传统又赓续上了。

两部作品很畅销，证明读者更喜欢不测验他们的智商，不烧他们的脑，诚心诚意呈现较不一般的故事的小说。

《战地钟声》的故事很英雄主义——男主人公罗伯特·乔丹自愿投身于西班牙内战，助该国平定内乱。他的行为颇像切·格瓦拉——只不过他是站在政府军一边，而切·格瓦拉一向与反抗亲美政府的各色革命军同仇敌忾。

但乔丹也是视死如归的，并且真的在异国土地上为初心献身了。

小说发表于1940年，当时的美国恰需那样的作品。

《老人与海》则发表于二战后，当时的美国失子老人甚多，他们的晚年大抵是在伤感与悲观中度日。

《老人与海》在精神上慰藉和鼓舞了他们，也博得了他们的儿女的感激。

全世界任何国家都有类似的老人——这是该小说成为经典的原因之一。

没有文字资料显示，以上两部作品是海明威研究社会需要之后才创作的。

某些作品的问世恰与社会渴望合拍，是那些作品的幸运。

海明威之获奖对福克纳很不利。

《战地钟声》和《老人与海》的发行量远在福克纳的作品之上。人们似乎将他淡忘了——那一时期海明威成了美国文坛的主角。

七年后海明威自杀了，福克纳闻讯后说："他终于死了。"

这种对同行之死的态度，我认为诠释了他的作品格局不高的缘故。

《老人与海》也罢，《了不起的盖茨比》也罢，都是多主题（姑且用"主题"二字）小说。

小说也可用音乐比喻——音乐可分为有主题曲、无主题曲、复主题曲、多主题曲，小说亦然。在多种多样的小说中，此四类常见。

《复活》是主题小说，《战争与和平》却是多主题的。

《九三年》是主题小说，《悲惨世界》是多主题的，《红与黑》也是多主题的。

《了不起的盖茨比》中，多主题体现在主人公身上，也体现在尼克与他的关系中。尼克与他的友谊在大千世界中弥足珍贵，那是同代人对同代人的惺惺相惜，使小说具有了一种别样的温度。

我认为这种温度也是它成为经典的原因之一。

《老人与海》的温度乃是小说主要的元素之一,体现在老渔夫圣地亚哥和小男孩的友谊之中。那种忘年交是纯而又纯的友谊,很动人。

如果读者忽略此点,仅被老人在海上与大鱼的搏斗所吸引,只感受到了人和鱼之间谁战胜谁的严酷,而没感受到小说的温度,是令人遗憾的事。

老人已经很老了,小说对此点写得很细。

老人已经八十四天没钓到鱼了,生活——不,连生存都快成了问题。通过老人与男孩的对话以及男孩的想法,小说对此点做了间接的明白的交代。

间接的——这是作者之匠心所在。

那么,老人之出海,主要是为了生存,而不是由于不服老、逞能、争面子。

这一点不应该不读懂。

及至大鱼上钩,搏斗开始。

此时,只有此时,老人不服老的精神才表现出来,那对于他是很危险的事。

于是,小说中几度出现老人的自语或心声:"要是那男孩儿在就好了。"

对于这话也不应仅有一种解读。

它包含双重意思——希望对自己有信心的人(即使是个孩子),

亲眼看到自己在与强大的对手搏击时的无比信心；男孩一心要成为出色的渔夫，那种生死对决的场面，乃是男孩有必要看到的。

及至大鱼被缚牢在小船一侧，老人忧伤了——"要靠着出海打鱼为生，要杀死我们真正的兄弟，已经够糟了。"

在返航途中，老人又想："杀死这条鱼，也许就是罪。我想应该就是，即使我这样做是为了养活自己，还让许多人吃上鱼肉。"

当那条大鱼成了半身鱼，老人自言自语："我悔不该出海这么远。我把我们两个都毁了。"

在小说中，老人多次忏悔。

而在搏斗伊始，老人多次给予自己鼓励："我一定要杀死你！"——此时，搏斗仅仅表现为生物链现象，人如猎食猛兽，鱼如大型食草动物，类似狮与野牛的生死对决。而当老人开始纠结于罪与非罪时，"猛兽"复原为人了。

此点也是《老人与海》不同于一般同类小说的优点。

它讲的不是"老狮子王"重振雄风的俗套故事，也不是"海鸥乔纳森"的故事——而是一位内心充满悲悯之情的老渔夫杀死一条求生欲空前的大鱼的经历。

小说具有宗教意味。

亦具有哲学意味。

确实是好小说。

只不过在我看来，搏斗过程未免冗长了些。

第 七 章

爱的几种表达

（关于英国文学）

关于英国文学

不论界定哪一国家文学史的近代初页,当然须从世纪的角度划分。

那么,《简·爱》应是标志性小说。

它的作者生于1816年,《简·爱》发表于1847年。

夏洛蒂·勃朗特比霍桑晚出生12年,比司汤达晚出生33年。

《简·爱》比《红字》早三年问世,比《红与黑》晚17年问世。

由此可以得出结论——英、法、美三国近代小说产生的时间相距颇近。法国最早,英国略迟,美国继后。

夏洛蒂有一位同样具备文学才华的妹妹艾米莉,其逝比姐姐早,代表作《呼啸山庄》与姐姐的代表作《简·爱》同年问世。

我为什么非强调《简·爱》是英国近代小说的首部呢?

乃因在我看来,《呼啸山庄》从内容到风格,未免都太"莎士比亚",亦即"戏剧化"了。它当年被称为"戏剧小说",是按照"性格即命运"这一理念所创作的——超强烈的几可言变态的性格与性格的冲突,构成小说情节进展的唯一要素。

莎士比亚是古典主义戏剧大师。

艾米莉比莎士比亚还莎士比亚。

《呼啸山庄》是古典主义在1847年的回光返照。

我对艾米莉这位英国女作家的文学才华十分钦佩,对她三十岁就离开了人世也非常心疼。一想到她们那个在荒野中孤立存在的石头房子的家,想到她从小到大唯一的乐趣就是在荒野散步,患病后还坚持创作,做自己分内的家务,顿生怜惜。

然而我不喜欢《呼啸山庄》。

希斯克利夫这一人物的报复心理和手段超出了我的接受限度,凯瑟林这一女性人物对他的痴迷般的爱也令我心生厌嫌。他俩的爱像极了莎士比亚笔下的"麦克白"夫妇。

《简·爱》则甚不同——跳出了性格冲突的框架,摆脱了"性格即命运"的"经典"理论的束缚,将矛盾构成的原因上升到了"爱"的(对于女性来说便几乎是人生的)观念的分歧,很有些"我的命运我做主"的意味。

于是,小说首先在思想上具有了与时俱进的品质。由于小说具有这样的思想性,语言风格便也体现出注入真情实感的诚意来。

《简·爱》作为英国近代小说的首部当之无愧。

关于作者,曾有一则流传较广的说法——在某次颇多名人到场的聚会上,一位作家正在高谈阔论自己的大作,发现了夏洛蒂,走到她跟前问:"刚才听到别人介绍您也是一位作家?"

夏洛蒂点头。

对方又问:"那么,您写过什么呢?"

她低声说:"《简·爱》。"

对方一窘,立刻脱帽致敬。

足见《简·爱》影响之大。

却也不能据此以为,《简·爱》之前的英国小说不足论道。

乔叟的《坎特伯雷故事集》在十五世纪就很著名了,类似英语版的《十日谈》,比《十日谈》问世晚了47年,受其影响不言而喻。

二百多年后,马洛的《浮士德博士的悲剧》问世,"浮士德幽灵"由而开始在欧洲大陆徘徊。马洛是很有创作才华的,23岁就写过轰动一时的戏剧《帖木儿大帝》。可悲的是,这位戏剧才子和诗人,六年后竟因在酒店与人发生口角而被短剑刺死。

莎士比亚与马洛生于同年。马洛死前,他虽已是演员兼剧作家,却并无马洛那么大的名气。马洛死后,因为他是某剧团的股东之一,而该剧团被新一任国王命名为国王剧团,他由而成为皇家剧团的首席编剧和艺术总监,此后八至九年间创作了许多部名著——《理查三世》《理查二世》《亨利四世》《亨利五世》《恺撒大帝》《哈姆雷特》《奥赛罗》《李尔王》《麦克白》等,此外还有多部喜剧及十四行诗集。

托尔斯泰和高尔基都对莎士比亚戏剧不以为意,认为其没有任何现实意义。这样的看法显失公正——在十六世纪初期,全世界的舞台上,还根本没上演过什么"有现实意义"的戏剧。并且,那时的戏剧主要是为贵族和富人们欣赏和娱乐服务的，靠挣他们的钱维持自身存在——他们对戏剧也根本没有任何反映现实的要求。

法国人对莎士比亚戏剧并不是多么地关注——他们的舞台上不乏"法剧"可演，莫里哀为他们留下了诸多戏剧遗产。

但这并不影响莎士比亚的戏在英国如日中天，受到英国上层人士的喜欢。

客观地说，莎士比亚的戏剧，起码有三分之一将古典主义戏剧的水平提高到了前所未有的程度。其通过戏剧对人性多侧面的反映今天看来仍有一定深度，而此点可谓之为"经久的古典意义"。其在戏剧创作方面的艺术造诣，也至今仍具有足资借鉴的经验性。

莎士比亚戏剧既是英国的宝贵艺术遗产，也是世界的宝贵艺术遗产——这样的评价仍不过时。

在莎士比亚之后，弥尔顿和班扬先后登场了。前者的代表作是《失乐园》，后者的代表作是《天路历程》。

从乔叟到勃朗特三姐妹，英国小说差不多中断了五百年，其间的空白史页是由戏剧来填写的。

为什么会这样，至今还没谁能解释清楚。

《失乐园》也罢，《天路历程》也罢，都是以神话故事和宗教色彩浓郁的寓言故事为内容的。

在英国文学史界，也有人认为班扬是英国近代小说的鼻祖，但我更倾向于将《简·爱》视为开山之作。

1688年，班扬去世后，英国文学界最有影响力的人物自然便是笛福了。笛福起初对政治热忱很高，屡次受挫后，将近六十岁才开始小说创作，代表作便是《鲁滨孙漂流记》——这时，历史已进入了十八世纪。

十八世纪早、中期，斯威夫特、亨利·菲尔丁、简·奥斯汀、沃尔特·司各特先后是主角，他（她）们的代表作分别是《格列佛游记》《汤姆·琼斯》《傲慢与偏见》《撒克逊劫后英雄略》——这些书在二十世纪八十年代中国都出版过，至今仍在某些地面书店有售，《格列佛游记》还被打上了童书的标签。

英国文学史上的另一个不同于俄（苏）、法、美三国的现象是——相当长的时期内，几乎没出现过作家群。他们总是像孤星一样产生，照亮过英国的文学天空之后孑然陨落。

《简·爱》之后情况不同了，英国终于候来了小说创作的兴盛期，名家荟萃——萨克雷（《名利场》）、狄更斯（《大卫·科波菲尔》《双城记》）、艾略特（《织工马南》）、史蒂文森（《化身博士》）、哈代（《苔丝》）、劳伦斯（《恋爱中的女人》）、毛姆（《人性的枷锁》《月亮和六便士》）、乔伊斯（《尤利西斯》）、达芙妮·杜穆里埃（《蝴蝶梦》）——这位作家是位女性，她的《蝴蝶梦》很著名，被译为二十几国文字。二十世纪八十年代，我在中国电影资料馆看过同名的黑白电影——那电影的风格悬疑而又考究，不知是否也体现了几分小说的风格。1960年后她还一直在写作。

这时的世界，众所周知，已发生了两次世界大战和太多改变，冷战格局不但形成而且似将永续。

对于中国而言，仅就文学论之，世界有四峰矗立——俄、美、英、法文学，各有世界性的代表人物，四国之文学都与中国文学毫无共同之处，美、英、法文学也与苏联的革命的社会主义的那一部分大相径庭。

窃以为，这正是造成二十世纪八十年代以后，中国文学界某些人自我矮化心理的原因之一。

以上四国之文学总态也很不同。

老俄罗斯文学忧患色彩极浓。这乃因为，那时的帝国经济基础已相当脆弱——它有太多的农奴，它不知拿他们怎么办才好，在废不废除农奴制的问题上犹豫不决。废除之，必大大"损害"贵族阶级利益，而贵族们是它的"四梁八柱"。当时贵族阶层的日子也不好过，中小贵族的生活水平大抵面临衰败或已经束手无策地衰败了。大贵族们的资产，十之八九也因豪奢的挥霍而缩水。不废除呢，进步之声甚大也，农奴问题或成火药桶。并且，世袭制使帝国产生了几代寄生虫式的贵族后裔，他们已使帝国在精神上疲软了——这种情况像极了中国的晚清，文学本能地在开无济于事的药方，或吟忧心忡忡的挽歌，或报警。

法国文学并无此种忧患倾向。王室和贵族阶层业已不复存在，国家所遗留的问题只不过是贫穷，以及公平与正义的缺席该如何"医治"——这是任何作家开不出药方的，作家们便只有充当"记录员"或"为文学而文学"。

美国文学与法国文学有相同之处——它没有什么"帝国史"，

因而历史题材不可能是它的强项。连作家们对它的前史也都并不反思，故文学似乎更是证明个人对社会现实的感知力如何及证明文学才华怎样的事，而社会也基本是这么看待作家和文学的。写什么怎么写并不重要，靠文学创作实现了个人价值才尤为重要，故畅销作家的声名往往高于获奖作家，起码界外持此看法。

英国文学又是另一番总貌，作家们贯于将对社会的思考、意见与文学创作分开来对待。在他们看来——人是怎样的、为什么那样，归根到底是人自身的问题，社会原因亦即外因只不过是种种影响因素，不是决定性的原因。归根结底，人不能克服外界影响，原因必然还是出在自身。《变形记》之人变虫，主要也是内因所决定的。他们从人身上洞见并叩问社会问题的创作动力，远小于从人身上洞见并叩问主观问题的动力。

莎士比亚对英国小说总体品相的影响甚久甚深。

故文学亦如人类本身一样，肤色不同、种族基因不同固然是事实，但只是一半事实；而各美其美是另一半，也是更不容置疑的另一半事实。

比较不是为了从总体上比出高下优劣，而是为了论证各美其美。

第 八 章

思想大清醒者

（关于德国文学）

关于德国文学

在中国，只要曾经是文学青年的人，谁不知道德国的歌德和席勒呢？大抵，便也知道了康德、海德格尔。甚至，也知道了贝多芬和瓦格纳。

像中国一样，俄、英、法、德之文学亦始于诗歌。与中国不同的是，以上四国的某些小说家，兼是诗人或戏剧家。

歌德出生于1749年，比夏洛蒂早出生67年，比霍桑早出生55年，比司汤达早出生34年，比屠格涅夫早出生69年。虽然平均只不过早了半个世纪，却意味着歌德所处的文学时代还不是一个以小说为主的时代。

《少年维特之烦恼》是叙事诗，正如普希金的《叶甫盖尼·奥涅金》是叙事诗。

我是在二十世纪八十年代成为北京电影制片厂员工后，才从资料馆借到"烦恼"的，没看完即还回去了——看不下去。尽管我在写爱情方面水平不低也不俗，但作为读者，从少年时起就不喜欢看纯情小说，后来包括戏剧、电影，不那么纯情的倒还看得过。

"烦恼"若以小说来写，不就是一个少年的单恋吗？

怎么就成了世界名著呢？

当年百思不解。

如今恍悟——当年不论在德国还是在西方别国，那是一部写少年单恋的叙事诗，物以稀为贵，何况是以诗的形式写的！处于热恋、单恋、三角恋、多角恋中的痴情少年们，每抄"烦恼"的诗句传递给所恋的姑娘，于是"烦恼"还有了应用性，好比高考应试题。

如此而已，仅此而已，没什么特别高级之处。在中国，从《诗经》到唐诗宋词元曲现代诗，同类者几可言俯拾皆是。二十世纪四五十年代出现的《王贵与李香香》及回族的《马五哥与尕豆妹》也是反映青年男女爱情的叙事长诗，深受民间喜爱。特别是《马五哥与尕豆妹》，乃以"花儿"体写的诗，诗中男女回族青年为爱而双赴刑场，一句"相爱者搭赔上血来！"荡气回肠，悲剧色彩浓烈。

窃以为，以诗品而论，《王贵与李香香》《马五哥与尕豆妹》绝不在"烦恼"之下。

至于《浮士德》，确乎是奇诗，是诗中瑰宝。首先，写那么长的诗仍能不乱韵脚，诗性卓然，激情四射，实属难能可贵。再者，想象力丰沛，想象格局甚大，不由人不钦佩。拜伦的《唐璜》、但丁的《神曲》，皆由以上两点著称。三人的叙事长诗，标志着自《荷马史诗》后，人类在史诗创作方面所达到的新高度——后无来者。

至于拿破仑自称看了七遍"烦恼",并不能另外说明什么新的关于诗的问题,名人之间的逸事而已。

席勒的文名主要在戏剧方面。《强盗》是其成名作,加上《阴谋与爱情》和《唐·卡洛斯》,组成他的三部代表作。

由于马克思评论过他的戏剧,我听到他的名字的时候,比听到歌德名字的时候多得多——在复旦大学时,在北京电影制片厂时,那时他的名字总是和创作中的"主题先行"连在一起,这当然是负面之说。

北京电影制片厂的资料室中只有他的《强盗》,我看不进去,更不理解当年它为什么在德国引起轰动。若论"主题先行"了、"理念大于形象"了,我认为古今中外的戏剧往往都存在这一现象。要将好人的命运、坏人的下场压缩在一台戏中,几乎又是不得已的事。中国传统戏干脆来个脸谱化,反倒使不得已的事变成何必较真的事了。但写小说,尤其长篇,我还是力求避免的。

我从闲书中看到过一位德国诗人的名字是弗里德里希·荷尔德林,与歌德和席勒同时代,但命运却很不济,一百多年后其作品才获得德国人的肯定。一重新评价,成就远在歌德之上了。《红与黑》也是后来成为名著的,《苔丝》也是后来成为名著的——顺提一句,前边谈到的《马五哥与尕豆妹》,几乎便可言为《苔丝》的中国版。

作家、诗人、编剧与作品,其实都要经受时间之检验,获什么奖(包括诺奖)都不可能是定论,君不见某些获诺奖的作品早已被后人遗忘，而某些无奖可获的作品却经典永流传。

霍普特曼是首位凭戏剧成就获得诺奖的德国剧作家，对于中国作家来说，他远不如萧伯纳、易卜生那么闻名。

布莱希特从前在中国戏剧界也大名鼎鼎，与俄国的斯坦尼斯拉夫斯基一样，对中国的戏剧人影响甚深。我读过他们两位的理论书，都不厚，属于小册子，不乏至理名言，受益匪浅。

雷马克是我很喜欢的，不但喜欢他的《西线无战事》，也喜欢他的《凯旋门》——或许，由于他通过作品反战又反纳粹，在思想上容易共鸣吧。

格拉斯的《铁皮鼓》看了不止一遍，家中至今还保留着同名电影的光碟。主人公马策拉特天生具有"狮吼功"，他的侏儒体貌和喊碎玻璃、瓷器的能力，使小说具有魔幻色彩。格拉斯1953年移居西柏林，1959年发表《铁皮鼓》——该小说可视为他对德国纳粹主义政客及受此煽动的国民所进行的漫画式讽刺。与之相对应的，是不久后德英合拍的电影《铁十字勋章》，反映二战中德军士兵的人性裂变。我最后看过的一部德国电影是《再见列宁》，反映东西德统一前后一户普通单亲德国人家（父亲早年由东德潜逃至西德）的思想及生活变化——在各影视平台都能搜到。

当然，中国老中青三代作家都多少了解一些的，还有1946年获诺奖的黑塞和1972年获诺奖的海因里希·伯尔。

我所知晓的德国三位获诺奖作家及卡夫卡，卡夫卡一向又被视为奥地利作家（正如法朗士既被视为比利时作家往往也被视为法国作家),而黑塞的小说成就主要取得于居住巴黎时期。在我看来,伯尔是"最德国"的作家,因为他的代表作都是在德国完成的。他所采取的是极现实主义的创作方法——从一般市民的立场反思纳粹战争,揭示纳粹战争带给他们的种种悲苦。

我觉得其小说在德国作家中最好。

综上所述,德国的文学史也是由三个时期组成的——早期的诗歌成就;中期的戏剧成就;较之于俄、法、英、美四国,其小说成就显现于后,但并没达到后来居上的水平,仅达到了足以获奖的水平。

世界文学之经典,绝非只是以上五国所共有——从《伊利亚特》《奥德赛》到《伊索寓言》《一千零一夜》《神曲》《十日谈》《堂吉诃德》《玩偶之家》《好兵帅克》——别国所贡献之经典,使世界文学园林可谓"百花齐放",应有尽有;不消强调,中国之文学贡献(被认识到的及尚未被认识到的),亦属有目共睹,且特质特姿,中国元素鲜明,无类似性。

海涅的深思

1984年出版的一本《外国优秀散文选》中，收入了海涅的一篇散文《英国断片》的片段。

喜欢诗的人对海涅这个名字肯定都很熟悉——他是德国十九世纪的著名诗人、马克思一家的朋友、革命民主主义者。

在从德国驶往英国的客轮上，海涅与一位"穿黄色衣服"的人（男人，年龄不详，国籍不详），就自由和平等两个严肃又宏大的问题进行讨论。

那时，"共产主义的幽灵"尚只存在于马克思的头脑中，并未"在欧洲游荡"；在古老的中国，连"自由"和"民主"这两个词，也许还没出现在任何报刊上。先行"在欧洲游荡"的，乃是"自由"和"民主"。

这两个词漂洋过海传播到了德国，首先对于"正处在一个消沉、停滞的时代"（海涅语）的德国知识分子们产生了巨大影响。

像大多数当时的德国知识分子一样，海涅也不喜欢法国人。往根子上说，他推崇自由和平等，却从思想上排斥法国大革命那样的暴力革命。

于是他将英国作为自己出国寻求强国良方的第一站，于是有了一场关于自由与平等的讨论。

我认为，那个"穿黄衣服的人"是不存在的，是海涅的假托，是另一个海涅；讨论是他自己与自己进行的思考记录。

当他"看见泰晤士河的绿岸时，不禁高声呼喊：'自由啊，向这个不朽世界的新太阳敬礼！那些古老的太阳——爱情和信仰——已经枯焦了，冰凉了，而且再也不能发光发热了……古老的大教堂倒坍了……它们已经腐朽，坍毁，连它们的神道也已不再相信自己了。这些神道已经不合时尚，而我们这个时代又没有足够的幻想力去创造新的。人们身上的全部力量现在都变成了自由的热情，这自由也许就是这个新时代的宗教，而且又是一个不传给富人，只传给穷人的宗教。再说，它也同样有它的福音传道师、它的殉教者和它的伊士卡里奥（犹大）！'"

那个穿黄色衣服（黄色在这里暗喻安全线）的人说："年轻的热心家啊，您要找的东西是找不到的……从前各个民族信奉基督教的时候，总是要根据它们的需要和本身的特性来把它加以改变，然后才信奉的。同样地，将来各个民族信奉这个新宗教——自由的时候，它们也只能信奉适合于它们的地方需要和民族特性的那些东西。"

诚哉斯言！

年轻时的海涅居然预见到了这一点，可谓那时的思想大清醒者也。现在的世界正是如此——各国有各国的自由尺度，"完全的自由"并没在任何国家成为共识，全世界统一的"自由教"也没出现。"自由"——它在人类的世界中，不论在哪一国，只能是相对的，而这才是自由的确切定义，人类现代社会的真相。

接着，"穿黄衣服的人"又分析到了平等——分析到了当时法国、英国、德国的平等，每一个国家之贵族和资产阶级都为平等争得天昏地暗——"我们（包括海涅）的眼睛总是往上瞧，我们只瞧见那些骑在我们头上和利用他们的特权来侮辱我们的人；我们在抱怨的时候从来也不往下看，从来也没有想到把那些还站在我们脚底下的人拉到我们的身旁来。事实上，当这些人努力往上挤的时候，我们甚至还觉得讨厌，向他们迎头打下去……我有一个朋友在波兰，他热衷于自由平等，但是到目前为止，他始终没有把他的佃户从他们的奴役中解放出来……"

在以上一段话中，"穿黄衣服的人"还举例说明——当"平等"二字被一部分人类喊得很响很响时，作为一个理所当然的口号，又是多么"自然而然"似的被无理地双标对待了——南美洲原住民的后裔，强烈且愤怒地要求获得与欧洲血统的人同等的权利，却像白人一样鄙视白人和黑人的混血儿；而白人和黑人的混血儿，竟也鄙视白人与印第安人的混血儿；而白人与印第安人的后裔，往往觉得比纯血统的黑人优越；美国南方的庄园主们，最爱叼着烟斗侃侃而谈平等的道理，但一说到解放黑奴，他们则立刻想要操枪轰爆对方的头；而在海涅所去过的伦敦，他亲眼看到了，富人们所住的西区与贫民区形成了巨大反差，那反差可用美好与悲惨来分别描绘……

自由是必需的。

平等也是必需的。

而一旦成了双标的口号，就与最需要自由与平等的底层人没半毛钱关系了。

海涅不愧是大清醒者，他并没有只用诗行来讴歌作为口号的自由和平等；他那么早就洞察了自由和平等的相对性，也那么敏锐地剖析了双标性：这使他在我心目中处于尤其可敬的位置。

现在，自由和平等是否还是相对的呢？

我认为还是。

在"泛自由"的泡沫中，反社会人群、邪教组织、犯罪团伙会滋生繁衍；而平等，在这个口号之前（不是其后）如果不加上"博爱"，它就不可能具有涵盖全社会的意义。

故所以然，当某些人架起自由与平等的大旗仿佛"替天行道"时，我便每每要往分明了看，往分明了听——看他们究竟是些眼睛向上的人，还是眼睛向下的人；听他们的鼓吹与底层大众的生存有没有点儿关系？

倘竟没有，我便会觉与我也没半点儿关系，则不看，也不听了……

2024年2月21日

第 九 章

被忽视的繁荣

（关于中国文学）

关于中国文学

重温以上外国文学经典后,感慨良多。

首先,作为老文学爱好者,幸运之想油然而生。

中国不但是人口大国,也是翻译工作者最多的国家。1949年后,翻译不仅是个人行为,同时也是单位行为。翻译者在翻译的过程中,生活大抵是有保障的(政治运动之大影响除外),年轻人的翻译工作若被单位认可,往往也能像翻译家一样,有时间保障,有工资保障(起码从前如此)。译后也不必自己四处推销,出版一向顺利。还可评奖,评上了奖还有奖金,还可升级、升职称。这使中国的翻译队伍一向后继有人,翻译事业稳步发展。

而这又使外国名著在中国的出版进行得如火如荼。所译不仅文学类,可谓类类皆有。从小说到诗歌到人物传记、全集、选集、丛书,曾几何时,进入书店,目不暇接,非常人所能读得过来。若某一中国作家对外国文学情有独钟,是绝不会愁没书可看的。前边所提到的一应作家的作品,在国内何止出版过一两种版本。数据显示,某几年全国出版业的总销售额中,翻译书几占一半码洋。

我曾读过一本中外幽默小说选集——第一篇竟是泰国小说，名为什么什么夫人（记不清了），内容是讲一位三十岁左右的美夫人，从前几任丈夫那里继承了一大笔又一大笔的遗产。当地公安局长起疑，传之亲自细审。原来那美夫人不但深谙房术，还是烹饪妙手。实未加害前夫们，他们皆死于贪享食色。公安局长便不审下去，激动而呼："我不畏死，我要离婚，向你求婚！向你求婚！"那是我读过的唯一一篇泰国小说，领略了泰国式文学幽默。

中国也曾有过为数众多的连环画画家，他们的水平堪称一流。少年时期的我进入任何一家小人儿书铺，都会从挂在墙上的小人儿书皮儿看出，起码三分之一是由外国文学作品改编的，当年和现在一样，所谓"外国"主要指的是俄苏及西方诸国。1978年，中国少年儿童出版社出版了《外国文学家的故事》，小开本的上下两册薄薄的口袋书，其所属的《少年百科丛书》此后十余年间累计发行6000万册，平均每年发行近600万册。什么概念啊！还被评为了1990年的中国图书奖一等奖。

改革开放之后的中国，希望通过书籍了解世界的心愿是何等强烈啊！而青少年们，则首先习惯于通过文学作品及作家们了解世界，当年一旦有新的翻译书面世，必然可见排队购买、洛阳纸贵的现象。

我们应该承认，西方国家了解中国的意愿远比我们想要了解他们的国家的意愿小得多——从知识分子到一般大众莫不如此。这也是为什么从前辜鸿铭将一部分孔孟老庄、屈原的诗及唐诗宋词的代表诗作译为外文出版后,在国外读书人中引起一时轰动。那时的老外到了北京,无不以见到辜鸿铭为荣幸,视他为当时之中国"最伟大的学者",而他也只不过是译者,只不过译了小小一部分。

是不是从此就有很多老外对了解中国及中国文化、文学感兴趣了呢?也不是的。多是多了点儿,却多不到哪儿去。

这乃因为,改革开放之后的中国人,渴望快速地先进起来,于是眼睛总是望向西方,必然望向西方,开始凡事以西方标准为标准,在文学艺术方面也是如此,甚至尤其如此。这种"拿来主义"总体上看,对中国文学艺术的发展是有益的,起到了促进作用,但饥不择食,拾人牙慧,盲目崇拜,扮作文学和文化方面的"假洋鬼子",这种情况也是不争之事实。

那么,西方人到底是怎么看中国文化和中国文学的呢?

要回答这一问题,不得不用到"鄙视链"一词。

在相当长的世纪里,西方人早已习惯了处在文化及文学鄙视链的上端。彼们即使也采取"拿来主义",那也是互相"拿来",优优互学,优优互补,就近"拿来",方便"拿来",相得益彰——是的,这就是他们的"拿来主义"。他们的眼,也是经常望向邻国的,邻国一有什么思潮或新理念弄出了响动,往往很快就在整个西方产生呼应。彼们也只不过是人,便也跟风的。跟了一阵风后虎头蛇尾,并无佳品就草草收场的现象不乏其例。

客观地说,他们对中国文化和文学的漠然,并不完全由于鄙视,还由于译者之稀少。相比于中国力求语种全面的、水平优秀的翻译队伍，在他们诸国那儿，能译中文者少之又少，而且翻译是个人之事，出版往往大费周章。即使他们的汉学家，出本什么译自中文的书亦非易事。在西方国家与西方国家之间，互学互补一向是自给自洽之事，是"内循环"，目光并不望向各方面落后的东方和中国，实在亦属自然。好比建设家园，装修房子，从来都是正要大兴土木的一方去向可做样板家园的一方参观学习，反过来则不正常。至于前者曾有怎样的家风或曰传统，那不是首先吸引后者的方面。

国与国像家与家、人与人一样，也总是先看经济实力后看其他的。

关于鲁迅

我这一代作家,包括更多的喜欢文学的人,包括更多更多的喜欢读书的人——谁没崇拜过鲁迅呢?

在以上几代中国人心目中,鲁迅乃是神一样的存在。

我至今仍认为鲁迅在中国近当代文学史上的成就最高。中国将鲁迅文学奖设立为一项全国性的文学奖项,证明此点仍是共识。

但坦率讲,如今的我,已不再将鲁迅视为神了。

我想,若鲁迅泉下有知,对于后人将他举放在高高的神坛之上,肯定是大为光火的。

我七十多岁了,已深知一个人间清醒的人,若被神化,等于是对那样一个人的最大羞辱。

鲁迅已是历史人物了,不能为自己进行抗议了——这想法更加使我近年经常替他感到悲哀。

将人神化这一方式,往根子上说,是出于利用之目的。与从前的商家供奉财神、行会供奉关羽、丁口不旺的人家供奉送子观音,心思相同。

然而以上毕竟还是出于非恶意的利用。

鲁迅也是每每被怀有恶意者别有用心地利用的。

不久前我接受过一家外国媒体的采访，对方是华人。几番对话之后，他即从所谓"人种学"的角度，对我们中国人大肆侮辱，似乎中国人是地球上天生的劣种人类。

我忍着性子，问其根据什么？

他便抬出了鲁迅，理直气壮地反问："阿Q、小D、华老栓、红眼睛阿义，他们不都是典型的中国人吗？他们身上体现了中国人的国民性，不是中国人自己首先承认的吗？"

我问："你是中国人吗？"

他说："我已经加入美国国籍了。"——连愣都没愣一下。

又问："仅在鲁迅所处的时代，中国也有许多优秀人物，你承认吗？"

他居然耸肩。

"胡适先生曾获三十几次博士学位，多数是外国著名大学颁发的，美国颁发的最多，你总该知道吧？"

"这我当然知道！"

"亏你还知道点什么。古代的就不提了，单说鲁迅所处那个时代和以后吧。徐锡麟听说过吗？秋瑾听说过吗？辛亥革命了解吗？方志敏、叶挺知道吗？杨靖宇、赵尚志、赵一曼知道吗？八女投江之事知道吗？十四年艰苦卓绝的抗日战争中，中国有千千万万的铁血儿女为国捐躯，你承认他们身上体现的也是中国的国民性吗？"

"打住，可鲁迅笔下没写到他们！"

"那首先是因为鲁迅死得早。你这个美国人，不是像你刚才自我介绍的那样，在中国生活的时间长，在美国生活的时间短吗？一成了美国人，曾经的同胞就都成了鲁迅笔下的中国人了？如果我认为马克·吐温、福克纳笔下的美国人是典型的美国人，那么你想听我坦率地说出来，此刻你在我心目中的形象是多么差劲吗？"

他尴尬了。

我告诉他，我在五十几岁时，曾写过一篇杂文《阿Q和他的子孙们》，转载率很高。我特享受写的过程，多一次转载使我多一分暗自得意，使我想象自己亦如鲁迅般人间清醒，洞见通透而又所思深刻。仿佛，鲁迅虽已成了历史人物，他那不朽的光环仍可映到我身上，于是我自己也发光了似的。这是一种想象出来的优越心理——通过这种贬低同胞总体形象的方式，满足了一下名利虚荣，暂时强化了自身的存在价值。

直至有一天，闲读时读到了一句话，如被电击。

那句话是："上天看人本同类，善恶区别一点心。"

讲完，我对那采访者说："美国人，人也；中国人，亦人也。依我所了解的情况看来——美国有好人，中国也有。至于坏人、恶人、愚人，目前的世界上各国都有。《阿Q正传》好就好在，如一面镜子，中国的鲁迅提供的，可照出世界各国之人的人性劣根，自然包括你们许许多多美国人。至于是否包括您，您这位美国先生自己寻思。"

采访分明无法进行下去，不欢而散。

过后，朋友主动与我手机通话，责备："人家不远千里回国，不过为了完成一项公干，好交差。你愿接话就接话，不愿接话可以绕过去。干吗把局面搞得那么僵呢？有必要吗？"

我说："第一，回国二字不适用于他，他已经完全将自己当成美国人，并将中国当成次等国，将中国人当成次等人类了。第二，他不但这样，还打出鲁迅的旗号，以阿Q为话题，企图诱导我说出他希望录音的话，用心不良。第三，你我可都是中国人，他的话也侮辱了咱俩。你不便反驳，我却做不到忍辱不愠。在我家里，喝着我为他沏的茶，我为什么那样？那就不是修养而是下贱了。第四，我没必要浪费时间陪他这种假洋鬼子。很快就结束了，正合我意。"

在中国，很有那么一些居心叵测的面目不清的中国人，动辄祭出鲁迅的旌旗，拿"国民劣根性"说三道四，弦外有音，仿佛今日之中国仍处在鲁迅那个时代；仿佛今日之中国人，仍都是阿Q、华老栓、红眼睛阿义、孔乙己；仿佛清醒着的中国人，除了死去的鲁迅及他笔下的"狂人"，活着的仅有他们自己，并因唤不醒"睡着在铁屋子里"的国人而万分痛苦。

总之，在他们眼里，中国什么都没改变。

在我看来，他们患了"鲁迅现象后遗症"，正如西方某些人曾经患过"尼采后遗症"。

以上人又分为两类——一类想象自己是鲁迅衣钵的传人，于是在"精神鄙视链"上处于置顶位置，鄙视起亿万同胞来理直气壮，以此点巩固自身的社会存在感，心态优越而自洽，活在舍我其谁的假象中。但若细看彼们之人生，除了从一切方面抹黑自己的国家，贬低自己的同胞，其实从没做过什么有利于国、有利于民、有利于社会的事。

如果说他们毕竟是病态之人，亦颇值得同情，那么，每祭出鲁迅旌旗借题发挥，唯恐中国不乱的人，确实是别有用心的。

鲁迅的作品，乃是中国文学的宝贵遗产。

鲁迅作品所体现的文学批判精神，乃是中国文学的功能之一，理应继承。

而以上两类利用鲁迅之名的人，每使鲁迅文学遗产蒙上"负遗产"的锈色，每使文学批判精神变得类似非常年代的搅浑水的大字报。

窃以为，有两位历史人物对鲁迅的评价最客观。

一是胡适。

他在鲁迅死后说"鲁迅是我们的人"——意谓鲁迅是新文化运动的一员主将。

毛泽东主席对鲁迅的称颂，主要是对此点的称颂。

另一位是蔡元培。

鲁迅逝后，他在为《鲁迅全集》所作的序中有言："先生阅世既深，有种种不忍见、不忍闻的事实，而自己又有一种理想的世界，蕴积既久，非一吐不快。"

他还说，鲁迅著述"蹊径独辟，为后学开示无数法门，所以鄙人敢以新文学开山目之。"

文学的文化的遗产，一再被神化，往往会走向反面。

秉持以上态度读鲁迅的书，温情脉脉地理解他的为文为人，体谅其种种偏激和局限性，才算对得起鲁迅先生。

关于文化自信

窃以为，文化自信与否，首先不取决于别国怎么评判我们，而取决于我们自己如何看待自己。当然，我们希望加速别国对我们的了解。但由于众所周知的原因，既然某些国家掌握文化及文学话语权的某些人，对中国文化及文学采取双重标准已是连傻瓜都看得明白的事实（国内亦不乏居心叵测的应声虫），则清醒地评估我们自己的文化及文学之价值和意义，便不但必要而且必须。

文化概念甚大，姑且不论。中国之数千年，文化源远流长，绝非什么人所贬低得了的。非那样的人，自身之没文化反倒昭然。

以下单议文学。

中国之现当代文学与新文化运动相伴产生，已获文学史家们公认。

鲁迅是中国"新小说"之先行者，乃不存歧见之事。

鲁迅先生之"新小说"品质甚高，即使放在全世界十八世纪前后的中短篇小说平台上看，亦属上乘之作——我又尽量多地读了些外国（也是指西方）中短篇小说后，说此话底气颇足。鲁迅先生的也是我们后代作家替他感到的遗憾乃是没有长篇代表作。若有，中国及世界对他的文学成就的评价，当更高于现在了。

鲁迅先生在世时，中国已形成了由老中青三代作家和诗人、戏剧家组成的文学方阵。除了巴金、茅盾、郭沫若、老舍、曹禺，还有郁达夫、叶圣陶、施蛰存及女作家丁玲、萧红、张爱玲、冰心、庐隐。

庐隐的作品以短篇为多，中长篇也颇好，可惜这位有才华的作家三十六岁就因病去世了，令人扼腕。

最使我心疼的是几位年轻作家的死——他们平均在年龄才二十几岁时，被国民党警方杀害了。他们中的柔石，斯时已文名广传，他的小说《为奴隶的母亲》与《二月》，真是好啊！

在诗歌方面，闻一多、戴望舒、徐志摩、艾青、田间、袁水拍也都成就斐然。

这一时期的中国作家群有一点功不可没——使白话文写作或曰"新文学语言"创作快速地刷新到了一种不可否定的阶段。他们也有共同的一点令我尊敬，那就是——总体上都追求进步。

同样令人心疼的是——学者和诗人闻一多也被国民党特务杀害了，而郁达夫被日本军方杀害于苏门答腊。

日寇侵华战争之全面推进，使当时的中国作家们的创作，总体上陷入了难以为继的中断期，而他们又都处于创作最成熟的时期。

然而，若我们以倾听般的态度回顾历史，排除崇洋欲跪自我矮化的卑贱，静心而且净心地细思忖之，则不会明察不到——中国之近代，有着一种极为独特的诗文遗产，构成人类历史上少有的文学现象，那就是——诗与文，曾异乎寻常地与一批忧国忧民的人物发生过令后人肃然怆然的密切关系。

周恩来青年时写的一首诗，最能证明那一种关系的内涵：

> 大江歌罢掉头东，
>
> 邃密群科济世穷；
>
> 面壁十年图破壁，
>
> 难酬蹈海亦英雄。

方志敏的《可爱的中国》，叶挺的《囚歌》。

夏明翰牺牲前的绝命诗：

> 砍头不要紧，
>
> 只要主义真；
>
> 杀了夏明翰，
>
> 还有后来人！

以上诗与人的关系，何等的惊天地、泣鬼神！如普罗米修斯的诗性自白，如丹柯之诗性践行。

而毛泽东主席在长征途中口吟于马背的多首"马背诗"，则表达了工农红军在经受最严峻之考验、存亡每每系于一线状况下的大无畏英雄气概。

至抗战时期，又有东北抗日联军的杨靖宇将军为抗日联军所作之《东北抗日联军第一路军军歌》，李兆麟将军所作之《露营之歌》，此外还有抗联《第三路军军歌》《保卫白山黑水》《反侵略战歌》《团结抗日赞歌》《儿童抗日歌》，等等。

《松花江上》一首歌，其实并非东三省向内地流亡的青年所作，而是河北定县一名喜爱音乐的青年，在西安街头眼见同龄人缺衣少食无家可归之状甚悲悯，噙泪创作的，算是一首历史歌曲的一段佳话。

之后，产生了《义勇军进行曲》即后来的《国歌》，产生了《在太行山上》，产生了《黄河大合唱》《新四军军歌》《大刀进行曲》《王二小》等等抗日歌曲。已成名的诗人艾青、田间等那一时期也各自创作了在人民大众中流传甚广的，激励人民团结抗战的"口号诗"。

古代的中国一度曾是诗性之国，樵夫渔父、牧童村姑、乡贤和尚中，皆有善诗者。

中国曾有过放之于世界亦敢当的文学高峰现象吗？

当然有！

唐诗宋词便是。其惊人之多的数量，其多彩多姿的风格，其几可言包罗万象的丰富且思想境界高远的内容，举世无二。

小说呢？

确乎，近代以来，我们没有托尔斯泰，没有雨果和巴尔扎克，甚至也没有狄更斯。但将目光再往从前望过去，中国的"四大名著"——其实也应包括《聊斋志异》《官场现形记》《二十年目睹之怪现状》《儒林外史》所组成的小说现象，在世界上无疑水平居高地。

抗战时期还有另一种现象，即国共两个抗日阵营中都产生了众多肯为国家命运出生入死,肝脑涂地在所不惜的英烈——他们的日记,他们写给父母、妻子、儿女的家书,在我这儿,也是视为文学现象之一种的:纪实的那种。既然《绞刑架下的报告》《死屋手记》被视为"特殊的著作",那些在中国之艰苦卓绝的抗战时期,由抱定战死之决心的中华儿女写于赴战前夕,甚至写于前线、写于指挥所、写于负伤情况下的家书,何以不能是?如此点在逻辑上是成立的——那么那些家书,即那些若编辑成书,便可言之为"特殊的著作"的历史文献,则使抗战时期的中国诗文更加具有中国特色也。那乃是被战火与血光重染的特色,如刑天之怒吼,如刺刀和匕首刻写在中国大地上的史诗。

新中国成立后,以上一批作家、诗人基本沉寂——有的担任了各级文艺界的领导,有的对于反映"新现实"一时尚难适应。

然而一批从延安进入各大城市或由部队转业到地方的,年富力强的"红色"作家和诗人开始成为创作主力。

《红旗谱》是我当年所喜欢的,《战斗的青春》也喜欢。

后来,自以为有了点儿评价资格后,觉得在十七年小说成果中,还是反映抗战内容的小说水平更整齐一些,如《野火春风斗古城》《苦菜花》《平原枪声》《铁道游击队》《风云初记》等。

当年,没哪个部门为中学生列出必读书单,但《红岩》确乎是多数文学青年都读过的,出于对革命先烈的敬爱。该小说中多处情节是震撼我的。至今我也不认为,震撼我的纯粹是文学力量。因为我已更加明白,小说中的一些人物,并不完全是虚构的,而是以真人真事为原型。

事实上,我对所谓文学的"纯粹性"存疑久矣,大多数名著都不"纯粹",此二字骗人。

我参加兵团创作学习班时,曾与是学员的知青们讨论过《创业史》,大家都认为作者写人物写得十分内敛,因而显得"老道",却都自言那"老道"学不来,因为我们尚处在心浮气躁的年龄。

比之于前辈柳青,当年的我们,都觉得学赵树理更容易些——他作品中的幽默元素,乃是当年中国长篇小说中少见的,这种幽默成为我们心向往之的能力。

我不知现在的评论家们如何看待《林海雪原》——但我觉得,一部长篇小说若有一个核心情节具有经典性,那么其经典性便值得后代作家刮目相看。

"舌战小炉匠"是《林海雪原》的经典情节,正如"智斗"是样板戏《沙家浜》的经典情节。经典即精彩。

有经典情节的小说不见得必定是好小说。

竟无经典情节的小说必定够不上是好小说。

"十七年"的长篇小说成果并不算大,平均每年两部左右,题材不够丰富,风格也不够多样——当年出版长篇之过程并不比现在简化。

然而在诗歌和中短篇小说特别是短篇方面都有可喜的收获——一批特别有才华的年轻作家和中年诗人(创作小说者年龄大抵三十岁以下,诗人们的年龄却要大十岁左右),所奉献的作品每令读者耳目一新。

由于众所周知的原因，1957年后，他们中的小说家几乎"全军覆没"——诗人们的情况要好些，因为他们往往有革命资历，即使被殃及，处理的力度也会相应轻些。同时，在戏剧界和电影界，忽成被"改造"之人的也不在少数。

中国文艺界一时"万马齐喑"，诚实的过来人都不会否认这一历史事实。

也由于众所周知的原因，其后之中国的文艺界又遭遇了十年的"冷冻期"。此十年中，老中青三代，幸免于"冷冻"者，不足百分之几也。

自二十世纪七十年代末始，中国文艺界迎来了"春天"。"春江水暖鸭先知"，用这句诗形容当时的文坛极为恰当。起先是老中青三代作家和诗人——即1949年以前和以后成名的，加上适时自然形成的"知青作家群"，通力营造了一种活跃又硕果累累的创作局面，时人形容为"井喷"。此现象不仅带动了多种文学体裁的复苏——如久违了的回忆录、报告文学、人物传记、散文、随笔、杂文（特别是杂文，1949年后消失矣）的大量产生，佳篇多多；同时，亦促进了戏剧、电影乃至歌曲的繁荣。

至二十世纪八十年代中期，在北京，以王朔为主的"新生代"作家异军突起，于是引燃了别的省市的"新生代"作家们的创作"礼花"，为中国当代文学带来了别样题材别样情，使"井喷"现象持续不断。

对于以上十年中国文学的总况的评价，文学界过来人的看法较为一致——那是近代以后亦即新文化运动以后的又一次文学繁荣期，而且是高峰期。这一致并非由于曾经参与其中而主观情浓，沾沾自喜。实打实地说，否认此点倒是不客观了，因为有成果在文学史中摆着。

我个人认为，其繁荣实际在二十世纪三四十年代形成的繁荣之上。今日之中国文坛主力作家，大抵本身是那一时期所"孵化"的"成果"。当年，每期发行几十万近百万一百几十万册的文学刊物十余份，亦可佐证。

那是一个泱泱大国中的文学读者也热忱参与其中的宏大的文学现象；是无须倡导甚至也无须怎么宣传更无须炒作（当年的文学界和出版界还都不懂炒作甚至鄙视炒作），口口相传便会使好作品广为人知，使刊物和书洛阳纸贵的现象。

"疫情"期间，我静下心来读了西方几国的文学史，故敢不乏底气地说——中国那十年的文学繁荣期，亦可用"盛况"形容之。以比较之法摆在全世界来看，无论所涌现的作家之多，代际之分明，延续期之长久，作品数量之大，佳作之频现，对后来乃至现在之中国文学创作的影响之深——都可谓世界级文学现象，非别国某一时期的文学现象所可同日而语。

俱往矣。

时至今日，令我记忆犹新的当代长篇小说如下：

《白鹿原》《许茂和他的女儿们》《芙蓉镇》《穆斯林的葬礼》《将军吟》《冬天里的春天》《平凡的世界》。

《白鹿原》每使我想到《红旗谱》——两部小说之名相当对仗，几近工对。《红旗谱》是我少年时喜欢看的小说。当年我这一代人所接受的历史教育乃是——农民和地主的关系、长工和东家的关系，是绝对对立的关系，甚或是有血仇的不共戴天的关系，简直也可称之为"天敌"的关系。《红旗谱》以文学的方式加强了我的认知。

《白鹿原》则不同，它描写了另一种历史状况——若东家是一个好人，即一个一心要做"乡绅"的人，那么其与长工与雇农的关系，便有可能不那么对立，甚至可能是唇亡齿寒的关系。

"乡绅"所以为"绅"，因行事较为顾及"仁"矣。"仁"是儒家思想核心，不亲儒敬儒不配做"乡绅"。

白嘉轩便是农村里一个颇受儒家思想影响的人。

这样的人在近代历史中存在过吗？

千真万确是存在过的。

曾经产生于延安的陕甘宁边区政府，便公选了一位具有"乡绅"风范的李鼎铭先生为副主席。李鼎铭先生不但久经儒家思想熏陶，而且与时俱进，亦对民主思想抱持理解和拥护的态度，故他又被尊称为"民主人士"。

闻一多先生的家是大地主家庭，他岳父任过县令。地主不大，两家结不成亲家。

闻一多先生在他的回忆性文章中多次谈到他的父亲，其父分明便是一位儒家思想与民主进步思想兼而有之的父亲。

那等人物在中国近代史中多吗？

这我就不详知了。我靠阅读间接了解的情况是，大约每省都起码有一位的。他们不但同情革命，往往还暗里掩护革命者，协助革命。

儒家思想果然能调和阶级矛盾吗？

我的回答是——从大历史观看，肯定不能。但在外部因素并不构成种种压力的情况下，在相对封闭的局部环境中，若生存条件优上者以"仁"为行事原则，则阶级矛盾在一定程度上、一个时期内或许得以缓和。

我不会以《白鹿原》来否定《红旗谱》的文学价值，那在大历史观上会陷于昏聩；也不会以《红旗谱》来否定《白鹿原》的文学价值，那在全历史观上会自蹈于狭隘。

在我看来，认可两部小说的文学价值，有益于扩展自己之历史观的格局。

但我并不认为《白鹿原》白玉无瑕——白嘉轩似乎更是一个天性上的善人，而他理应也是一个有思想特点的人，此特点若不从思想方面有意揭示，则整部作品的思想色彩被故事性冲淡矣。

即使我这样认为，也还是欣赏其不寻常的、独一无二的文学价值。

《许茂和他的女儿们》每使我联想到《创业史》。

《创业史》之上部出版后,柳青先生迟迟没有写出下部来。原因自是多方面的,但柳青先生当时肯定不仅困惑,或许也还预见到了什么。

若此推测不谬,那么周克芹先生通过《许茂和他的女儿们》,与柳青先生的预见"接轨"了。

周克芹先生与柳青先生一样,都是不但熟悉农村生活,而且对农村和农民深怀感情的作家。《许茂和他的女儿们》是感情之作,也是具有明确批判意识的小说。因有感情而批判,在当时的出版情况下,其批判不可能不是内敛的。

我每将《平凡的世界》与《许茂和他的女儿们》联系起来,想象孙少平和孙少安兄弟俩是许家姐妹的甥或侄,总之是比她俩小一辈的人,于是赶上了农家子弟可以进城打工的时代,于是有了不同的人生追求,演绎出了不同以往的农民后代的故事。

又于是,某些农村题材的小说(包括电影)在我这儿都可串联在一起……

《红旗谱》《白鹿原》《暴风骤雨》《创业史》《许茂和他的女儿们》《人生》《被爱情遗忘的角落》《平凡的世界》,电影《丰收之后》,再接上《山海情》等新农村题材的电视剧——那么,从近代至现在,一幅文学与影视作品组成的、关于中国农村随时代而演进的史性画卷似乎呈现在我眼前了,也许还不全面,但基本若此。这种画卷不同于史书的方面是,有血有肉的仿佛活生生的人代替了数字的、没有生命感和人间烟火气的行话,而且是有温度的,有创作者的情怀元素的。

若作者通过作品参与了这一画卷的"集体创作",那真是一件足够幸运的事。

若读者所读较多,而不是管中窥豹、盲人摸象,只读了一两部小说就自以为茅塞顿开,便断不会人云亦云,或觉得掌握了全部历史真相,听不进任何不同观点。

获此等大裨益是读者之幸。

《芙蓉镇》是获茅盾文学奖的小说中广为人知的作品之一。故事以特殊年代的小镇为背景——中国以小镇为背景的小说甚少。从前,《阿Q正传》是,柔石《为奴隶的母亲》和《二月》是,叶圣陶的《倪焕之》是,茅盾的《倒闭》(即《林家铺子》)也是。但1949年后,同类长篇仅《芙蓉镇》一例。《小镇上的将军》是短篇,陆文夫的《小巷深处》写的是小城的小巷,正如《小城春秋》写的是发生在小城的革命故事。

所以,《芙蓉镇》具有拾遗补阙的特殊意义。并且,它将"十年动乱"期间南方小镇人与人的不正常关系呈现得十分到位,对"极左人物"的讽刺性描写惟妙惟肖,同名电影扩大了这部好小说的影响。导演谢晋艺术功力深厚,年轻演员姜文和刘晓庆表演可圈可点。但此部电影意外的收获是——饰演镇"革委会"主任的女演员也由而被观众牢牢记住了,她将"左"演成了一种似乎与生俱来的并且非常自洽的病,但这给她带来了"不幸",使她体会到了演员前辈陈强演过黄世仁后几乎成为"招人厌"的无奈。

《将军吟》中的将军,在"十年动乱"期间也难逃被人构陷的命运,便也尊严难保。构陷得了将军的人,自然非等闲之辈,而是他曾经的革命战友。结合《冬天里的春天》来看这部长篇,会同时加深对两部长篇的理解——后一部长篇中的主人公,为了替往昔的战友洗冤,多次故地(当年出生入死干革命的地方)重游,四处走访,进行了一次属于个人行为的,旨在替好同志收集证据的"平反"工作,于是接触了各种各样的群众和干部,便也等于对各种各样的人进行了一次人格巡视。

《人生》《老井》《黑骏马》——此三部中篇,当年是我学习的佳作,都是获全国中篇小说奖的作品。

《人生》中的高加林是有高中学历的农村青年。他有机会多次进过城市(地级市),亲眼见到了城市人生活的高级(其实,七十年代的地级市的人们,比农村的生活确实强些,但也强不到哪去)。于是高加林的人生有了方向,成为城里人遂是他的人生唯一又强烈的追求。但是,在当年,一名农村青年想要拥有城市户口,难于上青天。高加林的优势在于,颜值高,学习好,读了些文学作品,比普通的农村青年显得彬彬有礼,因而获得了地委书记的女儿(他俩是高中同学)的好感。而他要实现想法的最大障碍是已经有对象了,他与同村的巧珍不但是对象还是青梅竹马的关系。在当年,对象关系是受道德法庭保护的。并且,巧珍是公认的好姑娘,高加林曾经非常爱她。

在城市户口与巧珍之间,高加林选择了前者。他提出与巧珍分手时,"道是无情似有情"。究竟爱地委书记的女儿更多些,还是爱城市户口更多些,估计连加林自己也说不清。在他那儿,二者是合二为一的。

当然,他最终竹篮打水一场空,学籍也没了,成了人皆可鄙视的典型的负心人,连从前那个在村民眼中是农村好后生的加林也做不成了,所谓"人设崩塌"。

此前,1949年后的中国小说、戏剧和电影中,非先进模范之人物而成为主角的情况十分罕见。连《刘巧儿》中的巧儿(女),自由恋爱的对象还是劳模呐。我所读过的小说中,仅邓友梅前辈的《在悬崖上》和萧也牧前辈的《我们夫妇之间》;电影也仅有两例——《新局长到来之前》和《不拘小节的人》,皆讽刺电影。虽罕见,当时作为一种现象也还是受到了批判,被归纳为"写灰色人物",结论是——"绝不许灰色人物污染社会主义文艺"。

毫无疑问,高加林也是典型的"灰色人物"。

同样毫无疑问,《人生》突破了长期以来的创作禁区。并且,写得好。

当年,有人认为高加林是中国版的于连,这说法靠谱,只不过加林没闹出案件来,故不必死,命运比于连强。

当年,有评论家认为,路遥必定受了《红与黑》的影响——我觉得,他不可能没看过《红与黑》,但《人生》之创作却未必与《红与黑》有多大关系。倘并未关注到一桩案件,司汤达断不会写出《红与黑》。而即使没读过《红与黑》,也会由有农村成长背景的中国作家写出高加林的故事，区别仅仅在于，小说未见得叫《人生》，作者未必是路遥，写的是否比路遥好——《人生》是当年现实生活的结晶。不论由谁创作，首先都是服从了现实生活的指令。

"背井离乡"之"乡"乃是农村人口和行政属地，而"井"是农村人的家园地标——古老，最矮，却又最有深度，象征义多。有学者认为，"背井"之"井"，原指"井田制"之田。这是太专业的学问，且不较真，在这里仍以汲水之井，也就是使李白"举头望明月，低头思故乡"的井来论吧。

中国之西北缺水，这是今人大抵了解的。但在当年，由于信息传播方式有限，饮用自来水的城市人，是不太知情的。关于《红旗渠》的新闻纪录片使有些人了解了，却也就是常看电影的人而已（纪录片加演于正片之前），中篇小说《老井》的发表，当年使关注的人多了。

若西北某村仅有一井，其井即将干涸，那么兹事体大，问题严峻了。《老井》风格写实，生活气息甚浓，字里行间充满了作家对农民的深切体恤。吴天明将它拍成了电影，张艺谋演主角，扩大了小说的影响力。它每使我联想到反映农村教育问题的小说《凤凰琴》。窃以为，若一部农村题材的小说之发表，引起了各级政府对关乎农民实际生活的困难的重视，并从而出台解决措施，当是作家的光荣。

张承志是回族作家，曾是内蒙古知青。《黑骏马》是他的代表作，当年获全国优秀中篇小说奖。

《黑骏马》是回族知青作家向内蒙古人民回献的文学哈达，表达了作家对蒙古族人民之生活态度、生命态度的礼赞。小说中的老额吉（妈妈）给人以草原之母的联想，"妹妹"则代表草原的也是蒙古族的未来，寄托了作家情真意切的祝福。"黑骏马"是蒙古族的古老传说，在蒙古族歌曲中经久传唱。它有不死之魂，若主人思其甚切，或遭遇了危难，它会适时出现，使主人化险为夷，给主人带来吉祥。显然，对于作家来说，草原母亲及跨民族跨血缘的亲人们，如同"黑骏马"；反之，作家也愿做草原亲人们的"黑骏马"。此种双向的情感、情怀、情愫、情结的表达，不难领悟且读来令人心暖。

《桑树坪纪事》既是知青小说，也可以归入农村题材中去。实际上，几乎全部知青小说都具有这一双重性。但多数知青小说主人公的知青身份，是主要情节和矛盾冲突的引发者和卷入者。《桑树坪纪事》摆脱了这一模式，退居见证的位置，颇似《了不起的盖茨比》中的大学生尼克——这样，山民人物们就成了主要人物群像。它是当年唯一一部知青作家所创作的，并非写自己，而旨在写"他者"即山区农民的小说——写到了他们的民俗，也是该小说的一大特点。

若将《人生》《老井》《桑树坪纪事》归入前边所串联的农村题材小说中，再加上贾平凹的《鸡窝洼人家》《腊月·正月》，将使那一文学性的中国当代农村变化史发展史的内容更加丰富厚实。

在当时，即从1970年末到1990年初——王蒙、陆文夫、高晓声、邓友梅、李国文、冯骥才、蒋子龙、汪曾祺、张弦、张贤亮等前辈,对于短篇小说创作的多种可能性都提供了用作品说话的范例。

张贤亮是由短篇小说《灵与肉》而成名的。当年评论家阎纲评《灵与肉》的文章开篇第一句话是:"宁夏出了个张贤亮。"——当年的评论家对好作品往往爱如己出,不太会看走眼。小说中的男主人公许灵均结束了被改造的命运后,放弃出国继承大宗遗产的机会,甘愿留在牧场与患难之妻共同将人生继续下去,这在今天的青年们看来肯定是不可信的,会觉人物太过理想化。无独有偶,就在2023年年初出版的作家陆天明的新作《沿途》中的主人公,遇到了与许灵均同样的情况,也做出了同样抉择。

怎么看这种不约而同呢?

我想,将小说中人物摆放在当年的历史背景下,也许便好理解一些。

须知当年之中国人,大抵沉浸于"春天来了"的喜悦和鼓舞之中——"教育的春天""文艺的春天""科技的春天""法制的春天"……当许灵均们那样一些人终于熬过了人生苦难而漫长的"冬天",想要享受"春天"来临后的新生活,想要看看以后的中国会是什么样,则是较自然的事了。何况美国对他们来说是那么的陌生,起初的他们害怕成为外国人,像《海上钢琴师》中的"1900"害怕离开客轮、踏向岸边。

我一直认为,张弦的作品当年被评论得很不够。他的笔曾涉及独特的创作领域,即反映某些知识女性、官员夫人之第二次婚恋的感情纠葛,如《挣不断的红丝线》《未亡人》等,这在后来也是中国小说较少涉及的题材。可惜他去世得早,否则会为中国文学奉献更多的佳作。

邓友梅的《那五》《寻访画儿韩》在当年也是别开生面的。他是"京派"小说的发扬光大者,使老舍风格不但得以延续,而且具有了当代元素,焕然一新。

陆文夫、汪曾祺、高晓声都是出生于江苏的作家。高晓声的短篇像白描画,对话极少,几乎不进行心理呈现,全靠精准的文字线条刻画人物,却能使人物栩栩如生,"白描"功夫十分了得。汪曾祺的短篇则每令我联想到丰子恺的文人画,并且他自己也是真的兴之所至时弄弄丹青的。若论文人画,在当年,丰子恺首屈一指。他的画主要集中于《护生画集》,取材于民间生活,江南气息充沛,善意恒然有温度。汪先生的短篇也是那样,即使写的是悲伤的故事,亦慈悲在焉。陆文夫便又不同,他之短篇中篇的背景一向是城市,其实便是他久居的苏州。《小巷深处》是"理"的叩问,到了写《井》写《美食家》时,"哲"的意味明显了。而《围墙》,不动声色的批判锋芒显然——这是他与汪先生高先生最不同处。后两位先生的短篇有"出世"况味,或曰"入"也是"入"到大众生活的日常中去。文夫先生的创作意图却每在"出""入"之间徘徊,最终却还是"干预生活"的。"井"何以为"井","墙"何以难拆——这是陆文夫老师总想的问题。

张弦是活跃于上海、江苏两地文坛的作家。他逝世得早,天公对其大不公也!

李国文老师是主张"文以载道"的,却又一再强调文学的多功能,作家不必一味地"载道"。实际上他强调的是"文武之道,一张一弛"。"载道"总会有些风险的。进言之,他自己是一向"载道"的,却希望年轻作家享受自由的创作空间。他的《月食》是有深度的"载道"之作,他自己一生都在"载道",唯恐不及。

蒋子龙先生是中国工业题材小说的闯关人——工业题材难写,他的《乔厂长上任记》当年是破冰之作。在我看来,其后的《锅碗瓢盆交响曲》尤其值得点赞。他当年已是中年作家了,竟在小说中塑造出了朝气蓬勃又个性鲜明的青年工人群像,足见他那时的创作心态仍多么年轻!也足见"工"字连着他内心里多么大的情愫!他创作出的工业题材的小说,成为中国"工厂"这一"铁饭碗"单位的文学性挽歌——不久,国企工厂一批批消亡了。

王蒙老师的《坚硬的稀粥》智慧又坚硬。智慧性是他一向的风格,坚硬性倒是一反常态,又智慧又坚硬,便幽默,却又写得特严肃。我觉那是他最中规中矩的短篇,也是批判意识最强的短篇。

我对冯骥才老师的短篇小说的欣赏始于《高女人和她的矮丈夫》,止于《俗世奇人》。前者有几分散文的风格,后者可视作当代的《聊斋志异》——他用文字为老天津卫留下了浮世绘式的山海经式的画卷。

史铁生的《我的遥远的清平湾》和韩少功的《西望茅草地》都

是知青小说，也都是当年获全国短篇小说奖的作品。而且，是我当年读过多遍的作品——因为欣赏。"清平湾"也罢，"茅草地"也罢，皆穷乡僻壤，却言之为"我的"——还一望再望！每使我联想到"数重云外树，不隔眼中人"两句诗。都言："贫居闹市无人问，富在深山有远亲"——"清平湾"和"茅草地"绝无富人，人皆穷也。遥望频频，魂牵梦绕，个中深情，令我动容。知青是各式各样的，知青作家对自己的知青经历，感受不尽相同甚而十分对立。我尊重每个知青对个人感受的任何方式的表达，不论其是不是作家。但史铁生和韩少功两位的文学表达在我内心中是经典，是另一种心灵史。

《犯人李铜钟的故事》和《天云山传奇》是当年对"十年动乱"中"极左"现象之批判尤为有力的作品。

据我所知，《犯人李铜钟的故事》是以真人真事为创作基础的——时年天灾严重，某地农村断粮，数千人之命危在旦夕。李铜钟身为大队党支部书记，找到粮站站长"借"5万斤粮食，拯救数千人命，自己却因过度饥饿和劳累而病亡。当年我读此作，胸如压磨，呼吸困难，几番掩卷哽咽，心灵震动矣。

《天云山传奇》虽有"传奇"二字，然极写实。它是当年之一部反映"动乱时期"知识分子关系的中篇——考察队政委因言获罪，被开除公职。未婚妻在压力下违心别嫁。所嫁之副书记（副厅级干部）正是一手制造她未婚夫冤案的人。但该小说有两条情节线——虽"黑云压城城欲摧"，却有挺身而出正义人。一位女队员仗义执言，力驳谬罪，便也被开除了公职。

此作品由著名导演谢晋拍成电影，片中一段情节感人至深——男主人公又不幸被疟疾缠身，高烧以至昏迷，女主人公以人力爬犁载之，去往自己在山村的老家。时逢大雪封山，雪深及膝，寸步难行。于是——旧情已了，新爱始焉。一段患难之恋，荡气回肠，催人泪下。观众（我是其中之一）屏息敛气，静若无人。

此陈年旧事也。所以忆述，非别有用心。乃因——数闻有外国汉学家、作家、文化人士什么什么的，常言中国之文学"丧失了批判功能"云云，难核真假。然些个中国人（不知真实身份的中国人），打着外国人的旗号，亦以各种方式如是说，便觉有必要在本书中回应一下。

不知者不怪。起码，看了此书的人，以后便知一二，大约不会再配合外国的这个家那个家随帮唱影了。

至于那些明知而配合的人，实不知他们是怎么想的，不说他们了罢！

第 十 章

文学即人学

文学中的家国情怀1

在外语中,家是家,国是国,大抵如此。汉语言却不同,每将二字连在一起,曰"国家"。民间尤其习惯于这么说,始于哪一世纪无考。

"国家"一词的逻辑是严谨的,符合国与家之间唇亡齿寒的关系,所谓覆巢之下,安有完卵。并且,此关系一再被人类的历史所证明。故在吾国的文艺语境中,产生了家国情怀、家国精神的价值评论。前者言爱家爱国的心,后者言保家卫国的志。唐诗宋词中此种表达不胜枚举。诗言志,亦包含此志,遂成文艺美学概念的一种。鸦片战争至抗日战争时期,表达家国情怀、保家卫国之志的文艺现象空前地多,事例遍载史册。

外国文艺中有此现象吗?

可以这么回答——凡有古代史诗的国家,其史诗中便不同程度地体现着,如荷马史诗《伊利亚特》。然古代史诗中的家国情怀,与启蒙运动之后各国小说中的家国情怀思想品质上甚为不同。可溯源,不可相提并论。

普遍现象乃是，倘某国从未有过被外国军队占领，本国人民不得不在压迫之下屈辱生存的历史，其文艺现象中断不会自然而然地产生具有保家卫国之精神的作品。

法国曾在普法战争中成了战败国，普鲁士军在法国领土上长驱直入，于是法国文学史上留下了莫泊桑的《羊脂球》和《蜚蜚小姐》。《羊脂球》前5页，作家详写了普军占领之下法国小城的忐忑不安："然而在空气当中总有一点儿东西，一点儿飘忽不定无从捉摸的东西，一种不可容忍的异样气氛，仿佛是一种散开了的味儿，那种外祸侵入的味儿。它充塞着私人住宅和公共场所，它使得饮食变了滋味，它使人觉得是在旅行中间，旅行得很远，走进了野蛮而又危险的部落……"

同页还写到法国人民的潜在抵抗——几乎每日都有普军官兵的尸体被从河中捞起（被暗杀的），这种"隐名的英雄行为，无声的袭击"，"远比白天的战斗可怕却没有荣誉的声光"。

至于"蜚蜚小姐"，是一位普军少尉的绰号，而且这位少尉还是一位世袭的侯爵。他及他的军中同僚百无聊赖，于是召妓作乐，醉后口出狂言，叫嚷："法国是属于我们的，法国的人民、山林、田地、房屋，都是属于我们的！"

他的狂妄激怒了年龄最小的一名妓女的愤怒，她用吃点心的小刀杀死了他（刺喉），而她被居民隐藏至普军撤走。

都德的《最后一课》，曾被收入吾国的中学课本，爱国情怀之真切，更是使几代中学生感同身受。

中国对美西方小说的翻译,自抗战伊始至1980年,除了十八世纪名著外,几乎完全停止。而1980年后,对美西方小说的翻译基本已由新人接手。他们感兴趣的,多是现代派小说。故所以然,对于一战二战后法国的小说面貌,一般人难以了解,我也是。但1980年时我已在北京电影制片厂工作,对新老法国电影的观摩机会较多。以电影而论,反映地下抵抗运动的,反映德军占领时期法国人不安生活的影片还是有些的。在那些影片中,法国人保家卫国的文艺精神充分体现。我至今仍保留着几盘红磨坊二十世纪五六十年代的演出光碟,即使在那种场所演出的某些节目,亦浮光掠影地呈现了家国情怀,或与伤痕交织,或与反法西斯精神共舞。

与法国不同,1980年以前的英国小说,具有家国精神而又优秀的作品实属罕见。这也难怪,因为一战前的英国,早已自诩为"日不落帝国"了,皇家空军和海军一度称雄于世,英国作家也皆以是大英帝国的子民为荣(事实上他们的日子的确都已过得不错),连对自己的国批判的动力都大大消退了,像萧伯纳那样仍存批判意识的戏剧家少之又少。但英国以二战为题材的电影(其中有与美国合拍的)却比法国多,水平也高些。在这类电影中,每有家国情怀的注入,如《敦刻尔克》。但,英国本土毕竟未遭敌军占领,英军一直是在别国领土上作战,战士即使成了战俘,也还是被关在别国的俘虏营,远在本国的亲人们大抵生活得很安全,并非与自己同时受苦被虐。故所体现的家国情怀,与眼见自己的亲人、同胞被敌军残忍杀害,如中国军民所进行的抗日战争中那一种悲壮惨烈,委实不好比的。

二战后的英国、美国,回忆录甚多,这使两国的电影一度不乏真实题材,也使两国的小说在这方面几无用武之地。

若一个国家没有被外国军队长期占领过,爱国主义这一元素,不可能自然而然地在其文艺中生长出来。

英国便是这样的国家。他们的作家和大多数人,也不太会理解像中国这样的国家之文艺中的爱国主义情怀,或不愿理解。

在此点上,美国与英国一样。

但美国一向对于利用一切文艺形式宣扬美国式家国情怀不遗余力。故所以然,他们的政客须不间断地制造出国际敌人,彼国之文艺也会非常及时地予以配合。在题材穷尽时,便将寻找敌人的目光投向太空。

美国希望通过宣扬美式家国情怀替全民刷地球存在感,对别国(不仅中国)文艺中的家国情怀,一向是"教诲"一切美国人理应排斥的。

关于墨索里尼曾有一句讽言是"墨索里尼总是有理"!

此言如今用以形容美国,恰如其分也。

家国情怀在弱势且受欺压的国家之文艺中乃是宝贵之素。

体现在称王称霸之国的文艺中,其实是矫揉造作的。

霍桑的小说,除例外之数篇,内容大抵与宗教二字有关——质疑某项教规的合理性,站在人道的立场反映正当人性与不合理教规的冲突，批评这一教派的人与那一教派的人之间不必要的争斗，等等。这肯定因为，他的祖上不但是名门望族，而且是信仰极端的清教徒，不但曾以野蛮暴力的方式代表教权惩罚过违背教规的妇女和儿童，亦参与过对教友派的卑劣且冷酷的迫害。

一言以蔽之，其祖上是犯下过宗教罪恶的。他的宗教小说，有替祖先进行文学性的赎罪的初衷。

但他本人毕竟也是深受宗教熏染的人，故其对于宗教劣迹的批判并非尖锐的，仅体现为批评或谴责。他从不在这类小说中像别的作家那样加入直抒胸臆的主观议论，而是采取镜子式的写法，呈现教徒的极端言行。这自然也能起到谴责的作用，但却存在着一个问题，仿佛教律本身无所谓对错，不对的仅仅是极端的教徒。对于霍桑来说，这不失为一种明智的策略——既代祖先赎罪了，又并未冒犯教廷，使自己免于遭到教廷的抵制甚或迫害。于是也可以说，霍桑本人亦是一面镜子——世界上许多作家，都能从他身上看到内心矛盾的自己的影子。

然而霍桑是有才华的——他的镜子式的小说写法加上其所擅长的心理描写以及悬念设置、细节关照，使他的小说代入感颇强。

他的文字是庄肃而又不失生动的那种（此点颇似托尔斯泰），较少出现漫画式的嘻哈成文的句式。他是相当老派的小说家，大约认为小说之谓文学，应以具有纯正的文气为佳。

题材的同类化，文风的少变，这使读他的小说集的人，难免会产生阅读疲劳——若将他的文风与马克·吐温和欧·亨利的文风相比，我更喜欢后两位作家多变且往往意味横生的文风。

具有由衷之家国情怀的文艺不产生于美国，正如真正具有宗教批判精神的如《牛虻》那样的小说，不会产生于霍桑笔下，因为他们没有国破家亡的切肤之痛。连我喜欢的《拯救大兵瑞恩》，表现的也是作为别国拯救者的美国儿子在别国土地上互相拯救的故事。

同样是在本国以短篇小说见长的作家，莫泊桑的短篇比霍桑的短篇好看（姑且用此二字）多了。一则因为，莫泊桑的短篇内容丰富，人物多样。简直可以说，莫泊桑先于巴尔扎克，其实已经用自己的短篇组成了他那个时代的法国的"人间喜剧"——正如在美国文学史上，欧·亨利也做到了这一点。

莫氏短篇小说的文风，有马克·吐温之诙谐的、冷嘲热讽的意趣，有欧·亨利之构思的机巧智慧，也有他自己切入现实之角度的匠心。与其说福楼拜是其"老师"，莫如说马克·吐温对他的影响更大一些。

在语言方面，莫泊桑与他那位老师大相径庭。福楼拜的语言与美国"同道"霍桑的语言倒是比较接近（当然，这只能是从中文译著所得之印象）——福氏也罢，霍氏也罢，采取的都是镜子式的加心理分析的现实主义方法，主观态度是有意自隐的。

莫泊桑却并非那样。他秉持的显然是批判现实主义的创作理念，这使他不但没必要自隐态度和立场，反而以表明在作品之中为理所当然。他笔下揭示了当时法国社会林林总总的丑鄙现象，也呈现了形形色色虚伪的人物，而这需要更个性化的文学语言。

问题是——当莫泊桑的短篇被辑成集，一本又一本地呈现在读者面前时，读过之后的绝大多数读者都会心生困惑——难道这作家眼中的世界竟无半点温度吗？竟无任何好人吗？这作家八成有病吧？

莫泊桑肯定也意识到了这一问题，于是他的短篇中也出现了《西蒙的爸爸》《一个女长年的故事》《在海上》《米龙老爹》《我的叔叔于勒》等并不具有所谓批判锋芒或色彩的作品——它们或是温暖的，结果良好的，令读者不禁要向故事中人祝福的；或是表达了作家对法国农民对敌军（普鲁士军）的报复行为的充分理解，对一个少年舍己为人（断送了一条胳膊）之坚强意志的敬意，对清贫人家向往美好生活的愿望的同情。

于是使人觉得，作家并非一个心理有病的人，而是一个正常的，自己心灵也有温度的人了。

又于是——现实社会在作家眼中、笔下较全面了。

世界上没有哪一位作家终生都在以文学的名义批判社会和同胞。果有，确乎便是有病了，可谓之为"文学狂想症"。

世界上倒是确有一些读者（正在减少），非所谓"投枪匕首"式的作品而不入眼，他们的亲人若关爱他们，真的应该陪他们看心理医生或直接挂精神科门诊。

为表达现实态度而现实主义——这样的文学理念估计再过一百年仍不至于过时，并会提升作家对现实主义的理解，扩展自己较全面认知现实社会的格局。但是，为批判而一味批判，无疑地，对于作家来说是一种创作陷阱，与为歌颂而歌颂同样是不可取的。

若想较明晰地领略俄罗斯文学的大气象（指从普希金到高尔基那一时期）——那么，先读一遍契诃夫的作品《樱桃园》是非常有益的。

内容如下：

女主人公出身高贵且曾富有，但祖业已被其兄挥霍殆尽，仅剩一处美丽依旧的樱桃园，已成抵押之地矣。然而她也奢侈成习，同样挥霍无度，<u>丝毫没有危机意识</u>。她家一名农奴的儿子那时已是新兴的资产阶级人士，善意地规劝她应与时俱进，改变观念，将虽美却只有观赏价值（如同沙皇统治下的贵族阶级的存在）的樱桃树伐光，盖别墅出租，用租金还债，其地尚可保留。

她置若罔闻。

结果——拍卖之日，往昔的农奴之子拍得了樱桃园，它易主了。

而她哭了——不但一无所有，也失去了尊严。她不可能继续居住在已不属于自己的土地上，更不可能目睹自家曾经的农奴之子在忽然不属于自己的土地上实现他的规划。

她从此只有过投亲靠友、居无定所的漂泊生活。

往昔为她服务的人也只有各奔生路。

从尼古拉一世到尼古拉二世，俄罗斯帝国的家底儿也快被皇室和大贵族阶层挥霍殆尽矣，他们同样毫无危机感，终日过着互竞奢侈的腐朽生活。

而资产阶级已然壮大，他们可不像《樱桃园》中的罗巴辛（那个农奴之子）那么尚念旧情。他们觊觎老俄罗斯已经很久了，时刻准备接管整个国家。

从普希金到高尔基，彪炳俄罗斯那一时期文学史册的作家们，便是在以上晃动不安的背景之下进行各自的创作的。

他们中：

果戈理、谢甫琴柯（诗人）、柯罗连科是乌克兰人；

屠格涅夫、莱蒙托夫、赫尔岑、托尔斯泰、陀思妥耶夫斯基都是世袭贵族后人或曾有贵族头衔；

冈察洛夫是富商之子，政府高级文官；

亚历山大·奥斯特洛夫斯基是莫斯科的官员之子（其父职务高时任过相当于局级干部官员），他自己也曾是体制内的相当于处级干部；

契诃夫的祖父曾是农奴，后转为了自由民，其父曾是小杂货商，在他十六岁时破产了；

高尔基——人们都知道的。

了解了以上时代背景和作家们的身世，绝对有助于我们理解他们的作品以及为什么那样。

文学之定义颇多，内涵亦非定义所能道尽。对我而言，"文学即人学"尚未过时，虽然同样并不全面。因为，若单以小说论，始终不现一人字，也还是间接写人并给人看的。

那么，从文学的定义出发，何谓人呢？

一、人是欲望的盛器。

比之于动物，人之欲望林林总总，五花八门。人之欲望将自己这一盛器胀破的事经常发生，结果是自我毁灭，甚或同时毁灭别人、众人。古今中外之小说、戏剧，表现此点的最多。因为表现得多，这一主题已由老套而泛滥，了无新意矣。

二、人是理性的翘板。

由于人每受欲望的折磨，人类想出了宗教、文化乃至理性主义的方法，借以平衡欲望，如动物天生知道哪一种植物可消减自身的哪一种病况。这是人高级于动物的一点，体现了唯人类才有的智慧。区别在于，仅仅在于——动物的做法是为了消减肉身之苦，人是为了消减精神的痛苦。

三、人是社会关系之和。

人类社会是地球上最庞大且复杂的现象。人既是社会一员，便同时是诸种社会现象之和。古今中外，没有任何人能够超越社会关系而存在，高僧大德也不能，毕竟也得穿衣，化缘为食，还要住在别人为他们盖的寺庙里。

四、人是自身赋予的意义之践行者。

动物并不叩问它们活着的意义，为活着而活着便是意义。人则不同，老早老早就开始问这一问题，于是给出了丰富的诠释，此问此答，成为人类文化的奇点，也是核心。这一核心延伸出了责任和使命，于是意义注入了精神。

五、人是责任和使命的奋斗者。

这里指的人，一向是少数人。他们被文化深度所化，对人生意义产生了异于常人的理解，对于责任和使命也具有了更情愿的担当精神，诚所谓能力越大，责任感和使命感越强。在特殊的历史时期，强到不畏赴汤蹈火，不惜牺牲生命。屠格涅夫的《门槛》和高尔基的《丹柯》是为他们写的。其实，动物在保护族群和幼崽时，也每如此。只不过于人除了本能，还有后天文化使然。

六、人是地球上依然渴望进化的物种。

人总希望生活得好些，希望后代生活得更好些，于是对人类的社会一向抱持理想，尽可能地予以修正、改造。但理想的社会不但取决于社会怎样，还取决于人自身怎样，继续进化遂成夙愿。人已不可能再进化肉身，这里的进化主要指人性。人曾是地球上同类相食的物种，人曾以虐害同类为乐，文化化人数千年，人性总算人道到了今天的程度，倒退回去却只不过"一出溜"的事，故文化化人，仍任重道远。

七、人是地球上娱乐心最强的物种。

人也进化出了欣赏能力。于是戏分文野，娱有雅俗。文学也不例外，或大雅融俗，或大俗通雅；抑或，一味低俗下去，刻意取悦某部分人变态的娱乐心。

综上所述，几乎每一位作家都希望自己笔下能创作出多种多样的人来；或在一部较长作品中，容纳较多类型的人物。中国之近代史中，上述之第五种人层出不穷，事迹可歌可泣。中国文学表现此等人物，实属文学自觉，亦可言有文学良心。相反，不正常也。

文学中的家国情怀2

倘一个国家从没被别国侵占过,该国之一应文艺中,不会自然而然地产生家国情怀。

俄苏文学自《战争与和平》始,于是有了。二战后,凡与二战有关的小说,便不可能没有。

法国小说中少,因为法国军队一向在别国的土地上征战,如"十字军",但二战后有了。一战前的英法战争,仅在《悲惨世界》中留下了文学性的片段反映,雨果称颂了法军的英勇;又如《最后一课》中的普法战争。

英国小说中是有家国情怀的——一战后体现为思家,二战后具有了忧国元素。类似于敦刻尔克战役的回忆性作品一度颇多。

德国一战前是没有的。其后有了,也是回忆性的。尼采虽未参战,但他的所谓"超人哲学"中,很有几段(我对此是持批判态度的)是关于家国情怀的满怀仇恨的"宣扬"。二战后,便也有了,如《铁皮鼓》——伤痕性的。

美国并没产生过反映独立战争而又甚有影响的文学作品。《飘》

之核心思想构成了对"家"这一主题的情感强烈的诠释。二战后，家国并重的电影甚多；不知为什么，文学形式的少。甚至，在百老汇，歌舞形式的也多于文学形式的。随着美国日益强大，渐成世界霸主，美国内涵的"家国情怀"也成了美国"主旋律"——面向普罗大众，以影视作品为主，服务于美国政治。此类文艺，须有敌人或灾难。美国的文艺假想敌二战后一向是苏联或俄罗斯，早期是克格勃，中期是所谓"俄罗斯黑帮"。传达的思想则是——美国在保卫西方诸国的安全。这一内容老套而泛滥后，美国又开始拯救地球，或以一国之力避免了地球被撞、世界末日将至的大危机，或由美国大兵迎战外星人、外星恶兽。中国电影《流浪地球》的主题乃是——地球是人类共同的家园，面临危机应团结一致，共同解决。美国电影所传达的主题是——地球主要是美国主导的地球，别国皆附属国。拯救地球，舍我其谁？不得不承认，美国"主旋律"的经营极成功，在全世界割"韭菜"的同时，既满足了美国普罗大众的国籍优越感，也在别国人（包括某些中国人）心目中加强了美国神话的光圈亮度。这类美国主旋律中不是没有好的，如《E.T.外星人》，真挚而动人。并且亦应承认，美国文艺毕竟具有批判现实主义的文艺传统，某些反思美国在别国进行的所谓"维和"战争的小说或电影，品质相当优秀。

至于中国，家国情怀在文学中的反映委实久矣，可上溯至春秋时代。孟子的"春秋无义战"是特殊语境下的话。依他看来，列国不论大小，皆周天朝的叛逆国，存亡不值得叹息。而后代特别是近当代史学家认为，只要吞并成功，一国于是称雄独大，则符合历史进步规律。但，若站在小国寡民的立场看历史，覆巢之下，安有完卵？大国之兴兵吞并，动则屠城，虏小国黎民为战利品，沦婢沦奴——家国唇亡齿寒，连体情怀油然与共。从《诗经》至"乐府诗"到唐诗宋词，家国情怀历历在焉，名言佳句俯拾皆是，不胜枚举。至近代，由于清之腐朽，屡屡丧权辱国，割地求安。对中国之危害甚惨重之例，以日军为最，杀我同胞、奸我妇女、焚我城乡、灭我文化，其罪大焉。故抗日战争以来，家国情怀，遂成大多数中国人之普遍情怀，遂成大多数中国文艺之共同品质。

别国怎样，是由别国之历史决定的，尊重方是正理。

吾国怎样，是由吾国之历史熏陶的，何必以别国之议自扰？

所谓双重标准，若并不以彼之标准为准绳，则自信在焉；各美其美，美美与共，于是成为世界文化与文艺样貌。

执此常识，祛自卑病也。

某日上午去参加了《百年巨匠·百年史诗》文艺成果（有限的）之展览开幕式，归来思考良多——吾国之文化的、文艺的自信，并非自恋，而是以成果为前提的。

这种成果，那种成果，古今中外一应文艺成果，无不经受时间检验。

检验即淘汰与再评价。

这种标准、那种标准，中国的也罢，外国的也罢；中国人看外国的或外国人看中国的，统统都将经受时间的检验。

时间的检验即人的检验。在这里人不是哪些人,而是各国人民。从此点讲,时间亦即代代之人民。他们不仅将审视本国文艺,也将以保守或并包,自信、自尊或自卑、自践为区别,审视本国人的文艺态度、文艺心理。

　　于是各美其美、美美与共,更加成为全世界共同的文艺观。

汉民族何以没有史诗或长诗？

此处所言之"史诗"，乃指古代以吟颂民族（或部族）英雄为主要内容的说唱诗，往往带出部族壮大为民族，民族发展为城邦国的历史。然其历史并非信史。虽非信史，却为历史学家提供了研究信史可资想象、推测的根据，如希腊、罗马、印度、埃及、俄罗斯、芬兰、德国的各类史诗。除了《出埃及记》与耶稣及基督教、犹太教的传说有关，另外诸国的史诗都可曰为"英雄史诗"。

此处所言之长诗，乃指像但丁的《神曲》、歌德的《浮士德》、拜伦的《唐璜》那样的极长叙事诗——它们往往耗去诗人几年、十几年乃至半生心血。

民族史诗的形成很好理解——在记载方式尚未发达的世纪，说唱是最好的口口相传、代代相传的方式。说也罢唱也罢，有韵则易于记，诗性自然在焉。

但丁、歌德、拜伦们写长诗也不难理解。在他们所处的年代，小说尚未受重视，那是诗人和戏剧家的黄金年代。既已为诗人，谁不想留下传之久远的长诗呢？这与英雄在乎留名的心理是一样的。

中国的蒙古族、维吾尔族、彝族也是有史诗的。

汉民族却没有。

《史记》始于《五帝本纪》，却没有关于哪一位帝的史诗传下来。黄帝与炎帝一役、征服蚩尤之战，明明很有"史"的色彩啊，为什么并没由而产生史诗呢？

信史是纪实的，史诗却是浪漫的。

难道那时的汉民族还不够浪漫？

叙事之主旨，决定了长诗风格不可能不写实；言志、言情、言趣，借景抒怀，凭古吊今，以物比人，决定了中国历代的短诗不可能不是写意的。

西方长诗中的某些精彩片段，至今仍为欣赏者研究者所津津乐道。然而史诗也罢，某一位诗人的长诗也罢，无疑是不易于广泛而亘久地流传的。中国之唐诗、宋词、元曲则不存在流传的遗憾。如今，能背诵但丁、拜伦、歌德们的长诗之片段的别国人肯定是有限的。而在中国，几乎每一名中学生，都至少能背十首以上古诗词。甚至，学龄前的孩子也能如此。中国古诗词中的某些佳句，被今日之国人视为金句，在文章和文学创作中一再引用，魅力不减。

难道，中国古代的诗人词人们早已明智地考虑过长短的传播利弊了？抑或，过分迷恋以短为上的诗学原理？确乎，比之于"七律"，在我看来，"五言"诗的成就反而更高一些。想想罢，总共四句二十个字，居然会有两句十个字百千年以来广为流传，该是多么不寻常啊！

各美其美，美美与共。

郁郁乎诗性也，无邪焉诗心也——人类有诗心相通，不忧文明之倒退也。

可究竟汉民族为什么没有长诗呢？

期待博学者来回答吧！

启蒙的虚荣

首先须郑重声明，我对中外各国历史上的文化启蒙现象，一向抱持崇敬心。

依我来看，西方世界有两次启蒙现象，对全人类的文明进步正面影响深远——一次是古希腊"哲学三杰"所进行的，主要面向对自身思想层次有要求的群体，以求知若渴的青年居多。后来的康德啦、黑格尔啦，都是古希腊哲学那棵老树上结的变种果子而已。我们都知道，若果树在开花之季授粉不同，所结之果往往会"串味儿"。另一次，自然是由文艺复兴所演变的文化启蒙，面向的已是大众，并且，大多数资产阶级知识分子及对国家求变心切的青年知识分子几乎都不同程度地卷入了——"批判的武器（思想）"最终变成了"武器的批判"（马克思语）——致使法、英及周边诸国流了不少血。但血也并未白流，法国此后没了皇帝，英国变成了君主立宪国家。这两个老牌帝制国家之政体的改变，对西方乃至世界的影响大焉，标志着资产阶级革命在血泊中取得了胜利果实。相较于封建帝制，当然是社会进步。

迄今为止，启蒙现象在古老中国发生过两次半——第一次是春秋列国时期"诸子百家"所发挥的深远影响。倘非列国并存，"百家"难以形成，包括孔孟老庄在内的诸子，也就断无宣扬主张、传播思想的前提。因而可以得出这样的结论——启蒙首先是由历史自身规律所酝酿的现象，客观因素远大于一切个体的主观热忱。当时之"诸子"的启蒙对象是那些诸侯王们和他们所倚重的文武权臣；其次是一心想要"服官政"的士人；再其次是虽不打算为官，却希望修成君子的人。"诸子"启蒙的重要思想是"仁"；所要解决的核心问题是国家如何强大，王位如何久传；而给出的重点方法，乃是怎样看待民、怎样体恤民的一系列措施——"为帝王师"四字，便是后人对"诸子"理想的概括。当时的王们和他们的权臣的确也需要被启蒙，但绝不情愿被当学生，其虚心装一时可以，装久了才没那份耐性呢。并且，他们要听的是权术大全，为了成功何妨不择手段的那种。"诸子"大抵耻于在那么卑下的层面谈问题。故王们很快就反感他们了，他们倒也识趣，将教化的热忱转向了民间，并不同程度地发挥了影响，获得了认可。正所谓"有意栽花花不发，无心插柳柳成荫"。

第二次，当然便是五四运动——它的前半场原本是文化改良运动，后半场却成了政治运动，于是"政治"成了重场"戏"。此点很像"文艺复兴"在欧洲演变为"文化启蒙"的过程。在启蒙的旗帜之下，"文化"绝不单纯是文化，往往直接就是政治，首先是政治。也正如欧洲那样，"五四"首先所启蒙的群体是青年学生，再由他们唤醒大众。启蒙的思想基础是"民权"。在漫长的历史时期内，民之头脑中的"民生"是"官家"所赐的。赋税压力小些，似乎便等于所赐多了点儿，于是感恩戴德。"五四"告诉人民，"民生"是权，不给要争取，争取还不给就要斗争，并且使人民明白，"民权"首先是生存权，但绝不仅仅是"民生"权，包含的方面甚广。"五四"是中国近代启蒙运动的先河。虽像欧洲启蒙运动的过程，但却不能说是照搬，实则是中国历史发展的社会内驱力使然。倘无内驱力的形成，照搬也无济于事，搬不过来。

第三次是"文学的春天"那十余年亦即1977年到1988年，这一"春天"对于文学来说够长的。在此十余年的后五年，"反思"成为一种潮流。"反思"便包含批判、质疑、个人主张，因而具有启蒙色彩。但仅仅是具有色彩而已，总体上还是文学现象，不能因而定义为启蒙运动。

那么，包括作家、诗人在内的一干文化知识分子（其实并不局限于文化知识分子），其中有人的内心里，是否产生过启蒙的热忱、冲动，或曰希望自己在启蒙的想象呢？

作为过来人，我觉得有人是那样的。我承认，自己内心里就曾有过那么一种不知自己几斤几两，自我感觉良好甚而膨胀的想象。

我认为有人的动机是很端正的，热忱是真诚的，表现是正派的。总而言之，思想出发点比我高尚多了。我那时由于年轻和浅薄，却是很享受那种可笑的想象的。

当时之中国迫在眉睫的大事乃是巩固稳定成果，加快发展速度——"反思"止于"反思",并没进而真的演变为所谓"启蒙运动",如今看来,是完全符合国情和发展大方向的。

古今中外,没有任何一次启蒙运动是一蹴而成,一劳永逸,目的与效果完全统一的。

古今中外,作为个体的人物,不论思想多么高尚多么无私多么伟大,都不可能仅凭一己之思想力而非常圆满地改造社会——这是比普罗米修斯为人间盗火更难之事,需几代人之不懈的努力方能接近目标。

如今之世界已经"变平"了,并且还要变得更加一览无余——不论从哪一个国家的角度看世界。

如今之国人,早已不是"五四"那时的国人,也大抵不是"反思"年代的国人——如今之国人的多数,上至天文下至地理、人文、国家概念、国际关系以及人是怎么回事,与所谓专家学者的认知几无高下,只是观点不同而已。

进言之,坦言之,谁若再想象"众人皆醉我独醒";谁若再想象自己是"大梦谁先觉,生平我自知"的孔明,或先知约翰,或国人都在企盼出现的戈多,说好听点儿是被虚荣所蛊,说难听点儿是有病。

启蒙与普及的区别在于,启蒙乃指启蒙者具有先觉且对社会对广大民众有益的思想。

依我看来,全世界已经很久不产生这样的思想先驱了。并且,世界似乎已不稀缺思想了,缺少的倒是善于将人类优质思想成果变成指导实践的能力的人和方法。

普及则指将现有思想和知识遗产推广开来，使更多的人了解和受益——《幼学琼林》《龙文鞭影》《声律启蒙》等古代少年通读之书，虽统称为"蒙学"之书，实乃普及读物耳。

窃以为，各行各业之专家学者，多做本行业知识的普及者，远比想象自己是启蒙者可敬可爱一些。

之所以写此篇，乃因自媒体时代伊始，中国之"启蒙者"分明日渐多了。并且，遮遮掩掩地，话里话外地，总能听出彼们"启蒙"的弦外之音，那就是——中国在很古代的时候，就从根子上坏掉了，完蛋是迟早的事！

讨厌！

愿年轻人不信啖"启蒙饭"的人。

关于批判、载道及其他

如果，文学丧失了批判功能（不仅是对社会的，也包括对丑陋、野蛮、残忍之人性的），那么只不过是什么了呢？

如果，将文学的多种功能仅仅理解为一种批判功能，言文学而唯批判，而批判至上，那么实际上是对其他功能的砍削，亦是将文学工具化的偏狭的认知，文学便也将不文学。

某些外国人对中国文学的"看法"便是唯批判至上，而他们从不那么要求本国文学，还要装出纯粹在谈文学的样子。

别国的文学理念中是一概没有"载道"二字的——因为"道"是一个只有中国人才容易领会的字，几乎具有无所不包的含义，如"为人之道""为师之道""为官之道""为政之道""为友之道""处世之道""民生之道"乃至"天道"。

"载道"便是都应瞵睒，都应作出能动性的反应。

虽然，别国的文学理念中并无"载道"二字，但绝不意味着竟然会什么也不"载"。

进言之，迄今为止，什么也不载的文学是不存在的。越是优秀的、经典的作品（包括杂文、诗与戏剧），其"载道"之特质越分明。区别在于、仅仅在于，以何种态度，载何种道。

在《诗经》中，《伐檀》《硕鼠》《无衣》等分明是载道的，《关雎》《桃夭》《氓》等也是载道的。

屈原的作品中，《国殇》是载道的，《湘夫人》《橘颂》也是载道的。

闻一多的作品中，《死水》《七子之歌》是载道的，《红烛》也是载道的。

鲁迅的《狂人日记》《阿Q正传》及多数杂文是载道的，某些优美散文也是载道的。

人性分善恶，七情六欲，皆属"为人之道"。

在此前提下，普希金不但写长诗《叶甫盖尼·奥涅金》，对无所事事的贵族子弟予以嘲讽性批判，还写了极具文学温度的短篇佳作《驿站长》。

而果戈理写了同样有温度的《五月之夜》。

海涅不但创作了同情德国劳动者的《西里西亚的纺织工人》，还写了散文名篇《英国断片》。

同情，对美好事物的肯定（包括人性）和欣赏（包括一花一草），对生命的爱心、礼赞（包括野生动物和家畜）——皆属文学应尽之"道"。

文学乃是人类社会自带温度的文化现象。

一种根本事实乃是，全人类，古今中外，凡那留下的作品，皆

"载"不同之"道"。

此事实无讨论必要。

若作家终生致力于批判必是特累之事,除非终生处于黑暗时代,并根本没发现过秉烛照明之人。

若作家一味颂扬那也着实可厌,因为还没有人处在过什么君子国,根本没见闻过假丑恶现象,除非又聋又瞎,对现实生活所得之印象完全是听装聋装假之人说的,再加上个人想象。

普遍情况是,作家(包括诗人、戏剧家)若创作生涯够长,大抵既像蜜蜂那般,向社会奉献过文学之蜜;也像枭那般,对社会安危发出过警报;甚或以笔为武器,直接向黑暗势力宣战,如殷夫的诗句所表达的那样:"我是一把小刀/宁肯折毁自己/敢于划开时代的黑幕!"

古今中外,此等真的作家身份(包括诗人、剧作家)的"猛士"其实是不多的,倒是有诗人气质的真革命者(包括改革派)留下了撼人心魄的诗章——如谭嗣同的绝命诗、夏明翰的就义诗、方志敏之《可爱的中国》、叶挺之《囚歌》等。

作家哪一时期批判的锋芒明显,哪一时期赞美的热忱高些;甚或,哪一时期竟只写闲适作品,更甚或哪一时期通过作品表达对时代对社会彻底的失望——不仅取决于时代和社会本身怎样,往往也由作家自身的情况变化所导致——如个人得失、家庭现状、情爱结局、健康如何、收入怎样、人设荣辱等等。

在此点上,作家从根本上说也只不过是凡人一个,少有真正超凡者，远不能与真革命者的气节相提并论。

作家能在同一部作品（指长篇小说、长诗或戏剧）中，兼顾批判与称颂两种功能吗？

回答是肯定的——当然！

莎士比亚的《威尼斯商人》即一例——批判了为富不仁的同时，称颂了见义勇为的人。

雨果的《悲惨世界》也证明了此点。

《战争与和平》更加证明了此点——小说不但批判了俄国贵族中某些人在国难当头之际仿佛事不关己，一如既往花天酒地之行径，也不惜笔墨地肯定了安德烈公爵、皮埃尔伯爵以及一营炮兵们、娜塔莎一家的爱国心。特别是对安德烈和皮埃尔的塑造不同一般——他们内心里其实是有几分崇拜拿破仑的，但当拿破仑率军进犯了俄国，二人便先后上前线，甘愿为卫国战死。

《聊斋志异》亦属典型之例。书中对真善美的称颂和对假恶丑的鞭挞，都是那么的发乎真情。难能可贵的是，即使在两三千字的小说中，亦能将二者兼顾得合情合理。

并未兼顾的并非都是不好的作品，名著不少。而兼顾之，若由作家倾注心血创作，大抵会在名著中脱颖而出，成为经典。区别在于，有的兼顾得分明，有的兼顾得道是无情还有情。

简直也可以说，此种兼顾之念，从长篇小说产生的起点即可看出端倪，如《天方夜谭》《堂吉诃德》。

作为人格的理想主义

应该说,我最初写作的时候是相当理想主义的。这种理想主义一定程度上还掺杂着共青团思想,因为笔下写的都是青年,自己也是青年。那时,所谓的理想主义就是写好青年这样一种执着。这种好青年的理想主义影响,实际上是很古远的,比如说西方文学作品还有我们传统文学作品中的一些形象。

在《聊斋》故事中,那些美好的男子们和狐仙鬼魅们的爱情,首先有一个前提:他们都是年轻的读书的好人。某州某县某姓青年,基本常用的形容是"性敦厚,为人善"。《聊斋》里有一篇《王六郎》。一个渔夫好饮,在江边自饮之前,总要为那些失足落水或投江的人,向江中敬上三杯,这样就引来了一个16岁的少年王六郎。王六郎说,我有特殊的能力,可以从上游给你驱下鱼群,你的日子就过得好一些了。有一天王六郎告诉渔夫,他以前失足落水而死,要投生了,从此不能再见。渔夫有点儿难舍,偷看他怎么投生。结果看到一个女子怀抱一个孩子投河,三次被大浪卷到岸上,未成功,女子非常沮丧地走了。隔一天,王六郎又出现了,渔夫就问他发生了什么没有投胎成功,王六郎说以他一命换对方二命,不义也。我当年读的时候非常震撼。

还有高尔基的《丹柯》,为了照亮在雨夜迁徙的部族的前行道路,少年把胸膛划开,把心掏出来举在手上,心脏闪闪发光,像火炬一样。丹柯倒下后,他的心也落在地上,那么多脚踏过,将心踏碎成满地的小星星,依然还能照亮着大家前行的道路,那种震撼不是说榜样的力量,实际上是一种审美的震撼。

屠格涅夫的散文《门槛》,写一个年轻女子听到类似上帝的声音问她:前面是一道门,你跨过门槛将失去爱情,失去友谊,失去幸福乃至生命,你还要吗?"为了俄罗斯和我们的人民,我要。"少女最后还是选择跨过门槛,散文就结束了。

所以对于我来说,可能由于不只读到类似《丹柯》,类似《门槛》,或者《王六郎》这样的小说,还会了解作家本人,他们中有人同时是贵族,是革命者,如赫尔岑、车尔尼雪夫斯基、柯罗连科,他们本人也是可敬的,对我也有很大的影响。可能这样就会造成我在写作的时候,也要写这样的青年。

我最初写得最多的是知青,所以这个理想主义不是政治意识形态上的理想主义,而是"人作为人"的人格的理想主义,这种人格理想主义包括传统文化中的善、正义、同情心,还有义气,义气起码表现在不出卖朋友。因此我笔下的那些青年,《雪城》《年轮》中的也罢,《知青》里的最明显,我们现在说"独立之精神,自由之思想",我在当时的尺度范围内,已经着力塑造了这样的青年。这些青年在现实生活中有没有根据？坦率地说，这类青年身上都有我自己的影子。

我们强调理想是在特殊年代，为什么？抗日战争时期我们有《黄河大合唱》，我们东北抗日联军有七支队伍，每支队伍都有自己的歌曲。那都是理想主义。没有那种理想，中国就没有今天。

但是二十世纪八十年代之后，逐渐进入商业年代，我觉得就不要再强调理想主义了。我曾表现的人格理想主义，乃是对立于极"左"而在的。极"左"已敛，该理想亦可归隐。告别理想主义，没有那么复杂，就是我不再那样写作了，不再塑造好青年的形象。当我们表现一个人正直的时候，大多数情况下是因为在表现正直和立场的时候是有危险的，我们才表现他，这是文学的作用。粉碎"四人帮"之后，这个危险几乎没有了。它就没有特别的意义，只剩下我们平常所说的生活中的好人好事。

当我们谈理想主义这个词的时候，它并非作家面对普罗大众而谈的一个话题。我的作品中写普罗大众的时候，从不把他们写成那样。《人世间》里的那些哥们儿，不就是一个义吗？你觉得他们有什么了不起的？所以我个人认为，理想主义首先是少数人在那儿做就行了，大众还是人家孔夫子说得对，"民可使由之，不可使知之"。

回过头来说，我当年写《民主到底是什么》时是有点儿情绪化的，我对于在当代过分强调传统文化是有看法的。因此我还顺带一笔，认为孔子有愚民主张。当你读得多一点的时候，你会发现孔子并没有愚民。"民可使由之"这话不是一句完整的话，从语法上就不通，什么叫"民可使由之"？由他们什么？事实上是老百姓可以做的符合人家生活、生产规律的事，你就让他做，换句话来说别管得太宽了，对吧？故，"民可，使由之；不可，使知之"，更是原意。

我说过一句话，"再也不装深刻了"。装深刻，很累。有不少人不嫌累，仍在装。当年有一部话剧叫《等待戈多》。《等待戈多》最初我没有看懂，一个瞎子，一个聋子，还有一头傻驴，他们等待什么？全部的表演，没有台词，但这其中有两个细节，就是一个等待者两次脱下靴子，抖了抖沙子，然后又穿上靴子。这个动作重复了两次，这两个细节就成为全剧的情节，你觉得它说明什么？《等待戈多》已经把深刻表达无遗，就是说这世界全部的变化，不过就像人类脱下鞋子，抖了两次沙子，然后又重新系上了鞋带，如此而已。

现在我认为，要重新拥抱理想主义。文学有一种功能是"化人"，提高人性，提高人的综合素质。什么是文明？文明说到底还不是人的文明？人的文明的最基本的表现是什么？不就是善吗？没有善，你跟我说你是投枪，你是匕首，我心里说滚你的！善良、同情、正直，心中倘无半点恪守，那你只不过是畜，还投的什么枪？我用文学作品表现值得尊敬的人，不认为是件值得害羞的事。

底层的情义与普通人的自尊

我对中国当下青年的分析,是从《中国社会各阶层分析》这本书中来的。换句话来说,如果没有写过这样一本书,我也写不出《人世间》。

从前更多说的是"寒门出孝子",不是贵子。从历史上看,有过科举制度,最初的想法是让寒门也能考上来。我们大学其实也是这样,但是放眼现实,在古代只有极少数的情况下寒门子弟才能通过科举步入官场,有几多寒门出过贵子?倒是今天可能是有的。还有一点,要搞清楚什么是"贵子"。

当下我们社会普遍认可的成功标准,不外乎有地位和有钱。但是在欧洲一些发达国家,可能不是这样的。我们真正要讨论的,是中国为什么会产生这样的价值观?是不是我们的文艺,尤其是最靠近大众的那部分里边出了问题?这问题就是如果当不了官,也没成为大款,那么,普通人的价值在哪里?

国外工匠的收入是挺高的,国外卡车司机尤其那种长途司机的收入,可能不比大学教授们低多少。你会发现他们的文化在强调太阳底下每个人都是平等的，这种平等只是指尊严不容侵犯，但是上帝不能保证大家都均贫富。上帝都做不了的事情——又回到《等待戈多》——人家已经说了，一切的变化都不过是抖了抖沙子。这样的话，我们能不能把自己平凡的生活过得有一点滋味？我个人不觉得有外界的力量禁止这一点，但确实有破坏。这个破坏主要表现在我们文化中的次文化和亚文化，你们刷手机经常会看到演员们一部戏多少钱，或者他们住什么房子、他们养的狗，他们的孩子们都出国去了。

贫富差距是任何文学作品和作家所不能回答和解决的问题，我能做的实事，就是通过建言，缩小收入剪刀差。我一直在这样建言。还有权钱交易问题，要从制度上解决这个问题。我最新的提案反复强调，现在我们的孩子从初中开始分流，就意味着有一小半上不了高中，仔细考察下来，可能都是底层孩子。这是不可以的。我要针对这个政策反复提案，我主张国家发展更好一点的时候，实现直至高中的免费教育，在高中开始分流选择。

当然还有很重要的，就是我们刚才说的"独立之精神"。当外部不利环境向你扑面而来，整个时代都沦陷于物质崇拜的时候，如果你不能处在这个鄙视链的上端，靠什么维持自己的自尊？我认为除了文化和人格，没有别的。这就是我一直强调人格的原因。我们所以说《人世间》里的周秉昆没有白活，是因为他的人格，他的那些朋友到最后还是认可他，这对于人生也是一种慰藉。

幸福首先是物质的，必然是物质的。物质是决定性的。"精神幸福"是忽悠，是真的愚民。所以我们一定要把发展经济放在第一位，使大家在居住、出行、消费等方面达到一个水准。如果没有达到这个水准，单从哲学理念上谈幸福，谈清楚过吗？我不谈形而上的幸福。国家功能，要保证最广大最底层人的普遍幸福，因此我们才有最低工资标准，全世界都是。至于你的生活比较稳定了，有三居室住了，收入也还可以，你说你仍不幸福，那才是个人的事情。那个时候还不幸福的话，我们就用那句歌词说他："这样的人你可以去陪，却永远无法安慰。"